内心的田园

THE IDYLL IN THE HEART

王新芳 著

电子科技大学出版社

图书在版编目（CIP）数据

内心的田园/王新芳著.—成都：电子科技大学出版社，2018.3（2025.4重印）
ISBN 978-7-5647-4572-1

Ⅰ.①内… Ⅱ.①王… Ⅲ.①散文集—中国—当代 Ⅳ.①I267

中国版本图书馆CIP数据核字（2017）第124939号

内心的田园
NEIXIN DE TIANYUAN

王新芳 著

策划编辑	杨仪玮 卢 莉
责任编辑	卢 莉

出版发行 电子科技大学出版社
　　　　 成都市一环路东一段159号电子信息产业大厦　邮编　610051
主　　页 www.uestcp.com.cn
服务电话 028-83203399
邮购电话 028-83201495

印　　刷 三河市天润建兴印务有限公司
成品尺寸 155mm×230mm
印　　张 19
字　　数 237千字
版　　次 2018年3月第一版
印　　次 2025年4月第三次印刷
书　　号 ISBN 978-7-5647-4572-1
定　　价 49.80元

版权所有　侵权必究

素 心 如 花

(代序)

素是一种修养，一种雅量，不仅仅是原始的颜色，更是一种平易近人。你和蔼了，世人便不会拒你于千里之外。

素是纯洁，雪一样的洁净，你如果爱你的父母，就必会以真诚的心及时行孝，不能有片刻的停留。

我曾在苏州城的河边，遇到一位白衣女子，卖的是古代的玩意儿。她是那种不食人间烟火的纯，微笑着面对世间万物，不说话。她眼前的商品像是超市，随便挑，钱随便给。

这样的买卖，一定会赔个精光的。可是没有，听说过她故事的人，无不竖大拇指称赞。不是怜悯，怜悯从来不能与生命等价交换。就是她那种生命的赢家，对爱的诚，对人的真，惹得万千苍生，伸出援手。

她的相貌可谓是风华绝代、出水芙蓉。先后遇到几个可心的男人，居然选择不嫁。这样一个倾国倾城的主儿，如果不嫁，岂不是浪费了多年的青春年华？天使也会同情万分。

其实，她不是不想嫁，是嫁了两个男人，过不成，离了。分崩离析的爱情，有还不如无。因此，索性便做起了小买卖，跑前跑后，不亦乐乎。连个水龙头坏了，也是亲力亲为。

以为她会觉得苦，她会哭，她会诉，可是，没有。一袭白裙，过滤掉所有世间烟云，全是笑。你在她的身上，找不到痛苦的影子。

心已经修炼成花，容不得任何渣滓与烟尘。生命回到最原始处，就是白，医院里的白，护士的白，床单上的白。生命最初的血，落在白上，刹那间，就是一辈子京华烟云。

你爱这个世界，世界便报以温暖；你恨这段沧桑，它便回你冷眼。

保持一颗素心，是一种境界，是一种望穿秋水般地对生命的膜拜与洗礼；保持一颗素心，就是不痴情于任何事物，但绝不是冷漠无情。保持若即若离，也是一种至高无上的德。爱一个人不爱到死，恨一个人不恨到亡，世界太大了，足以供应你我所需的所有物资，干吗非要将每个人的世界都染成色彩斑斓？

保持一颗素心，更是一种感恩。有人说：心烂了，世界便乌七八糟。你的主观世界，具有强烈的能动性，你的眼中，或有恨之入骨，更会有江山无垠。每天送给你微笑的人，就是你的缘分。

生命最初的底板上，其实没有任何色彩。触目惊心的白，刺痛所有人的双眼。随着年龄的增长，你开始为自己的人生着色，所以才有"近朱者赤、近墨者黑"。你接近吴刚，那么，你的生命必定月朗风清；你接受墨鱼，你的生命必定颠倒黑白。

新芳老师的文章，我老早就看过，给人一种清醒的白，一种回归生命本真的素。她在书中告诉世人：生命曾经怎样在人间烟火中接受感恩戴德，真爱曾经怎样在如痴如醉岁月中接受雪月风花。好一派华丽的莺声燕语，好一段旖旎的锦瑟年华。

权当序言，赠给爱自己、爱他人，更会爱屋及乌的世间生灵。

古保祥*

---

* 古保祥，居于河南武陟，高考中考专题作家，《读者》《青年文摘》《格言》和《意林》杂志签约作家，有43篇文章入选全国各地高考中考试题，出版了中小学生喜爱的文学著作多部以及长篇小说《世外逃缘》《一只狗的传奇》等40余部。其中，《雨是乌云的花》《没有黑暗就没有光》《错过你，却成就了最好的自己》均畅销8万余册。

目　　录

第一辑　时光背后的柔软

春天的况味	3
不如与春缠绵	5
春光的诱惑	7
夏天的心事	9
夏天的作料	11
父亲的秋天	13
素秋	15
秋来相思瘦	18
两棵树嫁给秋天	20
明月升处是故乡	22

愿做冬天里的一棵树	24
山明水净夜来霜	27
雪里梅花醉	29
来了一场雪	31
腊八粥里浓浓的爱	33
做块豆腐好过年	36
年是时光的礼物	39
故乡册页书	41

第二辑　内心深处有田园

陪陪自己	51
心灵深处有田园	53
却道幸福是寻常	56
与一棵流苏树相遇	58
静为耳福	61
莲心不死	63
重要的是内心的诗意	65
唯惦念，才浪漫	67
走出去，和这个世界偶遇	69
种一棵属于自己的树	71
阳光里，一直走	73
灯影下的孤独者	75

冬日的思念	77
只愿牵着你的手	79
路人甲的坚持与精彩	81
你的人生有多美	83
比时光更长的暖	85
村庄依然旧声色	87

第三辑　曾逐微风细细开

烟雨杏花寒	95
玉兰清寒	97
又见桃花红	99
舌尖上的马齿苋	102
赵县梨花千树雪	104
蜀葵花开一丈红	106
梧桐花开满琼瑶	108
迟桂花香	110
山韭菜开花	112
野菊花黄	115
满山红叶正当时	117
白菜清音	119
八十一片梅花开	122
冬来枝头柿子红	124

久违的蛙鸣	126
蟋蟀物语	129
烛影摇红蟹爪兰	131
人与紫薇各自香	133

第四辑　风吹过那些年华

老屋情怀	137
想起邢白瓷	140
清水缸	143
姥爷与灶台	145
与玉米亲近的日子	147
母亲的纺车	149
时尚女红	151
桃花儿酱	153
父亲的自行车	155
老巷子	157
老槐树	159
幸福的梅豆	162
正在老去的苹果树	164
魏庄熏鸡香满邢	166
内丘大锅菜	168

沉寂的核桃树	170
折扇轻摇小时光	172
萤火虫飞舞在秋天的夜	174
养牛记	176

第五辑　有家不觉天涯远

北方的周庄	185
黄岔在上	187
绝版的英谈村	189
夏入东秋村南沟	192
梦里水乡在临城	194
神头村里话古今	196
八月的乡村	198
云大沟村之美	200
桃花巷边看桃花	202
塞纳湖畔的回忆	204
冬游玉泉寺	206
柳林镇秋日	208
秋山的况味	210
绝美七步沟	212
在湿地的芦苇上栖息	214
大明湖春色	217

白洋淀里秋光好 219

英谈村九章 221

第六辑　脚会记得路的暖

母亲的目光 233

我的乡邻海子 235

风中含笑的姥姥 239

父亲的守望 241

水泥男人 243

一个老妇人和一只猫 248

我的老师王文贤 252

父亲送我的距离 254

姥爷的笑 256

麦田里的老母亲 259

母亲的年 261

父亲的菜园 263

阳光下的老鞋匠 265

婆婆和她的鸡 267

母亲安牙 269

道沟女人 271

花枝巷叙事 274

像酸枣一样活着 281

第一辑　时光背后的柔软

匆匆那年，淡写昔日芳华。四季如一棵庄稼，丈量着每一个黎明与黑夜。时光如玉，以安静的姿势，诉说着曾经的悲喜。刚在春天的况味中陶醉，转眼又看到一缕风从南窗爬进来，又从北窗逃走。流年素秋，我们猜不透上苍的用意，不必追问。把所有的情绪做成花朵，别在衣襟之上，把那些飞掠的美好，伸手留住。

春天的况味

立春之后,天气忽冷忽热,乍暖还寒,这多少让人难以适从。下过两场淅淅沥沥的雨,大地阳气回升,春天就在一次次不经意的凝眸中来到身边。

小城的季节似乎永远不太明显。熙熙攘攘热热闹闹的人、高高大大林林总总的楼和一辆辆的车构成亘古不变的风景。也只有在公园略显广阔的蓝天、一片片飘飞的风筝上,在大街的柜台里红红黄黄的冰糖葫芦和菠萝上,在骑着电车的优雅少女的羊毛衫和裙裾上,稍微有点春天淡淡模糊的影子。对于我们,只有这些是远远不够的,不能尽情领略春天的酒之甘醇。

村庄里,自然有一番令人惊奇的发现,虽然风是一样的凉,清晨是一样的冷。

一个上午,阳光暖暖地晒在身上,在大街上聊一聊天,感觉到十二分的温暖。昨夜睡得很好,可仍然有了袭来的困意。天还早,不到午饭的时候,总要找些事情打发时光。不用着急,时间对村庄人来讲只是做事情的保证,根本用不完的。小院子里,没有风,温暖更强烈些了,相信花也许明天就会开了吧，葡萄藤上明天也许会挂上果了吧？顺手拧一拧水管，冰封了一个严冬的水哗哗地倾泻，急不可耐的，诉说着憋屈和焦灼。端一个木盆，洗几件衣裳，手浸在凉爽的水中，刚开始的刺骨会渐渐转变为适应后的惬意。母鸡在身后传来几声得意的吟唱，蓦然回首，一人高的鸡窝里跳下来亲切的母鸡，原来它已经开始下蛋了。从没想过，鸡的叫声也这样令人感动，叫一声会在心底沉淀许多年。

此时的菜园本来是没有吸引力的，没有茄子也没有白菜，什么也没有，干巴巴的土地一览无余。可是，已经有几家人在忙碌中开始种蒜了。天空是一碧如洗，偶尔飘来几片闲散的云，远处有隐隐的青山，近处是空旷的田野，小河绕村像带子束在腰间。刚翻开的土，黝黑而湿润，一篷干草的根生机盎然地蹦出来。老大爷神态从容地摆弄农具，开出几道深浅一致的沟来。小路上，儿媳妇在挑一担水，可能因为很久没用扁担了，脸上微微冒汗了；水在桶中，在漂浮的草棍下颠簸不定。水浇到沟内，土地大口地吐纳吸收，快乐的情绪感染得老大娘也舒展开了皱纹。她小心地把剥好的蒜瓣摁在泥水中，一会工夫，沟内的蒜俏皮地只露出来头，像极了一串串珍珠项链。小孙子玩水玩得很高兴，一只脚踩跑了水，湿了鞋，在母亲的呵斥声中又把泥巴糊在小脸上，露着牙嘿嘿地笑。

和小城相比，村庄的人是很奢侈的。他们拥有皎洁明净的生活滋味，也有一颗敏感、本真的心，最容易在春天最初的况味中陶醉。

村庄和春天，是一种绝好的珠联璧合。

不如与春缠绵

此刻打开窗,扑面而来的,都是春天的气息。

一缕和暖的风钻进来,不期然和我撞个了满怀。风中飘来淡淡的泥土香,还夹杂着草虫兴奋的呢喃。柳树上有一团鹅黄的绿影,两只燕子在青烟迷蒙中穿梭。一团粉白的杏花开了,开在人的心上、眉间。喜欢这种微小而清新的幸福:春水一盏,桃花蘸着春水开,梨花也蘸着春水开,踏青的人采来满抔粉红的杜鹃。

曾经不屑地想,春天也不过是重复的季节,年年看柳,柳还是一样绿;年年赏花,花还是一样的红。周围的世界和人群,都过于熟悉。麻木的心,还停留在冬天的雾中。

描写自然的圣手普里什文说:"每年迎来的春天,都不像上一年。每一年的春天,从不和另一年全然相同。"其实,新奇无处不在,熟悉里藏着陌生,陌生里有一种别样的美。再熟悉的世界,只要重新发现,就会遇到惊喜。教学楼前的玉兰花开了,还是那几棵,还是硕大的紫色花朵。走近细看,同一棵树上的玉兰花,去年花开的是东边的一枝,今年花开的是西边的一枝。就连春雨,也跟去年有很大的不同。一个小孩子说:"今年的雨是站着下的,去年的雨是躺着下的。"其中的区别不是很大吗?

与其隔窗观望,不如与春缠绵。

那一年,我在小城求学,放学之后,喜欢沿着一条小河慢走。也是在一个春天,我发现一对男女坐在一块石头上,相互依偎着。男子身材高大,女子小巧玲珑。他们带着矿泉水,还有面包。阳光俏皮地洒在他们身上,像栀子花缓缓绽放。女子的头靠在男子的肩膀,微闭着眼,和爱人悄悄低语。一阵风吹来,掠过清澈的河水,掠过恋人的拥抱,掠过一名少女心中泛起的涟漪。那一刻,我爱上了春天。

小城的春天充满感性。每到春天,总有很多人在公园游玩。年轻的学生背着画板,抱着乐器,怀着梦想,对着灵性的一草一木画啊、弹啊,让大自然作为公正的老师,对自己的技艺进行评判。这里边一定有很多人,是第一次来到公园,第一次拿起画笔,第一次拨动琴弦。第一次向往远方的城市,渴望一飞冲天。对他们来说,家乡的春天就是一个小站,停靠过自己的青春。

春天总是让人琢磨不定,就像很多人的青春和爱情。山坡的野花,刹那开过;高处的冰雪,瞬间融过。生命中,总有一些人,像春天那样来过。

新的春天从不像旧的春天,所以生活如此美好。老树(刘树勇)写诗说:"与其与人纠结,不如与花缠绵。"我想说,与其隔窗观望,不如与春缠绵。与春缠绵,足以抵挡无数庸常与烦扰。就像一辈子,年轻过,爱过,便可消磨漫长的岁月。

春光的诱惑

我清楚地记得，2016年的春天，是从一场春雨开始的。

"春风放胆来梳柳，夜雨瞒人去润花"，清晨出门，空气好清爽。阴沉的天，密密地斜织着条条雨丝，洗净一冬雾霾和灰尘污染的世界，从而打开了大地的每一个毛孔。雨伞次第撑起来，就像陌上盛开的花朵。就是从那一天开始吧，大把大把的春光扑面而来，温情脉脉，让人感动。

春天之始，手捧一片新绿，眼前的黑瓦红墙，也似乎生动了许多。美好的春光诱惑着我，让我生出一双飞翔之翅，串门走亲，去看望多日不见，散落在各个村庄的亲人们。

大姑住在马河村，一个紧邻水库的小山村。多年不去，我都记不清她家的具体位置了。不过，我对大姑的印象非常深刻。记忆中，她永远是漂亮和干净的代名词。她笑的样子很美，就像一朵木槿花。她袅娜地在小院子里出出进进，每一个角落都不染灰尘。院外，她栽了一棵木槿树。秋来的时候，满树的紫在风中摇曳。大姑就摘下一朵木槿花，戴在我如云的鬓边。

我把车停在村外，一路打听才找到大姑家。大姑见了我，高兴万分，端茶，拿糖果，炒了一桌子菜，还拿出红酒来。我注意到大姑的腿走路稍显不利落。饭后，她和我拉家常，打开话匣子就说个没完。大姑的面庞稍见皱纹，气色红润，还依稀可见美丽的影子。可是，大姑说话总说错，有时竟把我当成她的女儿，自己却浑然不觉。人老得无声无息，也老得细水长流。我叹了一口气，连我自己都没有发觉。

阳光明媚，院外的那棵木槿树还在。多年不见，它长高了，也沧桑了许多。今日，它无花无叶，只剩光秃秃的枝干。我突然发现，在它盛开的季节，我也并没有对它太多的热心，没有特意驻足在它的面前，欣赏赞叹。那时候，我正上学，青春的木槿花到处飞舞。在它凋敝的时刻，我知道，它也那样灿烂过。好在，在它灿烂的时候，我也在盛开的季节。

有位朋友问我，没出去旅游吗？我淡然回答，没有。她劝我说："明年去海南吧。在那个温暖的地方住几天，也避免了走亲的麻烦。"我不想出去，因为，我是那么的喜欢走亲。在这个世界上，和我血脉相连的亲人们正在老去，我愿意和他们坐在春光里，促膝交谈。亲情是对我疲惫人生的小小鼓励，是另一种温暖。

大姑老了，院外的那棵木槿树也老了，但这有什么关系呢？有人说，大地上的每一天，每一种植物，每一次绽开和枯黄都是赞美：赞美被看见，赞美看见的人。每一张蜡黄的脸都应该获得尊重，他们承担了我们没有说出的部分。大地从容，生命也就从容了。春光不但给我诱惑，也给我人生的启迪。

夏天的心事

四季有心,夏天像个有脾气的人,刀子嘴,豆腐心,看上去雷厉风行,但在强悍的外表下有一腔柔软多情的心事。

夏天的心里装着一个人,一个把栏杆拍遍的文人。他本该是一名统帅,却被现实逼成了书生。"明月别枝惊鹊,清风半夜鸣蝉",这是他写给夏天的词,他是夏天的知音。夏夜的清风明月中,鹊飞蛙鸣,可诗人为何半夜不眠?他是否还在想着收复中原失地,为朝廷痛杀贼寇?可悲壮的呐喊只能在一支羊毫软笔中挥洒,他沉郁的心事只有夏天能懂。夏天用悲悯的情怀注视着他栏杆边的身影,想给予他母亲般的温柔和安慰。即使一棵被扭曲的树,也要别有一种价值。

夏天的心里装着一点寂寞和趣味。阳光空前热烈,宅在家里不出门,慵懒地睡个午觉起来,看窗外的浓荫,墙上的爬山虎,把青碧的绿色转化为无边的凉意。静下心来,沏一壶清茶,捧一卷古书,在文字的书香中旅行,也是一件美妙事。你想去江南,可以和杨万里做个伴,欣赏绿叶中的红荷。你想做个游戏,那么好,可以相约李清照一块打马。你想下棋,当然也行,可以和赵师秀"闲敲棋子落灯花"。在孤寂中享受自在，在自在中寻找趣味。你的朋友夏天，正躲在窗帘外偷笑你，笑你的思想复杂而又不着边际，笑你在家中快乐地宅一天，还那么安适，那么陶醉。

夏天在憧憬一种情境，那是雨后的公园：一条小路蜿蜒着伸向绿茵深处，一对年轻人来散步，他们手牵着手，微笑着，有意或无意地聊几句。忙碌了一周，难得这么一个清静的周末，偷得半日闲，只享受无边的爱好了。草叶上的露珠，低飞的小鸟都在为他们祝福。繁华过后见真纯，越是简单到极致，越是美到极致。夏天是他们慈祥的月老。夏天正在池塘边的小桥上看风景，把这一对恋人看在眼里。夏天感动了，她为青春与爱情悄悄祈祷。

夏天是一个机会，是专属于女人的机会，风情万种，摇曳多姿。女人从唐诗宋词中款款走来，穿过长安的烟柳，洛阳的牡丹，一路走来，走得不紧不慢。洗尽铅华，是天然的素颜；一袭布衣，却质朴清丽，韵味十足。夏天是呵护女人的男友，他给了女人一个深情的吻，回报给女人最清新的微笑和任何风浪都不能剥夺的温柔，还会为女人在黄土地上筑一座小小的城堡，一起听杜鹃花绽放的声音。

夏天真美，回想与休憩，积蓄与前行，在长路漫漫中，天地至简，叩问夏心。

夏天的作料

夏夜，我喜欢户外的清风花香，常常到公园中散步。回到家来，冲一个澡，喝一杯水，躺在床上昏昏欲眠。谁知几只小蚊子"嗡嗡"叫着，飞着，一会停下来，在我腿上胳膊上咬一口。我伸手一拍，总是拍个空，它们狡黠地藏在了暗处。开灯一看，皮肤上有几个小小的红点，痒痒地惹人烦。睡是睡不着，索性打开电脑，上网查资料，想看看蚊子在古诗词中是否出现过，如果有，文人笔下的蚊子又会是怎样的形态。这一看，还真发现了很多有趣的蚊子诗文。

清代文学家沈复在《浮生六记·闲情记趣》中，生动逼真地描写了童年对蚊子的认识。"夏蚊成雷，私拟作'群鹤舞空'于空中。心之所向，则或千或百果然鹤也。昂首观之，项为之强。又留蚊于素帐中，徐喷以烟，使其冲烟飞鸣，作青云白鹤观，果如鹤唳云端，怡然称快。"一句"夏蚊如雷"，写尽了蚊子之多，嗡嗡声就像闷雷。众人唯恐避之不及，年少的作者竟然把它们想象成仙鹤飞翔，观得津津有味；又在帐中吸烟喷出，看蚊子冲烟飞鸣，乱飞乱闯，当成是青云中的白鹤，颇为快意。在孩子的世界中，没有微不足道的小事，没有丑陋可憎的动物，连蚊子也成了令人向往的白鹤，角度独特，童真可爱。

还有一首七律，也把蚊子描写得非常有趣，我非常喜欢，读之不能忘。"夏夜无眠暑未消，笙歌曼舞扰良宵。床前展翼频来去，耳畔叮咛似絮叨，一点朱砂关痛痒，三更好梦恨轻佻。此情待到东窗白，环顾还思捏楚腰。"作者用自己细腻的笔触，逼真再现了夏夜蚊子叮咬的苦楚：辗转不能成眠。可是，作者偏要用一些褒义词甚至清词丽句来描写可恶可恨的蚊子。把蚊子的乱飞写成笙歌曼舞，把蚊子讨厌的叫声比作私语叮咛，把被蚊子叮咬的红比喻成一点朱砂，让人读过之后，忘却了彻夜的失眠，还想到天明时揉捏楚腰的酸痛，而记住了蚊子的亲近和可爱，分明是一个调皮捣乱的少女，姗姗可人。

一个季节有一个季节的特征，没有蚊子的夏天不是夏天。蚊子不择环境，飞舞在城市，飞舞在农村。有人说，蚊子是夏天必不可少的作料，它爱说话，喜欢荤腥。我们和蚊子推着太极，你飞我打，你退我追，在怡然自得的心境中悠闲度夏，在蚊香的袅袅烟雾中修养身心，或许会收获比憎恨蚊子更多的内容。

第一辑　时光背后的柔软

父亲的秋天

　　林清玄在《秋声一片》中写道："生活在都市的人，越来越不了解季节了。……夏夜坐在冷气房子里，远望落地窗外的明星，几疑是秋天；冬寒的时候，走过聚集的花市，还以为春天正盛。"我就这样踏着思念的落叶，回到乡下的秋，那个属于父亲的季节。

　　每一年的秋天都是被父亲喊醒的。父亲手持黄历、时钟和汗巾，站在它的门外。秋天听到了父亲殷殷的敲门，用一夜的时间坐了起来。父亲慈爱无比，他知道秋天的脾气：总是慢吞吞，而又节奏分明。所以，父亲不着急，他有足够的耐心等着秋天洗漱。父亲在磨刀石上撒上清水，镰刀的锋刃闪着寒光。他把犁铧从尘封的牛棚里搬出来，对着槽头的老牛说上一句悄悄话。他密切注视着秋天的每一个动静，随时准备向着田野进发。

　　当核桃树上缀满青果，一场秋雨洗涤了村庄。夏蝉和秋虫争相奏响琴音，草叶由深绿变得微黄。浅蓝色的天空下，菜园失去了勃勃生机，变得委顿低迷。西红柿已经下架，豆角也不再繁华，茄子与青椒更是偷懒。父亲毫不犹豫地打扫战场，把这些慵懒的家伙清理出去。他深翻黑土，平整田畦，撒下白菜的种子，种进对抗冬天的希望。当牵牛花在酸枣棵上肆意东开西放，当可爱的小兽在开满芦花的溪头喝水，高粱脸红，玉米肚胀，花生开始第一声呐喊时，父亲赶着牛车，载着满满一车谷物回家，甩出一声清亮的鞭响。黄花深巷，红叶低窗，山坡色彩斑斓，收割之后的田野空寂荒凉。一个被人遗忘的玉米棒子躺在泥土上，如一枚闪光的徽章。它渴望被父亲握在手里，放进背后的柳筐。

秋天了，已经没有什么大事要忙。父亲的心情无比美好，他从容地放慢了脚步，像极了一棵弯着腰的高粱。虽然背已经微驼，清瘦的脸庞皱纹纵横，但这丝毫不影响父亲被人尊重。父亲走在村庄里，遇到的每一个人都会热情地和他打招呼。他们有的是本家的子侄，有的是远房的亲族。父亲都会停下来，和他们拉上几句家常。人老多情，父亲看他们时目光充满慈悲，就像村东头的那棵老槐，不言不语，默默守护。村庄里每天都会有婴儿出生，也会有老人死亡。父亲淡定地守候这份静美的时光，用一份懂得，去领悟生命的真谛。

秋意已经爬满万物的枝头，我带着满满的心回到了乡下。父亲手持的农具上依然闪烁着朴素的光。大地肃穆，我爱唯美的秋。那一份难得的明澈，是父亲对秋天的私语。

素　秋

我的秋是从一场夜雨开始的。

那晚，我在电脑前敲字，QQ群里一位朋友说外面在下雨。我惊喜地推窗，雨丝挟着风片扑面而来，好不凉爽。雨，时缓时急，讲究一个平平仄仄。我关了空调，好好睡去。没有蝉闹，没有蟋蟀唱歌，只有潇潇雨声，和一个听雨的人。

天凉了，倾听，一雨知秋。

扬雄《羽猎赋》有"秋秋跄跄，入西园"之句。《荀子·解蔽》有："凤凰秋秋，其翼若干，其声若箫。"秋来，万物有成。南朝梁元帝萧绎《纂要》曰："秋曰白藏，亦曰收成，亦曰三秋、九秋、素秋、素商、高商。"按古代五行之说，秋属金，其色白，故称"素秋"。

"秋"字之前着一个"素"，给季节平添了几丝清淡，自足、悠长。

牵牛花卑微而平和，墙角、田埂、山冈，攀缘一棵古树，或者如荆棘绽放。当一朵牵牛花把听到的秘密告诉给另一朵牵牛花，一晚上工夫，漫山遍野的牵牛花都嫣然一笑了。淡紫、浅粉，颜色由底部向外渐渐变深。那秋色是空气和日光的沉淀，妩媚恰似口红，忧郁只像徐娘。清晨的一滴露水，汪汪地藏在花心。简素的秋色铺展开，秋意一步一步走向浓深。

秋天的月亮，也是那么温柔。它时而如新芽，时而如满弓，时而淡绿，时而浅蓝，慢慢升起在东山之上，游离在斗牛之间，最后选择一个合适的落脚点，挂在故乡那一棵老槐的树梢上。它的清辉洒向高高低低的石头房。鸡栖息在核桃树上，狗趴在饭桌前小睡了。老太太在厨房里收拾碗筷。老爷爷抽完了一袋烟，就坐在房前的一大堆石材中间，一手錾子，一手铁锤，把那些不规则的石块重新修饰。叮当，叮当，月亮欢喜地聆听着这原始的绝响。一条路通往诗心，通往家园，日子朴素而饱满。

想念一座城池，一条小河静静流过，白杨林里谁的笛音回荡。阳光正好，犹如一场初见，凝眸，牵手，醉心。时光美好如初，而那一份遥远的情愫已不复存在。一个人喝茶，听雨，赏花，把人物抹去，将情节抽离。红尘之上，烟水之湄，谁在云烟处，抒写着乡村记忆、草木短章？两个人是诗，一个人也是画。把笔下痴情的旖旎，化为一泓忘情水。碧云黄叶，波上寒烟，没有牵挂的时光里，淡淡地讲述一个优美的故事，静守一枚素心。

我心已闲。雪小禅说，越来越喜欢安静的东西了。清幽，散发出浓烈的清幽，如莲的气息或者薄荷的味道。我还喜欢一个素心如简的女子吧啦，她出版的第一本散文集名叫《见素》。她的文字艳而不妖，哀而不伤。清河古镇，栖息在木格子窗上的鸽子，比光阴还凉的青石，生活的万般无奈，都止息在素雅的文字里。

我看到一缕南风从南边爬进来，又从北窗穿过去。流年素秋，渐渐体会到一种细微的喜悦。我把所有的情绪做成花朵，别在衣襟之上。有些事我们猜不透上苍的用意，不必追问。素素闲心，遗世独立，把每一个日子过得明丽安好。

秋来相思瘦

以为秋天很长，其实秋天很短，在烟火缥缈的光阴中，在宋徽宗的雨破天青色里，一个人忽而盛开，忽而绽放。

某一天，看到一文，说蔡澜有一方闲章，印文是"相思又一年"。于是，想起相思这个话题。泡一杯苦荞茶，推开半扇窗，涂抹一些与相思有关的文字。

为自己的大胆而兴奋了，在文人笔下，相思是个暧昧而敏感的话题，你胆敢用细腻的笔触来写相思的句子，总有一些人心怀叵测地揣摩作者的情感心路。但，秋天毕竟是秋天，古人悲秋、伤秋，未尝不是把相思变换了马甲。秋天的倾诉方式是委婉曲折的，道不尽，相思意。

自古以来，每一种情感总有一个寄托的载体，怀人总要望月，浇愁总要酒杯，相思的缘起竟然是一枚豆子。它不是黑豆，也不是黄豆，而是一枚小小的红豆。生在南国的红豆因为相思而天下闻名。

相思是和别离联系在一起的，两个人整天相依相偎，相思也就无从谈起。总要在别离之后，才是刻骨的相思。思念一个人，说不好究竟在哪个时刻，几乎贯穿在生活中的每一个细节。洗脸的时候，一抬头，镜子中就闪现出一个人的脸庞。吃饭的时候，忽然想知道那个人现在在做什么。上街的时候，人群中的一回眸，忽然发现一个熟悉的身影。因为不能见，不能在一起，所以相思成灾。

相思的滋味是什么？相思有苦有甜。苦相思就是单相思，对方根本不喜欢你，或者对你只是普通朋友，而你却在这边牵肠挂肚，捶胸顿足，那自然是痛苦。我有一位朋友，喜欢上一位小眼睛女人，这一喜欢就是许多年。他在QQ空间里说不完对人家的爱恋，可对方对他从来不理会。我们眼中的他几乎成了神经质，让人好不可怜。

所谓的甜相思，其实就是两情相悦的结果。你想着我，我想着你，一日不见，如隔三秋。说不完的话，道不尽的意，即使不在一起，心思也像一个人的。因为有爱，内心是饱满而充盈的，走在路上，感到天空湛蓝无比，深吸一口气，空气中都是花香的味道。

如果把相思比作一位美女，她绝不会是杨贵妃，她一定是赵飞燕，因为相思到了深处，自然是消了玉肌，减了小腰围。有句词说得好，"衣带渐宽终不悔，为伊消得人憔悴。"即使这样一种状态，相思中的人也是幸福的，因为有爱。

相思的期限有多长？这个真说不好，有的人说一年，有的人说一生。长相思，长相忆，试过相思没有？"相思又一年"，这个句子好。相思而能一年一年地持续下去，那是名副其实的长相思。不期待有任何结果，只是一年又一年的相思，这倒是典型的浪漫情怀。

何谓相思？相思无罪，相思是人间最美的情感。每段时光都会苍老，但记忆中的你一直很好。在秋天里，静影沉璧，清远幽美，像一株安静的绿萝一样，不惊扰任何人，想一个该想的人，念一个值得念的人。秋来相思瘦，只要自己愿意。

两棵树嫁给秋天

院子里有棵核桃树,在时光里弄丢了花、水分和光鲜,荣华消失殆尽,一树暮色。那线条光影里,减了秩序、色彩,增了潦草与疏阔。风里没有花香,只有飞来飞去的白鸟。树叶深处,藏着无数个青碧的核桃,就像一个不苟言笑的老人,却总是把情感藏在心底发酵。

父母在秋天的早晨忙活起来,像两只辛勤的蜜蜂,飞在硕果累累的院子里。父亲手持一把长杆,在树下逡巡。仰头上望,看准核桃密集处,手起杆落,核桃"啪嚓""啪嚓"落下来,像下了一阵核桃雨。母亲提着小篮子,弯着腰,弓着背,在追一个个跑远的核桃。

多么动人的图画,无论多么疲惫的身心,我都愿意被秋天的早晨唤醒。我喜欢围在父母身边做事,仿佛时间从未将我从天真里卷走。秋天的一声鸟鸣,让我刹那间升起缠绵的思绪。

那一年,我家刚起了新屋,乡亲们都争相来帮忙。他们攀着木梯来到屋顶,大声喊着号子,拿着宽大的木板拍打房顶。在休息的间隙,父亲忙着给乡亲们敬烟,脸上满是感激。母亲扎着围裙,和三奶奶忙着在灶台前做饭。炊烟里,我和小伙伴唱着儿歌跑东跑西。

父亲打了很多核桃后,有点累,就坐在猪圈旁的石头上休息。母亲忙着捡核桃,地上有一层枯枝败叶。门外有几个乡亲走过,母亲热情招呼着,捧着几个核桃送过去。我喜欢这样的院子,鸽子在房上咕咕地叫,松弛着它们的翅膀。阳光也很好,干净中透出一层爽利。

除了核桃树,我家院子里还有苹果树。与那棵高大的核桃树相比,苹果树显得弱小许多。我清楚地记得,这棵苹果树原本不在院子里,是被父亲种在村外的自留地里。父亲有着宏伟的规划,想拥有一个苹果园。后来,好像是为了我的学费,父亲卖了很多苹果树,仅留下这一棵。它被移栽到我家的院子里,春来开清香的花,秋来结好吃的果。它越老越有态度,越老越有生命。

昨天下午,我回来得有点早。父亲在超市门前下棋,母亲去地里拾玉米棒子。我搬出母亲很久没用过的洗衣机,换下床单、被套、枕套,收拾了父母的脏衣服,开始一通好洗。我把白亮亮的衣服搭满苹果树下的晾衣绳上,它们在风中欢快地飘来荡去。苹果树为了慰问我,很体贴地垂下头来。我顺手摘了一个大苹果吃,甘甜的滋味真是美妙。

这个秋天的早晨,是一锅幸福的粥。我突然想起一句诗"两棵树嫁给秋天"。我一瞬间就制造了两棵树的爱情,这是一种美好的情愫。两棵树已经走过几十年,正在走向我所不能见的轮回。落叶和新绿,在完成某种交接的仪式,传递、承接,生生不息。

明月升处是故乡

对中国人来说，中秋是个隆重而婉约的节日。中秋临近，同事们都在讨论怎么做月饼，包饺子。我的思绪则回到乡下，想起当年和父母一起抢秋的情景。

中秋正值秋收时节，收秋又叫"抢秋"。飞禽羽翼丰满，五谷成熟时，你就得抢着把庄稼往家收。你收得不及时，庄稼就得遭田鼠、大雁、哧喽、野鸡们祸害。三春不赶一秋忙，家乡的中秋节，多了几分丰收的喜悦和忙乱。

印象中最鲜明的一幕，就是收豆子。赶一架牛车，备好大绳、镰刀，带上水壶、干粮，在晨风中向田野进发。站在黄豆田边，父亲的脸上露出微笑。此时，豆棵上的叶子已所剩无几，眼光所及全是饱满的豆角。豆角呈黄褐色，胖嘟嘟的有点儿婴儿肥。豆田行列齐整，如一支队伍在排兵布阵。丰收是大地对农人的回报，父亲的微笑含义深刻。

父亲身先士卒，一头扑进豆子地。他左手拦住一棵豆秧，右手挥镰，锋利的刀刃擦着地面呼啸而过，豆秧应声落地。父亲顺势把这一棵豆秧放在身后，左脚向前一步，右脚跟进，拦秧、挥刀，又一次手起刀落，仿佛能听到一声脆响，带着几分骄傲。母亲紧随其后，一样的动作，一样的速度与激情。而我有点犹豫，豆荚的尖刺像小锥子一样扎手。我试探着触碰它们，马上就疼得缩回了手。可是，往前一看，父母义无反顾的背影给了我鼓励。我咬咬牙，忍着痛，像一个新兵投入战斗。

一人三拢，并排割过去就显出了成就。我们一鼓作气，一会儿就是一个来回。割过的豆田干净空阔，齐刷刷的豆根气势如虹。太阳升起来，一点点变得毒辣，毫不留情地烘烤着脸颊和后背。汗珠滴答在泥土中，衣服紧贴在身上，湿黏的感觉很不好受。我直了一下腰，母亲递过水壶，我猛灌了一口水。短暂的休息，是为了更好的战斗。天黑之前，我们要把黄豆割完，再送它们回家。

简单的午餐之后，我们继续收割。豆荚更扎手了，我的手已经好几处破口。豆子终于割完，我们开始装车。一车当然装不完，需要一趟趟地往家里送。父亲像一位将军指挥若定，我和母亲则是忠实的部下。我们脚步踉跄着，把一捆捆豆秧抱到牛车前，举到高处，再递给父亲。父亲站在牛车上，像一位高明的泥瓦匠，一层层垒高，码好。他手下的豆垛层次分明，车前车后，各有轻重。

太阳已经西沉，父亲催母亲先回家。今天是中秋，母亲作为一个家庭主妇，需要早做准备：熬一锅冬瓜菜，还要摆上月饼和水果拜月敬神。家乡的风俗，敬神不能晚。暮色中，黄豆越垛越高，我担心装不完。父亲有办法，他见缝插针，最后把豆秧都塞进豆垛里，再用大绳前后勒紧。

劳累了一天，我已经疲惫不堪。月亮慢慢升上中天，我趴在高高的豆垛上，晃晃悠悠地进入梦乡。多年后，每到中秋，我就会想起和父母一起抢秋的场景，想起那温暖质朴的乡村时光。

内心的田园

愿做冬天里的一棵树

我的窗外是破落的大院,大院的角落里有一棵树。

她显然是已经存在了许多年,而我在今天才发现她的身影,想来不能不感到惭愧。平时上班匆匆,没有东张西望的时间。再者,她生长在最偏僻的墙角,自然难进入路人的视野。只有在楼上窗台才能看到她的风姿。能静静地读一棵树,虽然是在无奈的情况下。但也因为有了一次阅读的过程,我懂得很多人生的道理。

树在冬天,很显然不是她最风华绝代的时候。相反,是她最伤心最难过的时刻。头顶上没有了蓝天的广阔和白云的悠闲,没有了阳光的温暖和清风的和煦,身上不再有蓊蓊郁郁的枝叶来装点,耳边缺少了小鸟快乐地飞来飞去的身影和歌唱,身旁没有了嫩嫩的草和娇艳的花来陪伴,她现在是在什么样的绝望环境啊。灰蒙蒙的天,烟尘乱飘,冷风劲吹,有时雪花还要来打搅。冰天雪地之上,光秃秃的枝丫直刺苍天,虽然是力量单薄了些,但是绝不因只有一棵树的单薄就放松抗拒,放松坚强。

读树,读这一棵孤独但又坚强的树。有人说书是用文字来记载历史。那我要说，树是用年轮来书写文明。逝水流年，都在那一圈一圈的年轮中深深掩藏。世界上的树千千万万乃至无穷，每棵树都有着自己的精彩故事，都上演过悲欢离合、阴晴圆缺。但是，正如世界上没有两条相同的河一样，树也是具有个性的生灵。我面前的这棵树，就以她独特凄美的色彩，把根深深扎进我灵魂的谷底。

我之所以有时间读这棵树，是因为这场可恶的流感。当我一次次地受着它无情的压迫和摧残，又一次次抵抗和锻炼，到现在只好请假在家里静心休养时，我发现没有一个人能来帮我。我身边的人要么也在和流感作不屈的斗争，要么是在千里之外，最多能给我心的慰藉。我独自一人靠着窗台边，边打着喷嚏边透过遍布灰尘的玻璃向外无聊地张望，我尝到了孤独的滋味。其实，在一年中的某个时刻，我去找一位朋友众多的邻居玩牌的时候，发现她现在正一个人在桌边，支着头，呆呆地发愣，我蓦然发现了一个不是真理的哲理：我们每个人来到世间，其实都是孤独之身。记得当时被自己的发现吓了一大跳，还回想了好几天。然后，才慢慢地开导自己，慢慢地豁达，慢慢地成熟。现在，我透过玻璃，就发现了窗外的这棵树。

发现她的存在，让我感到了衷心的喜悦。我静静地望着她，她似乎也在静静地注视着我，就这样，相看两不厌，只有敬亭山。不知道时间是如何在轻轻挪动脚步，怕惊扰了我们心灵的低语，只听到墙上的钟表"当"的就是一下。我不知道我和树之间，到底有着怎样的渊源，只恨半日里怎么就忽视了她。她的每一条枝枝杈杈，仿佛都是张开的想拥抱我的臂弯。寒风中萧萧的清音，仿佛都是对我最热切的呼唤。我不知道树是我，还是我是树了。迷迷糊糊的状态中，混混沌沌的意识里，我和树已近乎是一体了。

其实，做一棵树，做一棵冬天里的树，有什么不好。在藏族人的意识里，每个人每年种一棵树，可以增寿五年，相反，就要减寿了。而且，谁也不愿意当木匠，认为砍树得到的报应是死后被人割脖子。因为人和树，树和人世世轮回。在这种宗教般神圣的礼拜中，谁不想成为一棵真正的树呢？

就这样，没有选择，只有喜欢，做冬天的一棵树，寒风冻雨中孤独而又倔强的树，知道自己需要什么，也知道自己如何让自己快乐。在墙角边、砖砾旁，站成一道特有的属于自己的风景，无须人来欣赏。

山明水净夜来霜

冬天是个单调乏味的季节,幸好有飞霜白雪,能安慰我寂寞的心。

一觉醒来,跨出家门走在路上,第一眼看见天气阴沉,雾蒙蒙的,一夜飞霜,整个世界忽然变了样子,有一种隐忍的美。在万里霜天里,不见了鸟雀的影子,霜凄厉地落下来,薄薄的一层,田野上、屋瓦上、小动物的毛发上、老绿的柳树上、棉花秸秆上,雪白一片,白银一般,透着一股子凉意。大地之上,众生沉浮,从容地寒浸肌肤。

霜是雪的前奏,再向前走,冬天就推开大门,一场沸沸扬扬的大雪会在某个夜晚或清晨,不期而至,铺一床圣洁的地毯,一直延伸到春天里。而此时,最应该走在清寒的轻霜里,浅唱低吟,珍惜和霜的缘分。

霜很美,可惜太短暂,太阳一出来,就消逝化为清水。这种悄悄的姿态让我想到很多,比如想留却留不住的青春。前几天,我去参加孩子的家长会,偌大的阶梯教室坐满了人,坐在孩子旁边,需要微微仰头看他棱角分明的脸、自信的眼神。一个喜欢唱歌的男孩子站在台前飙高音。接着,一个皮肤白皙的女孩子为我们朗诵诗歌。最后全班同学站起来,紧握右拳,庄严宣誓。这一瞬间,我忍不住泪眼婆娑。在一种振奋的情绪中，不禁回忆着上学时的我，运动会、画室、琴房、舞蹈表演，一个个画面只在眼前一闪就过去了，就飞一般融化进了沧桑的皱纹。转眼四十，我们的青春只能在孩子的成长中消隐。

近来读古诗词，很喜欢名句"鸡声茅店月，人迹板桥霜"。几声鸡啼，一轮残月，那天我和母亲拉着板车，到菜园里收白菜。菜园里寂静无人，只有我们在衰草丛生铺满银霜的小路上走。我拉着一车清新的白菜，母亲在后面用力推车，沉重的车轮咯吱咯吱地前进。在停车暂歇的瞬间，我扭头看到母亲的脸，眉毛上结了一层霜华，毛茸茸的，像传说中的白眉大侠。母亲也笑指着我的脸，原来是和她一样的。我们拉着车继续走，离家越来越近，辽阔的霜天在我们身后逐渐淡去。我低下头去，忍住泪：母亲只看到了我的白眉，而我还看到了母亲的白发。曾经美丽的母亲早已经白发如霜，这怎能不让人心疼？

山明水净夜来霜，带着一种淡淡的哀伤，我怀念着如飞霜一般的美好。

雪里梅花醉

晚上睡觉时,我是怀着一份期盼的。天气预报说,今夜有雪。我只想在温暖的房间里酣睡,醒来后推窗一看,果真能看到一个粉妆玉砌的世界。踏雪寻梅去,红白相衬,岂不为美?早过了大雪的节气,冷也冷到顶点,寒也寒到极限,一场纷纷扬扬的雪也该来了。

第二天,我欣欣然下楼出门,等着奔赴一场与雪花的约会。一出楼道,兴奋顿然消失:天气虽然阴沉,可哪里有雪花半点影子?等一场雪,终归成了一场虚无。失望之余,我安慰自己,就这么一直盼望下去,总会和一场雪越来越近。

难道是这样一个道理?总有一些雪,先落进诗里,再落到人间?有些雪,注定与诗提前相遇。近来读简墨编著的《二安词话》,尤其喜欢其中李清照的一首《清平乐·年年雪里》:"年年雪里,常插梅花醉。挪尽梅花无好意,赢得满衣清泪。"雪里梅开,预示着草长莺飞的春天已经不远。踏雪寻梅的诗人,心情无比宽慰,年轻、有爱,加之有希望和幸福,这种美好几乎要溢出来,于是鬓上插梅而醉。这个醉,醉在相思,那个人不在身边,诗人的思念只能通过一个小细节来表现,揉搓了梅花再丢掉。诗人的相思只有雪能懂，在雪纯净的眼睛里，诗人的爱情就是一枝艳艳的红梅。

　　李清照是讲究闲情雅趣的，《宋史·李格非传》记载，说她每逢天降大雪，就顶着斗笠披上蓑衣，出城登高远望，寻找诗意。在我们乡下农家，下了雪也是要登高的，但不是为了寻找诗意，而是为了上房扫雪，以免大雪冻坏了屋顶。和李清照相比，我们的登高显得非常实际。

　　记得去年一场雪，下得好大。我小心地沿着木梯上了屋顶，放眼望去，白茫茫的世界，白得直晃人眼。晶莹剔透的雪，让一种婉约的旋律在我心头响起。我和母亲相互叮嘱着小心，一个人用木锨，一个人用铁耙，一个推，一个拉，把厚厚的一层雪清扫到房下去。这房子并不是我家的，而是一位远方亲戚的。亲戚在石家庄工作，虽在老家买了房子，平时并不住，只拜托给母亲照应。我有时劝母亲："您都快70岁了，腿脚不灵活，上房扫雪多危险，我们不在家的时候，你就别为亲戚扫雪了。"母亲淡淡一笑，说："不可以，是咱们亲戚呢。她不在家住，咱们更应该替她扫雪呢。"母亲看重亲情，这一点我明白。我紧跟在母亲身后，扫雪时看着她蹒跚的背影，也似乎看到了一枝盛开的梅花。

　　喜欢这样一句诗："我喜欢这个世界是柔软的，一场雪不会压倒另一场雪，最早最深层的那些雪花，也还是，乍开放的完整，清洁。"诗人也好，农民也罢，雅俗之间，他们都在追求一种有美感的人生，以清净的心看世界，以柔软的心过生活。她们的整个人生就像一件作品，温暖别致。

　　几天内就要下雪了，我又想起了去年今日。

来了一场雪

小雪节气到了,一场雪说来就来。

清晨出门,天阴冷,再次裹紧了羽绒服。迎面飞来的是湿漉漉的雨丝。不着急,雨是雪的前奏,是雪的陪衬。过了一会,雪开始下。斜斜的,灰灰的,盐粒一般,落在地上,成不了气候,化成水,氤氲一片;没有跳跃,也不曾唏嘘,默无声地湿开去。小北风飕飕地刮,这是在造势呢。雪大概受不了风的邀请,心热了,激情澎湃了,雪粒变成了雪花。纯净的白,飞着、舞着,像花一样自由自在的,轻盈极了。雪花不带一点动静,已经装点了山河。

人们脸上露出喜色。在冷峻严酷的北国之地,还能有一场雪像江浙女子一样温婉秀气。雪花不太大,也不很小,纷纷扬扬的,正应了"小雪"的景。雪花太小的话,不像个雪的样子,和一场雨没什么区别;太大了,又会给出行的人带来种种不便,或者演变成一场灾难。有朋友曾在陕北塬上下乡,他看到过一幅雪落村庄的水墨画:西红柿放在树杈上,红红的,顶着一撮白;屋顶上白茫茫的,几只麻雀落下来,又飞起,翅膀忽闪起一层雪的影儿;一头毛驴拴在树桩上,在雪地里左右踱着步；小女孩穿着红棉袄，在院子里跑着，追赶一只鸡。天不太冷，雪不太大，村庄是那么美丽。

老舍在《济南的冬天》里说，最妙的是下点小雪啊，山上的青松越发得青黑。感谢这场小雪，让我少了许多担心。几天前，天气预报有中到大雪，我的心就开始七上八下的：住在乡下的父母，又要为扫雪发愁了。对庄户人来说，下完雪，第一件事就是扫雪，把屋顶上的雪扫去，把院子里的雪扫去，重新整理出一个清平世界。父母岁数已大，上下木梯都费劲。屋顶上厚厚的雪，更是应付不来。但他们不愿意向年龄低头，向岁月服输，仍以瘦弱佝偻的身躯，拿着铁铲、扫帚，一下一下地和积雪开战。他们的每一声咳嗽都让我心疼，恨不能变成一只鸟，马上飞到他们身边。现在好了，雪不大，父母可以安心坐在火炉前取暖。还有什么比雪的善解人意更让人满足的呢？

在丰子恺眼中，夏日可畏，冬日可爱。冬天可爱的原因，大概是来了一场雪。雪的白，是最干净的颜色。世界万色，唯有白不可染。白得像梨花一树，芦花满湖。冬天太寂寞了，总要给庸常的生活找一点快乐。石凳上、车顶上、雪地里，都可以任性地写上两笔，一句誓言或一句情话。和心上人在雪地里牵手，一直走，一直走到白首。约几个好友，在雪地里拍照，一定要穿上母亲做的蓝色碎花大氅，拍出文艺的民国范儿来。站在雪中，只觉空山闻雪声，全是禅意。

来了一场雪，留下娟娟的好。

腊八粥里浓浓的爱

盼望着，等待着，冬至已过，腊八的脚步近了。

每逢腊八，我们一家人总是围坐在一起，喝上一碗热乎乎的腊八粥。那粥甜而不腻，黏而不稠，晶莹润泽，唇齿留香。喝了腊八粥，身心都透着熨帖和温暖，早忘记了窗外凄寒的北风。

我们喝粥的时候，母亲总会问一句："好喝不？"待得到我们肯定的答复后，她接着就劝："那就多喝几碗，一年当中就会吉祥幸福，平平安安。"关于腊八粥，陆游有诗云："今朝佛粥交相馈，更觉江村节物新。"在诗人看来，寒冷的冬天，喝上一碗腊八粥，仿佛看到了清新的春天气象。母亲不懂诗，也没有诗人的情思，她的愿望质朴简单，唯愿家人一切安好。

腊八粥里，蕴含着烟火红尘的香气，弥漫着家庭的温馨，能喝上一碗腊八粥，我们要感谢母亲的辛勤劳作与付出。在乡下农村，过腊八节是件庄重严肃的事情，喝腊八粥就是腊八节的标志。乡亲们当然也熬腊八粥，但和母亲做的粥比较起来，就过于简单和流于形式。他们的腊八粥食材简单，不过是大米和小米的混合物，顶多再放几颗花生和黄豆而已。母亲的腊八粥食材丰富，除了大米、小米、绿豆、黄豆、花生、大枣之外，还会配上肉丝、白菜、粉条等，加之熬粥掌握的火候恰到好处，所以她熬的粥色味俱佳，堪称一绝。

多年来，我喜欢跟在母亲身边，看她熬制腊八粥。

我家的厨房是个小南屋，冬天生一通炉火，做一顿饭的工夫，熏的屋子里暖融融的，一点也不冷。我坐在床边，吃着零食，饶有兴趣地看母亲忙活。不是我不想帮忙，关键是插不上手。母亲能干，一个人独揽了熬粥的工作，舍不得让我干活。她含着笑，用葫芦瓢把各种米豆淘洗干净，不容许残留一个砂粒；她含着笑，切着青绿的白菜和红红的肉；她含着笑，捅开火，烧一锅开水；她含着笑，把食材放进锅，看它们翻滚蒸腾犹如飘来荡去的云朵。煮粥过程悠长，却并不枯燥，因为我的嘴巴没有闲，给母亲讲我的学生，聊我的工作。母亲一点也不厌烦，在她，听女儿的讲述是件享受的事情。

岁月催人老，在熬制腊八粥的缓慢时光中，母亲逐渐年老，年近七十，腿脚迟缓，眼神也不好，做事经常有心无力。终于有一天，母亲对我说："我老了，以后该你熬制腊八粥了。"我有点心酸，用力点着头说："放心吧，这个任务交给我。"

从此，我继承了母亲作为家庭庇护神的角色，尽心尽力为一家人熬制腊八粥。腊月初七的傍晚，我就挎一个购物筐，在超市里选购食材。除了买上现成配好的腊八粥料，还要买点葡萄干、蜜枣、大杏仁、芝麻、红萝卜、菠菜等，这料才算备足。回家后系上围裙，一头扎进厨房，给一家人变戏法似的变出一锅腊八粥。淡淡的黄白粥，点缀着红红绿绿的枣干，一看就勾起人的食欲。家人陆续归来，拍拍身上的寒气，我亲手端上一碗一碗喷香的腊八粥，房间里就弥漫着开心欢乐的粥香。

每当父亲、老公和儿子在客厅里看电视，说着男人们关心的国家大事时，母亲总喜欢和我待在南屋的小厨房，厨房是我们母女最快乐的地方。我含着笑，用葫芦瓢把各种米豆淘洗干净；我含着笑，切着青绿的白菜和红红的肉；我含着笑，坐上锅烧一锅开水；我含着笑，把食材放进锅，看它们翻滚蒸腾犹如飘来荡去的云朵。在我熬粥的过程中，换成了母亲安然地坐在床上，吃着我给她买的点心。我享受着母亲给我讲的村庄故事，谁家刚娶了新媳妇，谁家的老母猪下了一窝猪仔……

所以，我盼望过腊八节，很大原因是因为一碗腊八粥。粥的食材不过是些日常瓜果杂粮，但是用心熬出来的粥很香甜。母亲把她对我的关爱煮进粥里，我把对母亲的孝顺也煮进粥里，我们一起把对家人的美好祝福煮进粥里。腊八粥给予了生命的营养，让我们不惧流年。温馨的大年就要来了，品尝着美味的腊八粥，感到年味无与伦比的持久悠远。

内心的田园

做块豆腐好过年

过年了,家家户户都要做豆腐,这是老传统了。谁家要是偷懒买现成的,别人准会在背后说:"过年连豆腐也不做,真是的。"话语的里里外外,都是不屑。是的,吃着自己亲手做的豆腐,心里很踏实。豆腐做得好,来年的运气就好,这两者好像有着很大的关联。

做豆腐先要选上等的黄豆,最好是当年的新豆,颗粒饱满,漂净,水中浸泡一晚,第二天豆瓣发胀了两倍,再挑到机器前,磨成豆浆。一人在灶火前烧火,要一大锅的热水,另一人在院子里支起一口大锅。等到水开到滚烫沸腾,就用开水在院子的大锅里冲泡豆浆,用大棍均匀搅拌。然后,又一人在原来的开水锅前摆开架势,挽起袖子,开始一袋袋地把冲开的豆浆装在布袋中用力揉挤。这个工作往往是有力气的男人来做。只见细细的豆浆水从布袋中慢慢流出,豆腐渣则倒在一挎篮中。这时候还要再把锅烧开,用卤水点豆腐。院子里的大锅上早搁置了一豆腐架子,放好一个圆形的筛子,上铺一大单子,两个人分别把住单子四角,等把第三次烧开了的豆浆都舀到这里了,两个人同时向不同的方向拧干,黄黄的水流如注,最后压上木板,再放上两桶水,不用管它，四个小时后，豆腐就做成了。

　　做豆腐看似容易，实则辛苦。而且很讲究团体合作，人少了不行，工序虽不复杂，但需要的人手很多。所以经常是几家人通力合作，共同劳作。我小时候最喜欢的就是去帮姥爷家做豆腐了。说起姥爷是个很风趣的人，他的故事很多，想起来就想乐。有一次，他套着牛去耕地，牛发懒，不走了。舅舅在后边扶犁，姥爷在前边牵牛。牛不走，舅舅就着急，看看太阳西沉，地怕是要耕不完。舅舅就发牢骚给悠闲的和牛一起站着休息的姥爷说："你不能狠抽它一鞭子吗，让它快走。这样下去，天黑也耕不完地。"姥爷心疼牛，自然舍不得打，就对舅舅说："打它咋的，我唾它一脸，让它心里羞愧去吧。"和一头牲畜讲面子，真是对牛弹琴了，但这就是姥爷这个本分忠厚、幽默诙谐农民的圆滑哲学。还有这做豆腐，豆浆揉到锅里后，是最讲究火候的。烧锅的人要时刻观察水位，好及时放卤水点豆腐，否则水位迅速上涨，就要水漫金山，速度惊人。去年这时候，小姨刚进门，就听姥爷吩咐她说："快去把大门插上。"小姨不明所以，正要去插门，大家哈哈哈大笑，原来姥爷又在幽默呢。

　　姥爷虽则幽默，可也有让我们不满意的时候。点完豆腐即将成块时，姥爷会舀上半碗豆腐脑，白白的小豆腐块盛在清黄色的水中，放点盐，搁点油，敬过神，招呼孩子们来吃。说一是为尝尝鲜，二是为压咳嗽。我们可不管什么原因，蜂拥而上，七嘴八筷地吃起来，风卷残云后，面前是空空的碗。我们只说姥爷小气，为什么不多给舀点呢？嘿嘿，真是孩子。

　　傍晚时分，估计豆腐做好了，放下水桶，打开豆腐单子，一方瓷实的豆腐展现在眼前。姥爷拿刀切下一块来对我说："这是给你家的。"

我推辞说："我家也做了，不用给。"

姥爷不容商量地说："拿着，这是我给的，你们有是你们的。"我只好接受了。

姥爷又拿刀切一块，说："这块给你小姨送去。"又拿刀切一块下来，说："这块是你小舅的。"

看看豆腐，消失了三分之二。我就纳闷了，豆腐家家都做，姥爷为什么还要送豆腐给我们呢？

多少年后我明白了，这是这位朴实农民表达情感的特殊方式，也许他无法带给儿女们任何荣耀，但是他的心时刻牵挂着儿女，无论是时间还是空间的幽渺，他的手中那爱的杠杆，永远会为我们撑起最大的幸福、快乐。

年是时光的礼物

再高明的魔术师,也无法阻挡时光的脚步。日子一天一天,历历可数。半卷帘幕,几个韶华已逝的妇人,围坐在一起,诉说年的无聊、年的忙碌、年的乏味、年的恐怖。我躲在一边,在漫天飞扬的诗歌中,悄悄吟唱:年是时光的礼物。

悲观者把年当成一条直线的终点,看作生命的减法之湖。其实,年是一个圆,不是终点,而是回到了起点。新旧交替,衰老与成长密不可分。时光生动鲜活,厚重深刻,日月悠长,韵味沧桑。一如竹子的节点,点点都是攀高。著名作家古保祥在他的《薄光禅》中说:"薄光短,日光长,再长的岁月也禁不起懒与惰,华灯早已初上。"年过的不是沧桑,而是积极的态度和认知。

冬日飞雪,最适合读书。一卷在手,唇齿留香。斜倚着小轩窗,慢慢阅读,每一个字都不是囫囵吞枣,而是细嚼慢咽。不仅能品尝到美味,还能获取营养。人生也是一样,要把每一个小时都当成精彩华章,慢品妙处。对昨天眷恋,对明天展望,有滋有味地度过宁静的时光。雾霾遮天,冰雪封路,弃车步行,照常走在上班的路上。独对寒灯,听风雪交替，字字敲击，敲出的都是梦想和希望。远山近水，问朋友冬安，思念缕缕，温暖在心间眉上。年过的不是敷衍，而是认真的生活和对待。

  有时，忍不住托腮漫想，年到底像什么呢？像一坛陈年老酒，还是一首深情旧歌？眼前突然就有了一树花开的意象。"人间有味是清欢。"这话一点不错，总有瞬间的感动打湿眼角，总有刹那的善意温暖心房。小小的节日里，三五好友团聚，喝两杯淡茶，聊几句家常。素未谋面的好友，从遥远的南京打来电话，一聊就是几个小时，说不尽的文坛趣事、精彩文章。办公室里，领导突然造访，惶恐起身，却是提醒我：汽车忘了关灯。上楼慢行，邻居殷勤相问，送一棵自家的白菜，青碧可人。小喜悦如花朵满枝，树本身亦美；不快如叶片蝗虫，不见无忧。不经意间就与关心相逢，与惦念偶遇。年过的不是冷漠，而是相互的付出与关心。

  那天，在网上看到一首小诗，意境甚美："雪花风飞舞，结一张漫天帷幕，悄悄春的脚步，捎一段，遥远祝福。年是时光的礼物，它满怀虔诚，我何忍辜负？一期一会，把生命中的每一天当成最后一天来过，虽然匆忙，但并不粗粝；不要让日子飞一样逃走，而要把那些飞掠的美好，伸手留住。"

故乡册页书

> 庄子有言:"今夫百昌皆生于土而反于土。"从胎里带来的根基,注定了人要一辈子亲近故土,那里连着童年,连着无法磨灭的记忆。
>
> ——题记

一 淡逝的风物

我对故乡热切地牵挂着,故乡却对我日渐陌生。每一次回家都感到空前地萧疏断肠,村庄里我认识的人和认识我的人越来越少了,生怕有一天,我被很自然地排除在村庄之外了,这会是怎样的痛与悲哀啊!这个已经现代化的村庄,还是我在暗夜醒来泪水悄然洇湿枕角的地方吗?我茫然又徒劳地在村庄中东寻西找,拿起相机,忘情地凝视和拍摄着儿时居住的小山村——水流长,菜根香,那是一方水清木华的地方。看不见最后的石磨、幽深的老井,槽头边没有耕牛,小河旁也难觅洗衣女的芳踪。那一幅幅记忆深刻、意境深远的水墨小品,怎么就淡出视线之外呢？那些深深刻在童年石壁上的风物，都已然生锈，随风淡去。

　　那一盘古老的石磨，被安置在破旧的棚屋里。一片磨盘是天，另一片磨盘是地，转进去的是粮食，转出来的是光阴。夕阳透过小木窗撒进来微弱的光亮，浮尘就在光亮中上下纷飞。小脚的三婆婆迈着碎花小步，紧跟在蒙着眼睛的毛驴身后，用小笤帚把溢到磨盘边上的粮食扫进磨盘中间，金黄的米面上就泛了一道白光。剥落的土台子旁，小媳妇正在筛面。小细箩一前一后，细细的面粉如雪花般轻盈地飘落，小媳妇年轻的脸庞沾了一层白，白得妩媚好看。婆媳俩各自做着自己的活，虽不多交谈，但是配合默契，蕴含着无言的情意。一群麻雀扑棱飞来，落在碾棚外的梧桐树上伺机啄粮。三婆婆的眼睛马上犀利地瞪过去，手中的小笤帚举起来，呈做打之状。麻雀不敢轻举妄动，最后只好无奈地展翅飞走了。

　　老井是沉默的，幽幽的石壁生满厚厚的青苔，辘轳是它的知心人，会在月夜陪着老井说说话。井台边是热闹的，扁担、水桶放了一大片，家长里短也散播了一大片。咣当一声，水桶在井水中倒了个儿，水面荡起一个美丽的水花，辘轳一转一圈，水桶升一截，只见湿漉漉的井绳、泠泠的水。布满老茧的大手伸过来，一桶水稳稳当当安放在井台。打了水的汉子并不马上离开，他挪开了地歇一歇，抽完一支烟，才不紧不慢地挑起水桶，晃晃悠悠哼着小调回家去。见了站在碾棚外看天色的小媳妇，也不忘了打趣："大妹子等谁呢？不会是等我吧？"小媳妇半嗔半怒地扭头跑开了，汉子满足地走开去，路上漏下了一条弯弯曲曲的水线，苦涩的日子里有了欢愉的气息。

　　村庄是景，野外也是景。一块不太规则的土地，一个壮汉和一头牛构成了图画的中心。老牛把头低下，身体前倾，用力拉动犁铧。晶亮的犁铧插进泥土，一道湿润的新土像是在海上劈开的浪，那些老土纷纷向两边败退，高高的犁把指向天空，它的命运掌握在一个全是硬茧的手掌中。壮汉头上的手巾不再雪白，而是带着洗不下来的黝黑。或许是干活热了，他敞开了怀，每走一步，那小褂的衣襟就带劲地向后飘一飘，脚下的鞋在泥土中埋没。他的脸上是笑，是劳动的激情和对生活的知足。牛老了，犁杖还血气方刚，在稳重的前行中，泥土的印章在壮汉的心头翱翔。有了牛的沉着坚韧，才开垦出水草丰美的春种秋收，有了犁杖的奋勇向前，才抒发出乡土的雄浑壮美。与泥土亲切依偎着，农人的一生都不会寂寞。

我知道，淡逝的风物，是童年的叠影，那无法折返的时光，成了故乡的风向标。在故乡，好女子的标准除了贤良淑德，还必须会做女红。女红带着农村的特征，不外乎是纺花织布纳鞋底，谈不上高雅，全和生计息息相关。寒冷的冬夜，那些采下来的棉花，全被母亲纺成了线，做成了衣，为我遮蔽寒冷的恐惧。纺车样子古朴，木质的部件散发着母性的光辉。纺车摇了一圈又一圈，一正一反，嗡嗡嘤嘤的，线穗子像个白萝卜由小变大，脆生生的，透着一种美。母亲盘腿而坐，像一个圣洁的女神，左手抻线，右手摇柄，昏黄的灯光把她的剪影夸大，然后拉长。这是一种枯燥呆板的劳作，而母亲却近乎沉醉。纺车的声音在冬夜里分外柔软，似乎是一首安眠曲。而我，早已经在纺车的安抚中，沉沉入睡。

那时候，村庄没有电视、手机，我很多的娱乐都和风箱有关。姥爷家的屋檐下，盘着一口大锅，安着一只油漆斑驳的风箱。风箱里永远有用不完的空气，薄薄的木板，外加一副光滑的拉杆，就成了风箱的样子。每一次抽拉，小盖板自由开合，风箱就会吐出一股风，给了火苗动力,火苗呼呼的,锅里的水就咕嘟嘟冒起了白气。在田野上跑累了,我就去姥爷家串门,坐在蒲团上帮他烧火。姥爷弯腰驼背,搭一条毛巾,在灶台前忙活着。这个从富家子弟沦为赤贫的老人,从来不谈生活的苦难,永远是淡然面对。姥爷给我讲故事,还教我下象棋。我仰着稚气的小脸,对姥爷一脸的崇拜。

这些消失的风物和场景,如果让诗人看到,他一定会灵感大发,生出持重与轻盈相辅相成的趣味,敦实与机巧搭配的哲理,憨厚与灵慧共生的诗情。如果是让画家看到,他会将一幅水墨画在心头铺开,顺手拾起几个细节:磨盘青青,毛驴如定,铁犁如船,翻开的土垡如波如浪……这些风物,无疑象征了古老的农耕文明。时代前行,它们渐行渐远,逐渐隐藏在历史的帷幕后,我翘着脚跟,远望挥手,像是送别村庄里最后的小脚女人。在惆怅和依恋中我再次深情凝视,这一片充满古老趣味的故乡,是我们这些从简朴的远古中走出来的现代人永远的牵挂。

随着风物远去的,还有恩怨情仇。小时候时常见到有人在大街上打架,有人因为拉架而受伤。灯光如豆的夜晚,正端着碗吃饭,会突然听到一声长嚎,有人在房顶上骂街。纠纷不断,有威望的长者,往往肩负着管闲事的责任。那时候的村庄是热闹的,鸡飞狗跳,烟火红尘。现在,村庄只剩下一些老人和孩子,年轻人忙着出门打工挣钱,谁有工夫闹那些闲气呢。

小娥大娘最痛恨的仇人是她的亲妯娌,因为赡养老人两妯娌闹意见,两家人有了矛盾。她的妯娌非常恶毒,在小娥大娘的儿子娶儿媳妇当天,竟然拿着冥币在花轿前焚烧。这在农村是最恶毒的诅咒,气得小娥大娘哭了一晚上。事有凑巧,儿媳妇过门一个月,去河里洗衣裳,一个闪身掉下去淹死了。小娥大娘认定媳妇的死和妯娌的诅咒有关,发誓到死都不会原谅她。多少年过去了，小娥大娘成了个健忘的人，上次在一家吃婚宴，小娥大娘和她妯娌坐在一个桌子上，有说有笑的。端上热菜，小娥大娘还夹起一筷子给她妯娌吃呢。

有人偷偷问小娥大娘："你们啥时候和好了呢？"小娥大娘一副无所谓的样子说："都是半截子入土的人了，还提那些陈年旧事干什么？让下一辈的孩子们好好的吧。做人往前看，要能容人呢。"

都过去了，都消失了，现在一座纯粹的石头房子是再也没有了。如今村庄已经整体北移，在原来的棉花田里盖起一座座规划整齐的红顶砖房。年轻的农民像候鸟一样在城市中飞翔，他们操着不标准的普通话，聊着大城市里的见闻，上网聊天、网购，还买了小汽车，生活水准一点不比城市的人差。故乡在变，富裕的同时，人们也变得大度起来，村庄里分外和谐。我不知道村庄喜欢过去还是现在，她也不管我是什么感受，她该怎么走就怎么走。有谁知道我在怀念那些淡逝的风物，在祭奠我逝去的童年？屋矮，巷小，风瘦，我却自得清欢。

乡愁，挥之不去。

二　回乡偶书

　　少小离家老大回，乡音无改鬓毛衰。
　　儿童相见不相识，笑问客从何处来。

上学时读这首诗，只觉得好玩，哪里能了解作者沧桑的心境。人到中年后，才深切体会到被故乡人视为陌生人的恐慌和悲哀。岁数大的，已经认不清我；岁数小的，压根就不认识我，对他们而言，我是谁呢？

不过，我不怕，母亲还住在村庄里，我就是村庄的儿女。母亲所在的地方，就是牵系着我的故乡。我利用一切可能的机会，趟过时光的长河，去探望父母，亲近故乡。

回家的路，风景独特而美丽，温暖只属于我。远处是隐隐的青山，眼前是秋后的田野。刚种了小麦的土地，干干净净的，像刚做出来的水豆腐。路边的垂柳显出些苍绿的颜色，配合了秋的心意。火炬树个性率真，高高低低，红黄绿三色搭配，绚烂的树叶不让春花。山陵上的酸枣树，落了枣，只剩下黄绿的老叶子了。白色的芦苇花随风摇曳，简直是舞蹈的精灵。大片大片的黄野花遍布山冈，给天然的村庄制造出花园气息。花的海，花的潮。大口地呼吸、吐纳，顿觉天地澄清，空气温润，带着农村胸膛中的热情抚摸过来，怎能不使人陶醉呢？到家了。家，我回来了。

小院里，母亲坐在苹果树下的小凳上，正在削苹果吃。苹果树已然苍老，已经有20年的树龄，可结出的果子仍然甘甜清脆。丰收年，满树的苹果压弯了树枝。母亲一向是勤俭持家，只捡摔下来的苹果吃。房顶上传来父亲爽朗的笑声，我纳闷他去房顶上干吗，去看玉米棒子和花生吗？母亲笑着解释："才不呢，是去房顶上给你找好吃的大苹果呢。"这时候的我，满心都是被宠爱的得意。当然，我是不会表现出来的，那样太浅薄，我让它沉淀在心底的小河。水缸里满满的清水，映衬着白云的影。含苞待放的菊花，红彤彤的绣球，装点了院子，也装点了我的梦。只有在这里，我才是一条自由自在的鱼，找到属于自己的水域，唱歌、摇尾。

在县城，我是个懒散的人，可是，故乡就有这种魔力，使我回归到勤劳的状态。吃完苹果，我拿起扫帚去清扫院子，娘马上制止我，她怕我劳累。她不了解，扫地对我而言，是一件高兴事。听着树叶唰啦的响声，看着扫出一片干净，觉得自己还是这个家的主要一员。我会抓一把米，撒在苹果树下，咕咕地唤着门外的鸡回来，看着它们抢食。或者提一个料桶，端半瓢猪食，去给大肥猪喂食。猪圈被娘精心打理过，上面搭了一个葫芦架，还结着几个老倭瓜。猪圈一边的墙壁上，紫红色的梅豆一嘟噜一串的，娘也不摘，不知道是顾不上，还是为了欣赏。

晚上，我睡在故乡的大床上，香甜地进入了梦乡。风在窗外呼呼刮过，吹得苹果树枝东摇西晃。梦中，我还是那个扎着羊角辫的小姑娘，在故乡的田野上疯跑着，野花开放，蝈蝈声声，我跟在母亲的身后，踏实而又快乐。

当我从悠长甜美的梦中醒来，懒散而撒娇地揉揉眼，翻了翻身，看到了墙壁上半旧的床帷子，手摸一摸母亲的被窝已经叠了起来。耳边聆听着老式座钟敲了几下，我满足而惬意地对自己说：回到老家了，我是住在村庄里的。

窗帘是分开的，一半垂着，一半挂了起来。早晨的阳光充满爱意地叫醒了我，第一缕阳光照在村庄东头，鲜嫩而洁净，我甚至感到刚才她水滑般的皮肤，温柔而有质感。我陶醉在阳光温暖的怀里时，她竟然微微笑着，漫过一个个的屋顶，向村庄的中央，向村西头过去了。

我半仰着身子，满含深情地打量着我家的小院。天，晴朗而高远，这一方天，我抬头看了几十年。母亲经年累月地在灶间添柴烧火，袅袅炊烟，熏染了我家的天空，充满祥和，用她的爱笼罩着我，笼罩着我安安稳稳的家。

这么大了，在母亲面前我依然那么依恋。睡觉要母亲陪着，早晨起来不见母亲就急慌慌地寻找。母亲拎着喂猪桶从大门外进来了，走得不快，有点蹒跚。放下桶，又去鸡窝那打开门，一群花母鸡急不可待地跑出来，在院子里遛弯。猪在圈里吃得有滋有味，鸡在院子里跑得自由自在。苹果树的光影姗姗移动，我看出母亲的日常生活，也看出了母亲的幸福。我们用红砖水泥围起一个大院子，一个家，生活中再容纳一头猪，一群鸡，多年前还养过一条狗，喂过一头牛。他们永远是憨厚而古老的，而以岁月饲养它们的母亲，也仍然多年不变地保持着村庄人的淳朴和良善。

　　看不到父亲，一定是趁早下地干活了。小时候，我那么小，仰头看父亲是那么高大；我慢慢长大，而父亲则日渐衰老。父亲拒绝我请他进城居住的好意，执意和土地打交道。农村的体力活总是欺负一个年老的人，这使我一想起来就有点苦涩。父亲不这么认为，他的生活简单到劳动就是快乐，劳动就是他不变的人生追求。脚踩着黄土地就是父亲的踏实人生。此时，父亲一定沿着村庄通向村外那条小径，在沾满露水的小草的问候中，肩扛长锄，在飞来飞去的麻雀导引下，去地里干活了。

　　住在村庄里，我的心一下子回归了本真，找到了原点，像鱼在水中那么舒适、沉静、自在。母亲在灶间点燃了柴草，熟悉的草木味透过窗户的缝隙钻进我的鼻。深深吸口气，我闻到了很多混合了童年香味的回忆，槐花的清香，红薯的甜香，山韭菜的幽香……有了母亲的陪伴，我陶醉在幸福的滋味里，同时再一次认清了自己，我其实一直是个住在故乡里的人，从未离开。村庄虽然不言不语，但是她博大深沉如同智者，她悲悯而宽容地和远离了她的子孙挥手，也欣然拥抱着像我一样回到村庄的孩子。

　　回乡，偶书。

第二辑　内心深处有田园

当你在城市里匆忙地穿梭，有多久没有抬头看看漫天星辰，多久没有听到内心的呼唤？搬一把藤椅，坐在自己的对面，独品清欢，让风烟俱净。推掉应酬，放下手机，远离网络，稳住一颗心陪陪自己。没有纷争攀比，没有压力欲望，构建一处田园安放美好，单纯、洁净、古朴、自然。用心触摸生活，才能站在幸福的云端。

陪 陪 自 己

一个朋友打来电话抱怨,说是好久不见,非常想念我。我在电话里和她一通神侃,最后说:"改天我请你吃饭。"好友很认真地回答:"好的,我等着你约时间。"放下电话,心中一阵茫然,因为我根本不想约这个时间。和陪朋友想比,我更愿意把周末留给自己,一个人独处,自己陪陪自己。

村上春树说过:"我是一个独处者,我不喜欢团体、流派和文学圈子,因为我想,保持距离。"原来我不理解村上春树的说法,一个人怎么就愿意孤独呢,不爱热闹呢?随着阅历的加深,我才恍然明白,独处是一种享受,一个人的生活也能过得风生水起。

于孤独中自得其乐,这需要稳住一颗心。美美地睡了一个懒觉之后,披一头长发,坐在阳台上看书。此时的阳光开始热烈起来,它调皮地透过淡蓝的纱帘追逐我的身影。绿色的吊兰在木板上悠然舒展,静,是一种难得的氛围。捧书在手,泡一壶清茶,一页页的书香相伴着,很多平日里攒下来要读的书都能从容面对了。窗外有人说话,但我根本没有去听,我不用再眼观别人在忙什么事,也不用费心去融入那些看似热闹的群体狂欢，只要保持独有的内心世界就好。看到一个好故事，看到一段充满哲思的话，都是开卷有益。我陪着自己读书，看到对面那个不再忙碌奔波的小妇人，在懒散中披着长发读书，我很容易被对面的自己感动，被那个优雅的身影感动。

朱迪·福特说过，只有在独处时，我们才是完整的。在追逐功利之后，还原一个真实的我，干净、纯粹，刚刚卸下面具，用清水洗过，如出水芙蓉，美在天然。内心是丰盈而明朗的，没有丝毫扭捏和虚伪，无须阿谀，无须伪装，这时的你好轻松！昨天县城庙会，我最喜欢在庙会上淘一两件便宜实用的东西。我和好友在人流中慢慢挤，看上一件大红色裤子，刚要和小贩谈价格，好友一句话就让我仓皇而去，再没了兴趣。她说："买衣服还是去高档店吧，便宜货没有好东西。"那一刻我放弃了本真，把自己也伪装成一个穿衣服很上档次的人。这一点让我很难受，也很讨厌。现在，自己陪着自己，想喝茶就喝茶，想看书就看书，这样的时光真轻松。

陪陪自己，有大把的时间自己待着，做点什么事或不做什么事全由自己决定。生活的格局就是这样，万物皆备于我，悠然恬淡。自成一格，风烟俱净。这就是独处的好处，放心受用好了。

陪陪自己，这是一种快乐，需要长线保持，独品清欢。

心灵深处有田园

周末，约上三两个好友，驾车向深山进发，只为了一场没有目的的远行。

山前是山，山后还是山，我莽撞而来，好奇地打量着山里人家，屋舍、田野，山花烂漫。

石头房前，满脸褶皱的老人坐在蒲团上，喝茶聊天。屋前的指甲桃开得红艳艳，还有一树紫色的木槿花，大朵大朵地怒放着。两三个小孩子在追一只母鸡，母鸡在前跑着，咯嗒咯嗒地叫。小路上，一个男人扛着锄头归来，嘴里哼着乡间小曲，一只小花狗在他前边颠颠地欢跳。山坡上，黄牛在低头吃草，放牧的老者许是怕它们寂寞，打着一把花伞在一边陪伴着。

我喜欢上了这里的一切，缓慢的时光里，随性生活的人，就像一幅缓慢展开的水墨，它有个淡雅的名字，叫田园。

这里没有纷争，没有攀比，没有压力，也没有欲望的泥淖，而是单纯、洁净、古朴、自然。

孟浩然在《过故人庄》里描述："绿树村边合，青山郭外斜。开轩面场圃，把酒话桑麻。"老朋友热情相约，我自是欣然前往。一个小村子，远有青山隐隐，近有绿树浓荫。推窗而坐，但见田地场圃；推杯换盏，闲聊耕作桑麻。普通的农家生活，在诗人的笔下是如此恬淡闲适，诗意盎然。

在世俗功利的红尘中，多少人曾经做过田园的梦。虽非大贤，也羡慕一个隐者的生活。放下一切执念，力求活得简单。采菊东篱，悠然南山，或者面朝大海，春暖花开。

但是，我们不能离开工作，离开人群，终南山下，借山而居。我们可以在心中植入一棵叫"田园"的莲花，不悲不喜，优雅花开。

名利少一些，就会轻松一些。什么都是浮云，几度光辉也终将淹没在历史长河。人的一生充其量不过百年，一切终究都会过去。贪赃枉法，滥用职权的高官达人，又有多少因为对职权的贪欲而走上不归路。开心最重要，保持平静的心境，才能看到花开，听到草虫的呢喃；欣喜如花香，轻轻浅浅。

得失少一些，就会简单一些。跳出小我的天地，心存一个大我的世界。得，是幸运；失，也是幸运。上天的恩赐与夺走，都是对人性的打磨和修炼。不用着急追求，也无须快跑攀比。是你的美好，总会到来。一如爱情，冰心老人曾送给铁凝一句充满禅机的话："你不要找，要等。"话语温柔，字字惊心。

度量大一些，幸福就会多一些。一番计较之后，不是幽怨，就是愤懑，看这个不对，看那个也有错。《读者》签约作家马德说："生活的坑都是自己挖的。"我们习惯给自己制造烦恼，却不懂得如何取悦自己。要学会及时清理灰色的垃圾，过滤掉于己不利的东西；既看得开，也放得下。身边不求明媚，只要温暖。

所以，亲爱的朋友，请记住一句话：心若在黑暗里，就会患得患失，人生即使光明也会变得黑暗；心若在阳光，即使身处囹圄，也能突破挫折，越来越好。生命的开关，就在于自己的心灵格局之上。当你因为俗世或执念的远方而心生迷茫，困惑或不堪，请劝慰自己，在心灵深处构建一处田园，安放美好，看云卷云舒，赏花开花落。

内心的田园

却道幸福是寻常

村上春树造了"小确幸"一词,他认为幸福就藏在一些小到不能再小的事情上。

夏日,他跳进一个人也没有,一道波纹也没有的游泳池里,享受着没人打搅的安静。他像一条鱼在水中自由地摇尾,当脚蹬在池壁的一瞬间,他的心底是无上的幸福。

秋天,写作之后,他一边听着勃拉姆斯的室内乐,一边凝视着秋日午后的阳光。阳光是位高明的画家,正在白色的纸胡拉窗上描绘树叶的影子,他的心境安恬而美好。

有一次,他在鳗鱼餐馆里约了一位朋友。在等待的过程中,他独自喝着啤酒看着杂志,一屋子的人都和他无关,他沉醉在一个忘我的世界里。文字带着香,浸染着他的心,这一刻,也是幸福。

村上春树的幸福和写作无关,全是一些生活边角的闲情逸致。

到山西旅游,我在一个山村里遇到一位老农民,他也和我探讨了关于幸福的问题。

天刚蒙蒙亮,他去菜园摘菜,走在窄窄的小路上,发现牵牛花举起了第一支紫色的小喇叭。他蹲下身去,看了良久。看牵牛花的颜色,嗅牵牛花的气息。在若隐若现的花香中,他觉得清晨是个美好的开始。

从田里归来,一头钻进黄瓜架下,扭下来一根青碧带刺的嫩黄瓜,也不洗,咔嚓一口,一丝梦幻般的青涩滋味在口腔中回旋。那第一口的脆响,让他忘记了劳作的艰辛。

傍晚时分,搬一把小板凳出门,坐在村头的风口处,摇着蒲扇,拉着家常。拿着牙签,成功地从齿缝里挑出来吃爆米花时卡住的玉米壳,再挠挠后背,搔一下痒。

对他来说,幸福和收成无关,全是劳作之后的松懈与自我奖赏。

我想起了我的幸福。上课时,我的某一句话如石子投入湖水一般,使学生们的脸上露出释然的表情,尤其那个内向的女生,脸上露着微笑,花一样灿烂。我内心,小小的成就感油然而生。

周末,我会怀着美好的心情,跑一趟邮局,领几张薄薄的汇款单。戴着眼镜的小姑娘认真地在电脑上敲字,我装作心不在焉地左顾右盼。我的下一个目标是超市,打算买一袋瓜子,或者葡萄干。

喜欢旅行,却讨厌旅行的辛苦。风景再美,也难抵消一路的疲惫与辛苦。吃着晕车药,在车上昏昏欲睡,咬牙坚持。最惬意的事,是进家门的一刹那,甩掉鞋子,换上睡衣,一头扑在床上,美美地睡大觉。

没有小确幸的人生,不过是干巴巴的沙漠罢了。幸福已经被那些急功近利的人,心比天高的人,故弄玄虚的人玩坏了。其实,幸福本来很简单,只有用心灵去触摸生活,才能站在幸福的云端。

与一棵流苏树相遇

自古文人多爱茶。

文人喝茶,自然和一般百姓不同,多了很多讲究和情致。

陆羽煮茶,必要佳泉,煮水还要一沸、二沸、三沸;《红楼梦》中,妙玉请黛玉宝玉等人喝茶,用的器具不是青铜的三足斝,就是犀牛角做的杯子。唐朝诗人卢仝饮茶有个奇特的规定:每次不喝第七碗,否则就会喝醉。明代湖州司马冯可宾一生茶壶不离手,喜欢自斟自饮,只有这样才能品味出其中乐趣。

而我,普通小女子一个,偏又爱好读书习字,不知从何时起,竟也爱上了喝茶。潇潇暮雨,约上好友三五人,寻一处山野凉亭,边饮茶边听雨;或者大雪封门,和老公室内闲谈,火炉上烧水泡茶,也自有李清照赌书泼茶的雅兴。一盏茶,一本书,方觉人生本清明。

其实,我对茶道并没有什么研究。不过是喜欢喝茶时的缓慢时光和闲适心境。日本茶道大师千利休作诗曰:"先把水烧开,再加选茶叶,然后用适当的方式喝茶,那就是你所需要知道的一切。除此之外,茶一无所有。"在他看来,茶的最高境界就是一种简单的动作,一种单纯的生活。

所以,很多时候,我只为喝茶而喝,很少关注茶叶本身。抓一把茶叶丢在壶里,从壶口流出金黄色的液体,我露出微笑,品茶之清香甘醇,从未意识到,在这一壶茶里,每一片茶叶其实都很重要。

只到今年春天,我在深山中与一棵流苏树相遇。

春来日暖,多了一份游历之心,遂和县作协的几位好友驱车入深山,直到河北省内丘县的侯家庄乡。听人说,此乡有个云大沟村,长约10里,有大小24个自然庄。大庄三五户,小庄一二家。安静、原始、自然,除了历经百年沧桑的石头房,香火鼎盛的龙王庙,还有一棵邢台市唯一的流苏树。

山环水绕,在山间公路上曲折而行,终于来到云大沟。云大沟有东庵和西庵两处文化旧址。在东庵遗址的半山腰,石缝间,生长着一棵高大优美,枝叶茂盛的流苏树。我们好奇地站在一方山田里,仰头远观,只见这流苏茶树风情万种,与南方的灌木茶树不同,是一棵乔木。茶树开满了白色的花朵,如白雪压树,蔚然壮观。树干约有大碗粗细,根部却如脸盆大小。在这干净宁谧的山野,充满了美与自然,有着生命的力量。大家纷纷猜测,也许在历史上的某一天,一位南方僧人云游到此,因为喜欢喝茶,故而种下的。

大家只顾观赏流苏树,谁也没注意不远处还有一个窝棚。一位老人听到我们说话,走过来,热情邀我们去饮一杯流苏茶。我们感激不尽,弯腰走进这简陋的居所。老人取出几个老粗碗,烧一壶水,抓一把茶叶,不大工夫,就为我们准备好了流苏茶。茶色黄而清澈,慢慢品来,绵甜、清香,入口没有任何苦涩感,纯正而好喝。

于是有了以下的对话。

"流苏的花和叶子都可制作茶吗?"

"是的,一般采的是四叶一花。"

"制茶过程麻烦吗?"

"不麻烦啊。先摘叶,再选叶,选下叶再去炒,炒了以后再去揉,揉了以后再去晾晒,晾晒以后再去炒再去揉,最后着色。"

"你为什么住在这里?"

"你们不知道,流苏树的叶子和其他茶树不同,不是越采茶叶越多,而是到了冬天茶叶全部掉光,所以产量很低。自从知道我们村有这棵宝贝茶树之后,很多人都想偷偷采摘。为了保护它,我是自愿替村里在这里看守的。"

环视老人的窝棚,不禁一阵心酸。这里不通电,不通水。很难想到,黑黢黢的夜,他是怎样守着一棵流苏树一起度过的。看起来,每一片茶叶,来历都是不凡的。如同它的香气一样不可估量。

自从和一棵流苏树相遇,我开始珍惜每一片茶叶,珍惜每一天的生活。因为喝茶,不仅仅是沉静、清净、超越、单纯、自然的格局,还有坚持、艰辛、劳作的烟火红尘做底子。林清玄在《茶香一叶》中谈到,茶叶在春天生长得很快,今天采的茶叶不能留到明天。为保持这股新鲜的气息,茶工需要连夜烘焙,几天不眠不休,有一个茶工晚饭扒了一口,就睡着了,惊醒过来,发现口里含着一口饭,已经发酵了。

佛说,凡是沐浴阳光的人,所有的祈愿都是可以满足的。我不是误入吃茶的愚客,而是带着心来的。

静 为 耳 福

喜爱冬天，只为冬天一片静。

春天是红，夏天为绿，秋天的色彩是黄，而冬天返璞归真，失去了一切色彩。失去了色彩的冬天，湖水寂静，千山草衰，落叶满地，岁月枯荣。把苦乐悲欢决然地关在门外，泡一杯浓茶，安然怀想起一个个寂静的场景。

一个村庄的静，总是让人印象深刻。北风吹来，吹得窗子上一层厚厚的土。吃罢晚饭，看会儿电视，村庄的倦意上来了，打着哈欠，准备做个香甜的梦。一盏一盏的灯渐次熄灭，一家一家的大门渐次插上。小巷黝黑，只剩一两只狗躲在干草垛上，无聊地叫几声。静并非无声，有点动静的静才更有静的深意。躺在老家的木床上，神思邈远；依偎在娘的身边，就像躲在一个安恬的世界里，静得美好。

从前，人的耳朵里就住着一位房客，寂静，因此，一个年代的静无论过去多少年，都并未走远。奶奶拉着我的小手，挎着小篮子去菜园，一个远房的亲戚坐在她家门口，一脸慈祥的笑意。她执意让我去她家摘枣，那枣红彤彤地挂满了树。我像个小猴子三两下爬到树上，听奶奶和老亲戚在树下拉家常。我听到了风的声音，风中的亲情就是甜甜的枣儿，让我少女的耳膜如此清澈。这位老亲戚据说是一位城里的大干部，受过苦，也享过福，而现在是住在村里安生度日的主了。繁华过后，一切都归于平静。那时的我还小，不可能理解老亲戚历尽沧桑的心，我就觉得，她是我的一个亲人，就住在村子里，好像从未离开。

在我眼中，古诗中最好的句子所言之物都是"静"了。"长安一片月，万户捣衣声。""雨中山果落，灯下草虫鸣。"世界一片清幽，心境安谧之极，连发丝坠落在地也都听得见。可这样的静也不过是一瞬间的静，只有从容淡定地生活，一起丈量岁月之后，才是更高境界的静。因为忘掉了时间的束缚，再也不会匆遽惶恐了。看过一则故事，数月前，一对老人刚刚登记结婚，他们是国内最年长的一对新婚夫妇，新郎102岁，新娘93岁。耄耋期颐之年，幸福的人生才刚刚开始。在他们的耳朵内，根本听不到什么闲言碎语，只为自己而活，只为了今生。这样的静何尝不让人羡慕？

有心的人才有耳福，耳福最是让人忽略的。耳福为静，总是向往一处可以栖息的地方，卸下肩头的重担，有人叫着你的名字，像百年槐树永远认得飘零的叶子。你坐在老宅旁的石墩上，看下棋的老人鏖战厮杀。一杯浓茶还冒着热气，抬头看，你看到麻雀，你就是麻雀的同伴；你看到流云，你就是流云的知己。

好怀念这一片静啊。

莲 心 不 死

自从住院以来，我的心情降到了冰点。医生告诉我，血糖高的人一定要忌嘴，每顿饭不能吃得太饱，也不能想吃什么就吃什么。比如，水果能不吃就不吃，米粥能少喝就少喝。一想到今后要和心爱的美食绝缘，我就捂着被子悄悄哭泣。

和我相比，临床的大姐却很乐观。她家住在市里，每天输液完了就回去，第二天早晨又乐呵呵地赶回医院。她的先生脾气有点急，有时候因为一点小事，就会大声喊她几句。她只是微笑着，不反驳，也不辩解。躺在病床输液的时候，她喜欢看电视。一边看，一边还跟着某个歌星小声哼着旋律。她喜欢开玩笑，见了男医生称帅哥，见了护士必喊美女。医生和护士跟她那叫一个亲，一口一个阿姨。我的心情差得出奇，却不明白她为什么如此快乐。

有一天，病房里就剩下我们两个。一想到今后生活上的诸多不便，我又暗自垂泪。大姐就开导我："你这么年轻，血糖也不是太高，调理几天很快就没事了。和我相比，你这根本不算个事，千万不能想不开。"我止住眼泪，听大姐讲她的故事。原来，大姐是个癌症患者，得了子宫内膜癌，去年光手术费就花了12万。为了杜绝后患，她把一切属于女人的器官都摘除了。这还不算，她还是一个严重的糖尿病患者，每天胰岛素的量已经达到几十个单位。而且，还出现了并发症，她的眼底出血，用激光焊住了出血点，现在的视力模糊不清；得过脑血栓，差点"拴"住左边的手和脚，到现在左脚趾还不很灵活。我吃惊地瞪大了眼睛，一个人的境遇怎会如此糟糕？她又笑着补充："还有呢，我的颈椎也做过手术，到现在脖颈中还有一个金属的东西。"

自从知道了大姐的不幸遭遇之后，我对她又是同情又是敬佩。的确，相比之下，我仅仅是血糖高点而已，只要心态好，积极配合医生的调理，的确也算不上什么问题。从那天起，我开始开朗起来，除了饮食控制，还注意锻炼身体。没事的时候，就和大姐到楼下的小花园走几圈。

有一天，我们散步到了小花园的西南角，见一片小池塘里，种了一些荷花。碧绿的叶子亭亭玉立，出水很高。粉红色的荷花有的含苞待放，有的娇艳欲滴。我随口吟诵出古人赞莲的名句"出淤泥而不染，濯清涟而不妖"。没想到，大姐却是从另一个角度看荷花。她告诉我："莲的生命力是最顽强的，可以说是生生不息。莲花落了有莲蓬，莲蓬里边有莲子。而莲子里边有莲心，你知道吗？莲心却是不死的。"

是的，我终于明白了，身遭大难的大姐乐观开心的原因了。莲心不死，心灵不死，所以她的生命很难在流逝的光阴中委顿，反而越来越像一轮明月。所以，在与病魔抗争的时候，并不觉得辛苦，反而热气腾腾地用力活着。

热爱生活吧，因为我们都有一颗向上的灵魂。

重要的是内心的诗意

最近,我加入了一个讨论群,主持人经常问大家一些奇怪的问题。

有一次,主持人给出几个道具场景,让大家看看各自想到的是什么画面:一间房屋,一横房梁,一个人,一挂绳,一只小板凳。

看到这个问题,我的第一反应是,这个人要自杀。他一定是对这个世界极度失望,所以才选择了这种决绝的方式。他把绳子搭在横梁上,双脚踩倒小板凳,当头伸向绳套的刹那,他是否有一丝留恋?

我替他难过,因此不想说出自己的答案。

此时,另一位网友已经发言。他说,这个人是躺在小板凳上睡觉,手里玩弄着绳子……还没说完,就遭到大家的反驳,这是一个小板凳,怎么能容他躺下来呢?

很快,又一位网友猜测:这应该是一间手工作坊,横梁下的这个人坐在小板凳上,正在编草绳。这个回答有点意思,但一想到整天单调地劳作,又让人多多少少有点郁闷。

正巧,儿子跑过来玩。我随口拿这个问题来考他:如果有一间房屋,一横房梁,一个人,一挂绳,一只小板凳,你会想到什么画面呢?

儿子不假思索地说，荡秋千啊，梁上垂下来绳子，绳子上挂着凳子，凳子上荡着孩子，多好玩的事。

我震惊了，这是一个绝对想不到的答案。原本似乎是悲剧的事情，一下子变成了诗意浪漫的游戏。成年人往往以经验去评判和分析事件，所以，事件多是枯燥且严肃的；孩子内心澄澈，他们看到的世界，是美丽而缤纷的。

世界的模样在于你凝视它的目光，你见到的都是你内心的投射。让我们用澄澈的眼光凝视世界，不要因为成长而丢失了内心的诗意。

唯惦念，才浪漫

小暑应夏，应闭门谢客，蛰居两月。读书、写字、散步，再无其他。这就是我放假以来想过的生活。远避红尘，力求简单，活在不为人知的安静里，日子诗意而浪漫。我可以收拾花草，清理败叶；亲手做两个薰衣草香袋，放在枕边。泡一杯青碧的桑叶茶，听听悠然的雨。或许，该出去采集一些蜀葵的种子，以待来年。

但是，三个看来的故事改变了我的心境。

一个久远的上午，街道商铺林立，人来人往，酒馆店小二站在门前，若有所待。不一会，一匹马走进了画面。它枣红若血，肤亮如瓷，没有缰绳，身边也没有主人。它慢慢溜达，一会看看胭脂店的美人，一会嗅嗅米店的粮食香。店小二欣喜地跑上去，高声迎客："马爷来了，给您备好酒了。"说完端出一盆桂花酒。马把长嘴伸进盆子一饮而尽。小二为马擦嘴，从马脖子上的钱袋里掏出十文钱，当着马的面，一枚一枚数完。原来，这是一匹将军的马，喜欢自己上街买酒喝，一来二去就成了酒馆忠实的顾客。马爷不来，店小二怎能不有所惦念？

冬日无聊，大雪封山，一个苏州女子和她的夫婿在家里写字消遣，这是冬天最浪漫的事。男的是道光皇帝，女的是全贵妃。漫长的冬天，她只写一句话，"亭前垂柳珍重待春风"，共九个字，每个字都是九划，自冬至始，每天一笔。等写完九九八十一笔，窗外已经春深似海了。这句话让人心动，几许牵挂，几缕担心，几丝暖意，实在妙不可言。有谁会去惦念一棵柳树的冬天，哪怕偶尔想起？这个冬天，你会不会冷呢？一棵亭前的垂柳，竟成了一个苏州女子的牵挂。她用笔对柳树说："好好珍重，耐心等待春风十里。要知道，你不孤单，有我惦念。"

明末张岱《快园道古》记载了一个有趣的故事：邱琼山路过山寺，惊见四壁都画满了《西厢记》的故事，于是质问和尚："空门安得有此？"和尚回答："老僧从此悟禅。""从何处悟？""悟出在'临去秋波那一转'。"这是一个可爱的和尚，他直言不讳，自己悟禅的本源竟然在《西厢》。临去秋波那一转，亦如文字的眼睛，能让人放得下吗？在那一转，似乎更是让人悟得，他的禅意虽在内心，但脱不了凡尘。即使出家之人，能放下对美的惦念吗？

我终于明白，惦念是一种美好的情怀，唯惦念才浪漫。一匹马、一棵树都有人牵挂，出家的和尚也有牵挂，何况我们俗人？我忽然有一种强烈的冲动，想去探望乡下的亲人，想打电话问候久未见面的朋友，想约同事一起吃个闲饭，想了解一下邻居的孩子考上了哪所大学……

惦念是一种幸福，就像一抹云霞，绽放在黄昏的天地，无限美好，无限温暖。

走出去，和这个世界偶遇

最近我发现，很多意料之外的美好，都是在偶然之间得到的。

周末早上，一觉睡到自然醒。躺在床上，一直在纠结一个问题，是继续赖在被窝里玩手机，还是出门上街走走？经过激烈的思想斗争，我最终选择了后者。

骑车出门，沿着康庄大道一路东行。阳光和暖，有人已穿上春装。公路北边，偶然发现一大片金黄色的植物。走近细观，原来是一束束蜡梅开得正好。蜡梅的清香让我陶醉，春色如此美好。

赏花之际，突然听到有人喊我。一扭头，原来是单位传达室的范师傅。说来也巧，他拿着几张汇款单正要去家找我。在这里和他偶遇，收获了可观的稿费，当然，精神的愉悦难以言表。

正在邮局领稿费的时候，凑巧收到快递公司的短信，说有我一件货，希望两天内取走。我又匆匆赶到快递公司，原来是一家杂志社寄来的样刊。在我离开时，快递公司的业务员拦住我说："等一下，年前还有你一份快递，打你手机没打通，一起领走吧。"打开快递才知这是我等了很久的一个获奖证书，对我而言，很重要。

内心的田园

生活就是如此奇妙，仿佛一个个的美好，都集中在这个上午和我偶然相遇了。

这种偶然的情愫，和张小娴的叙述简直如出一辙。她曾悠然地说，你约了朋友在百货公司里面等，你比约定时间早到了一点，于是随便逛逛，谁知道在这短短的时间里，你找到了已找了一个多月的一款鞋子。

在偶然之间，她发现，得到的好东西，都不是幸运；有时候，必须有前边的苦心经营，才有后面的偶然相遇。

而我，却在想，假如这个上午，我继续待在家里不出门的话，还能不能看到盛开的蜡梅，领到可观的稿费，和等到盼望已久的获奖证书？

都无从知道。

一个人生命的范围，就是他走过的路、遇过的人。有时候，你与世界，只隔着一道薄薄的门。所以，要想得到一些意外的美好，先要走出去，和这个世界偶遇。

种一棵属于自己的树

春天里，种一棵属于自己的树，这个愿望折磨了我好久。

我喜欢读诗，喜欢席慕蓉，喜欢读她的《一棵开花的树》，喜欢其中的"佛于是把我化做一棵树，长在你必经的路旁，阳光下，慎重地开满了花，朵朵都是我前世的盼望"。在黄昏的一抹浅黄中，我倚在窗前，一字一字地咀嚼着，仿佛在吃一颗颗花生，香满了口。

佛啊，请你也把我化为一棵树吧，摇曳在爱人必经的路旁，用满树热情的花瓣，来等待他渐行渐近的脚步。

不禁轻笑了，这是怎样的痴心妄想啊！还是实际一点，动手种一棵属于自己的树吧。

去年此时，在报纸上看到消息，说邢台日报社组织植树活动，地点是西部山区，公开征集参加者。我当时就心动了，马上给同学打了电话，商量同去。可是当我们兴奋地打通热线后，却被告知名额已满。我不甘心，又是托人又是找关系，最终还是没去成。我失落极了，冥冥中感到此行非去不可，好像要去完成一个夙愿，去不了，被耽误了，夙愿被卡在半空中，不上不下，无处安放。

内心的田园

只好在网上抒发郁闷了！这一晚，我遇到了一位网友，他叫"临水听风"，说着说着我们就聊到了种树。他说，退休后就去承包山林，种下一万棵树，有桃、杏、李……"太好了！"我大声欢呼，"不但要种树，还要给树起名字，给每一棵树都起一个诗意的名字。"他惊呆了，说我这个优雅的女子创造了一个伟大的设想，这可难倒了他，估计申报吉尼斯世界纪录肯定能入选。我被他的幽默逗笑了，没能去种树的遗憾终于得到了一些虚拟的满足。

树是生命，是你亲手栽下培育的生命，你要浇水施肥，对它负有不可推卸的责任，想想吧，能让一棵树对你如此依赖，说明你多么重要。树对你而言，同样重要。树是你的希望，是你的寄托，是你的坚强后盾，是你情感的皈依。人和树，树和人，其实是一种轮回。

风又开始柔软了，轻的、暖的，远方似乎有个声音在隐秘的召唤，让你不可推卸的荷锄挑担，去种一棵属于自己的树，让生命和情感生生不息。

阳光里，一直走

一场连绵的雨过后，天立马冷了。虽然捂上了小棉袄，却仍然挡不住阵阵寒凉。对于一个身体娇弱的人来说，是多么渴望温暖啊。

盼啊盼，终于盼来了阳光。阳光，是一种语言，就像拯救众生的佛光。到操场上走一走，嗅一嗅阳光的香味。我挺直了脊背，抬起头，甩开手，大踏步地走。阳光明媚，一切都生动起来。草坪嫩绿嫩绿的，让人生出身处春天的错觉。上体育课的孩子们在做操，玩游戏，或者背靠背坐在草坪上，唱着王菲的歌。没有风，红叶梨用一片嫣红笼住了操场，白杨在冷峭中流露出些许的爱意。在恬静安谧的气氛里，我与阳光对话，感受着光明、快乐、温暖和向上的力量。

和成群结伴的孩子们相比，一个人在阳光里走，看上去是有点孤独。当我从他们身边走过，他们注视我的目光有点疑惑和不解。我不想解释，仍然走得很昂扬。

从前，在阳光里散步的时候，我也喜欢有朋友陪在身边。一边走，一边聊点家常。结伴而行的状态，在外人眼中是正常，自己也觉得坦然。不知道从何时起，我开始了一个人在阳光下走，静静地想一些事情。当我沿着跑道转了一圈的时候,听到有同事在远处喊我的名字。又过了一会,遇到几个熟悉的学生去实验楼上课,他们大声招呼我,我也愉快地回应。也许,别人认为我的孤独透着几分薄凉,但我没有忐忑或者不安。一个人走,是一种很惬意的享受。

其实,我并不孤僻,算得上活泼开朗,但大多时候我很懒,懒得去经营一二个关系。在别人忙着打牌、聊天、登山、聚餐、看韩剧、讲八卦的时代里,我把自己变成一只幽居的蝉,在黑暗而松软的泥土中,和自己对话,表达思想。日子过滤之后,像落花一样闲静。冬日萧然,或者在阳台上看看书,或者在书房里写点文章。苦苦耕耘,挫折、灰败、打击,再一次重树信心和希望。一个人等着天黑,一个人迎来天亮。文学是信仰,是光芒。对于一只幽居的蝉来说,正如冬日的阳光。在阳光里,一直走,不气馁,有召唤,对着自己的心灵招兵买马,简单而又充实,热烈而且奔放。

阳光里,一直走,一个人也要像一支队伍。

灯影下的孤独者

纪晓岚有对联曰:"书似青山常乱叠,灯如红豆最相思。"我非常喜欢,也非常向往。在那风雨飘摇的时代,斗室之中怀抱忧愤之心,书籍堆叠,夜里挑灯,一卷在手,在如豆的灯光中苦读到深夜的白衣书生实在可敬。

因此,自己也极笨拙极惶惶地效仿古人,在灯下读书。当然,此时的灯光是明亮的,少了如豆的情味。但是,在窗外暗沉沉浓重的夜色里,唯有我的桌前台灯散发着一团黄晕的光。天籁寂寂,我的心格外沉静,如一泓平平静静的湖水,深沉浸透到灵魂深处。徜徉在书山书海中,时时能嗅到知识的花香,看到美丽的风景,于山重水复之处,柳暗花明之中品尝到无穷的乐趣,不知不觉夜未央。抬抬疲惫的眼睛,摇摇酸胀的头颅,然后稍微休息。这时,我仿佛听到了如水的音乐,静静走进它美妙无比的清韵里。

灯下读书,实在是感到读书的必要。我痴痴于文字,迷迷于文学,总喜欢在纸上书写人生的轨迹,表达生命的震颤,传递瞬间的感动。天赋虽少,勤奋却也成了生活的一种常态。可是,随着视野的扩大,我越来越认识到自己文字的粗浅，于是读书。在阅读中我积累和感悟，灵感有时也在瞬间幸运的光临，常让我有刹那的惊喜。每每读到精妙的文字，常会仔细咀嚼赏鉴，把玩不止，如同一个心爱的玩具。

灯下读书，会追想一位法国的文学大师——巴尔扎克。他在近20年的光阴中勤奋灯下，伏案疾书。陪伴他的是一把乌黑的咖啡壶，和源源不断的才思。91部小说，构成了社会的综合，一部了不起的书，有生命的光亮的书、深刻的书。他用他的作品为自己打好了底座，让未来负起安放雕像的责任。想起他，我为自己曾经的迷失而暗暗懊悔。我们几个文字的朋友，原来常常一起在文学的殿堂中徜徉，可最近被理财的狂热深深吸引。那一群怀揣着梦想、怀揣着希望的文学青年，早已褪尽了热情，消失了锋芒。但是，我又庆幸，我的灵魂正急急忙忙地从喧哗的都市回归田园，我听到了牧歌的召唤。在向回奔跑的途中，我发现一朵洁白的蒲公英，它就那样静立在一片非常茂密的草地里，像一朵雪绒，清雅孤独。我仍旧坐在灯下，读书。

《离骚》有云："望崦嵫而勿迫，恐鹈鴂之先鸣。"好书甚多，读之难尽，而劳生有涯，所以更感觉到时光的无情、岁月的无奈。埋头于深灯底下，做着不变的梦想，静坐如莲，那种默默地坚持和努力的辛劳，其中的乐趣是无穷的。

读书，原也是一个人的奋斗。

冬日的思念

冬日天冷，我坐在阳台上看书。一扇窗，过滤掉凛冽的小北风，只留下快适的阳光给我。冷，是天气的恶作剧；爱，是温暖的调味剂。天冷的时候，你会想起谁？

"洛阳城里见秋风，欲作家书意万重。复恐匆匆说不尽，行人临发又开封。"唐代张籍是个多情之人，客居洛阳，见秋天一片落叶就思家甚切，要是到了冬天，怕不是他的思绪会更加沉重和深广？手中一本朱自清的散文集，我尤喜其中《冬天》这一篇，文笔虽质朴，亲情却动人。冬夜，兄弟三人围在小洋锅旁吃豆腐，热气氤氲中，父亲觑着眼睛夹起豆腐，一一放在孩子们的酱油碟里，多么熟悉的场景！在乡下的时候，冬天夜长，父亲总会在火炉上为我烤红薯，一个破脸盆下，摆着一圈小红薯，皮焦瓤香，让我的童年滋味绵长。

"绿蚁新醅酒，红泥小火炉。晚来天欲雪，能饮一杯无？"在我看来，白居易是最有浪漫情怀的一位诗人，深谙"情调"二字之妙。风雪飘飞的傍晚，诗人准备了新酿的酒，还有烫酒的小火炉，就等着朋友来把酒夜谈，互诉衷肠呢。天越冷，心越热，朋友间的友情，就是温暖如春的诗情。忽然想起一件旧事，2008年，我在网上认识了枫叶大姐，谈诗论画，好不知心。那一年冬天，雪下得特别大，没想到的是，在漫天风雪中，枫叶大姐带了一群朋友从市里徒步而来，到县城来看我。我在饭店订了个雅间，请朋友品尝家乡特色美食挂汁肉，喝着红酒，谈着文坛趣事，不觉就消磨掉一个下午。如今，枫叶大姐在市里开了一家画廊，多次邀我前往，我盼着一场雪不期而至呢。

"寂寞深闺，柔肠一寸愁千缕；倚遍栏杆，只是无情绪。"李清照是写爱情的高手，她纤细的神经承载着多少思念，和说不尽的相思意。冬天是储藏爱情的最佳季节，索性把爱情酿成一坛子酒吧。我的生日在冬天，老公总拿这个不是节日却胜似节日的日子说事。就在我写稿子的时候，他又打来电话，问我想要什么样的生日礼物。我讷讷半天，却什么也说不出来。其实，我的心是欢喜的，因为一份重视和宠爱。在陌生的城市里，只盼他一切安好，我就满足了。又希望他抽空回家，我会炖好了鲜鱼等他。

天冷的时候，你总会想起一个人，<u>丝丝缕缕</u>，直达寸心。有人说，又不是"落叶满空山"的时代，想念谁，就打个电话问候一声，岂不便捷？他哪里懂得女儿家的心思，思念是说不得的，它一定要含蓄，藏在心里，才有味道。

突然，就想起海子的一句诗："今夜我只有美丽的戈壁，空空。姐姐，今夜我不关心人类，我只想你。"

只愿牵着你的手

牵手是一种境界，一种情由浓变淡，由淡变浓时真诚的心灵之约。没有少年的张狂，青春的火热，只有平平淡淡、波澜不惊的相守。唯其平淡，才可以持久。

《诗经》有云：执子之手，与子偕老。多少年沧海桑田，多少词汇老去不再，可是这句话却鲜活如初。牵着一个人的手，不管他是否依然英俊，不管她是否依然娇艳，走下去，在人生路上。这大概是参透沧桑后的最大祈祷吧？

一直喜欢牵手的感觉，可和老公牵手的时候却不多。他一个大老爷们，却有点害羞。平时出差在外，不常在家。即使回到家中，吃过了早饭，两个人上街遛弯时，我很自然地挽住了他的胳膊，或者欲把手放在他的掌心，他都很不自在地挣开去，说让人家看到了不好。气得我只有愤愤，无话可说，谁让咱碰到这么个人呢？

这次回家，他一待就是20天，为我生病住院的事。他开车送我，陪我检查办手续，陪我上街吃饭，当一天的光阴消磨过后，有了短暂的休闲。我和他来到医院的长廊下，夕阳余晖给长廊中的人都涂抹了美丽的斜影。我和他并肩坐在长椅上，相偎着不说话。一会儿，他离开我跑到北边人少的长椅上，躺下来小憩。我依恋地跟过去，隔了一根柱子坐着。风吹过来，心里很复杂。想到明天的手术，一阵阵恐慌和委屈袭来，六神无主。我悄悄地伸出手去，想寻找一些支持和安慰。他一把攥住了我的手，十指相扣，很有力，也很温暖。我突然就释怀了，有爱人陪伴在我身边，我还有什么害怕的呢？

手术顺利完成，我被推回到监护室。醒来后，第一眼看到的就是老公，他满眼的关切心疼。我想动一动，可是不能：右手在输液，左手在检测血压；鼻子里吸着氧气，浑身被扣住没有自由，只能平躺而已；伤口疼得钻心，而腰也酸得要折断，床上热得像着火。除了难受，还是难受。老公忙得够呛，一会跑到左边把手垫到我身下，透点凉风，一会跑右边给我掐掐腰；一会看我嘴上起了干皮，就用小汤匙给我抿点水润润唇，还偷闲密切观察着输液情况，怕跑针。等我终于能安静一小会，他就会握住我的手，不说话，看着我，默默地握着。漫长的夜，一屋子的人，都很安静，一会听到了鼾声。只有我和老公的眼睛在说着悄悄话。

这个平时大大咧咧的男人，牵手就要脸红的男人，不会表达爱意的男人，在我人生苦痛的关口，却给了我最细致的关怀，最强大的支持，最周到的付出。我实在是幸运，今生有你，只愿牵着你的手。

路人甲的坚持与精彩

我有个朋友在横店做群演，4年里扮鬼子共"死"过6000次，还经常遭游客扔鞋。有一天，他打电话给我，语气里充满愤恨。

他说："这个世界是不公平的，我的天赋不比那些明星差，为什么总是扮演路人甲？"

我说："我给你讲个故事吧。"

她是个遭人嫌弃的女孩，母亲被关进了精神病院。而她，也可能慢慢成为和母亲一样的人。

她不得不住进孤儿院，然后，被安置在某一个家庭里。只要接纳她，这个家庭每周就可以得到5美元。大部分家庭都有自己的孩子，他们永远排在第一位，穿着五彩缤纷的衣服，拥有所有的玩具。

她的衣服永远不变，包括一件褪色的蓝色衣裙，与一件白色的男士衬衣。每个周六晚上，全家人都要用一个澡盆洗澡，而换水是奢侈的，她永远是最后一个去洗澡的人。她的麻烦不断，那些孩子总是诬陷她是一个小偷。

她的世界里没有亲吻，也没有希望。在这样的窘境里，她总是通过幻想来取悦自己。她幻想她的美貌，所有人都为她倾倒；幻想自己出入某个豪华酒店，所有人走进餐厅时，都会大声赞美她。靠着内心的坚持，她长大，结婚，当电影演员并成为明星。1999年，她被美国电影学会选为百年来最伟大的女演员，排名第6，她的名字叫玛丽莲·梦露。

其实，我讲故事的本意无非是想说明，那些鸡血励志的榜样，其实就是生活中的路人甲。不管你有没有醒悟、是否执行，那些相信时间力量的人，已经在路上了。

与其抱怨自卑，不如把别人的精神拿来半点惊醒自己。我相信天赋的力量，更相信天赋背后的坚持。

你的人生有多美

近日上网浏览,发现一条有趣的微博:请你认真衡量一下,你的人生有多美?他列举了10件最美的事情,来诠释一个道理,幸福不在别处,在于内心。

他认为,十件世界上最美的事情是:(1)初吻;(2)看日出;(3)与很在乎的那个人牵手;(4)躺在床上听屋外的雨声;(5)每次看到那个人心里七上八下的感觉;(6)深夜不眠与室友聊天;(7)一个信任的眼神;(8)睡觉的时候,太阳照在身上;(9)一觉醒来发现还可以睡上几小时;(10)冬天里暖和的被窝。

我读着微博对照自己,回顾几十年的流光碎影,我的人生是否陌上花开,满池风荷?

首先,我想到爱情。当年的他英俊挺拔,眉清目秀,让我一见钟情,虽然他是一个饭馆的小学徒,我是师范学校的毕业生。我不顾亲友的反对,义无反顾地选择了他。我愿意为他洗去衣服上的污垢,愿意坐在他叮当作响的自行车上品尝爱情。每次看到他,心里总是七上八下,说紧张又不是,说喜悦又不够。婚礼上,他牵着我的手,给了我一个甜蜜的吻，从此我们不离不弃，同甘共苦。

当然，还有真挚的友情，也一直温暖地支撑着我的生活。萍儿是我的同学，更是我的好友，我们在师范学校一上三年，她就像我的妹妹一样，有高兴共分享，有痛苦齐担当。我们都喜欢琼瑶的小说，常在深夜趴在被窝里说着少女心事。我过生日，我们偷偷躲在黑暗的宿舍里吃蛋糕，弄了满脸都是。我们彼此信任，但愿相守。可是，现在，她在市区，我在郊县，见一面都很难，这不是很无奈的事吗？

冯唐说得好，活着活着就老了，人到中年，工作成了最为要紧的事。为了养家，上班再辛苦也要承受。尤其冬天，雾霭迷茫，大雪纷飞，早走晚归，手脚都冻得麻木。好留恋暖和的被窝，好想睡觉能睡到自然醒，好想在睡觉的同时，还有一团阳光把我围拢住。好想能为自己放个长假，背着背包去旅行，去泰山看看日出，去西湖赏赏秋景。

这条有趣的微博引发了网友的热议，很多人在对照自身后哀叹人生不够完美。而我心知足，虽然没有足够的钱供我奢侈，走在大街上也没几个人认识我，不会有人找我办事，但我心坦荡，习惯了普通的烟火红尘的日子，常想一二，我的人生很美丽。

比时光更长的暖

窗外在下雨,我独坐阳台,读一本书,想一些事。散乱的情节温暖了我一席清冷,曾经的点滴滋润着时光,在我的心底盎然,如夏季无边的绿。

偶然的机会,我认识了文学女青年苦梦,她经常向我请教写作之道。我一向好为人师,点评指点之余,还鼓励她向本地的文学报投稿。时间一长,我发现苦梦有个恶习,喜欢逛我QQ空间,偏执地骚扰我的朋友,然后是我朋友的朋友。朋友们向我诉苦,不胜其扰,我就措辞严厉地警告了她。一天放学时,门卫递给我一大包香椿,说是有人给我送的礼。随后,我就收到苦梦的短信,她有一首小诗在《文学报》上发表了,特意摘了自家的香椿送我。

那一刻,我的心是软的,一个懂得感恩的人,没有什么事是不能原谅的。当然,我更要感谢她,送给我春天赠予的美食。

我喜欢跟着登山群去爬山,看美景,吃野餐,心情很好。可惜,只爬了一次山,膝盖就出了问题,只好在家静养了。周五晚上,群主在群里聊天,说周六要去深山采摘槐花和花椒芽。我希望他能给我带点,群主答应了。深山野味,取之不易,我也不过随口一说。周六晚上,就看到群主在喊我,说终于不辱使命,已完成承诺。并且说,要送就送新鲜的,他要马上给我送过来,让我在小区门口等即可。

站在晚风中,看他急匆匆走来,手里拎着两大包东西,心中的暖又无边漫溢上来。陌生人的这份看重和守诺,已长成郁郁葱葱的希望和美好。

又想起那次和姐妹去北岭看桃花的事了。在三岔路口,我们都茫然地停了车,是一位村妇热情给我们指路,还说现在桃花正好。在千亩桃林,我们徜徉花海,肆意拍照,又在树下采摘了很多嫩绿的野菜。回来的路上,我们思忖,桃树上挂着一个牌子,提示曾喷过农药,那野菜有没有毒?要不要扔掉?就在这时,一个游客满头大汗骑着赛车追上我们,只为了告诉我们一句话:农药是在一场雨之前下的,这野菜没有毒。

刹那芳华,所有的日子都有了意义。细碎感动,都会成为生命中的永恒。比时光更长的,是爱的暖。

村庄依然旧声色

因为一次偶然的旅行，我爱上了一个山村。

在百度中输入"内丘县宁家庄"，点击搜索，查不出关于它的任何信息。这个藏在深山中的古村，低调内敛，一如未经剖开的美玉。

淡日微阳，我们从内丘县城出发，沿隆昔线西行，到七里河折而向南，拐上一条村级公路，走上大约30公里，才到宁家庄。白草离离，旷野斑斓，漂浮的白云饱满成熟，树上的果实好像摇一摇就落。

秋虫噤声。在这个寒凉的时刻，生存的智慧隐藏在草叶下。触角，不是用来对抗或者攻击，而是试探风声。

一

我在桥上等人，桥上几个人也在看我，彼此的眼神都是好奇。

宁家庄的老桥有两座，从东数的话，这是第一座。桥全部由石块砌成，典型的半圆形拱桥。桥没有栏杆，两边各放两块长条白石，村民们坐在条石上，闲话家常。他们都住在河边，桥下的水流不完。河岸上的花开了,河岸上的树绿了,草木悠悠,一晃就是千年。

一位老太太包着紫红色方巾,腰间扎着围裙。她正招呼一位邻居,要不要去地里摘柿子。每一个乡村妇人,都有过如花的少女时代。当年,木格窗棂下,一床新被,一个木讷憨厚的夫君,就构成一个乡村少女的芬芳之心。两个中年人蹲在地上,回忆1958年修桥的往事。我刚想追问究竟,他们话题一转,又扯到飞机播种的事情上了。

一场秋雨后,空气清新。桥上闲人聊天,桥下细水深流。一个转身,光阴便成为故事。一袋旱烟,过往已成为岁月。人们的交流,除了语言,还有风,传递着对方的真诚与坦荡。

相对来说,西边第二桥更为古老,也精致许多。它建于清嘉庆年间,后毁于大水。1979年重修时,用的还是老桥的石料。桥中间地面高高隆起,铺着光滑的大青石。桥两边有抱鼓石,也有桥栏板。不知道多年前,有没有一个翠翠,坐在桥边凝望,在等她的傩送哥回来。

二

人活着活着,就简单了,穿一件轻松的外套,和秋天的阳光一起,我走在人口不多的山村里,和每一座老屋相遇,瞬间就有了情谊。

我天生喜欢石头房子,喜欢它们素朴本真的原貌。那种虚伪的古村落,石头墙外刷一层黄色的涂料,要多难看有多难看;或者旧房翻了新,弄得不伦不类。这里的石头房子很好地保持着本来的样子,即使破旧坍塌,还是葳蕤一片,绝不让现代的砖瓦斜插进来。窄窄的石巷里,踏着厚厚的枯枝败叶,我们兴致勃勃地拜访这些岁月的遗民。

宁家庄的民居，墙体都是青石或红石，灰沙泥勾缝。平整的墙半腰，常凸显出两块拴马石。门前有上马石，门旁边还有练武用的石锁。一般人家都有门楼，五彩的挂落雕刻精美，蕴含多子多孙之意。门楣上，或为一个大大的"福"字，或写着"和为贵"的吉祥话。门当多为方形石材，雕刻技法纯熟，图案多种多样，有"居家平安"，也有"犀牛望月"。门两边有墀头，有卍字形图案，也有写着"乾元"二字。后者因为正对一条巷子，所以要辟辟邪气。门上斗拱，一柄如意。柏木的门板，抵抗住岁月的剥离。

进门通常有一条过道，墙壁是土黄的泥坯。抬头看，椽子和檩条都已经乌黑。过道两旁还有过庭屋，住在里面冬暖夏凉。方正的四合院，正屋的地势要高。富裕人家的正屋透着气派，屋前有前檐，两边带耳房。

走过一家一家的石屋，对自然的秩序，对时光，对沉重与轻盈，对残缺与痛苦，都有所敬畏。寂寞的老屋，历经生死轮回。月光洗过，青苔走过。许多年前，曾点亮一个人的眼神；许多年后，又暗淡了许多人的青春。

三

站在宁家庄的院子里，突然想起里尔克的《秋日》："谁这时没有房屋，就不必建筑。谁这时孤独，就永远孤独。"

腿脚不便的老人，坐在石头上休息。一群鸡在桃树下觅食，一只白猫在窗台上蜷曲。我们几个人一起用力，翻动一块石碑。用扫帚扫去浮土，却始终看不清有什么字迹。老人热情起身，指给我们看身下的石块,居然也是一块石碑。清水冲过,赫然显出"光绪九年十二月"的字样,着实让人惊奇。

在宁家庄,我们惊奇地发现一扇太阳门。这独特的圆形石门,没有任何木料,是用当地出产的桃红玉砌成。颜色粉红,晶莹剔透,让人爱不释手。刚过门的小媳妇给自家这道古老的石门起了个好听的名字,叫红石桥。她在院子里洗衣,街道上的人影就开始生动了。瓦垄上的狗尾草也在顶着露珠微笑。在她的一搓一揉中,都是沉淀的爱意。

张年根的家可能是村里最大的庭院,粗粗估算一下,大约有300平方米。高大的屋檐下,挂着小筐和篦子,灶台上贴着内丘神码。木梯上搭着金黄的玉米,墙角放着金黄的莲花瓜。焗过的破缸里,栽着几棵青椒。一只小狗在狂吠。84岁的老人穿着千层底布鞋,他一笑,整个院子也跟着笑。他的老伴瘫痪在床已经14年,他天天给老伴做饭洗衣。

从前的爱情特别干净,像天空。

四

在一家老院子里,我们邂逅了一群羊。院子主人早已搬离,屋顶也拆去,只剩四面围墙。推门向里走,一只山羊颠颠地跟在我们身后。里面的院子,竟然有一大群羊,浓烈的腥膻味在风中飘来荡去。

我,和一群羊为伍。

屋角有一棵高大的白杨,我听到了风吹木叶的声响。我饶有兴趣地观察着羊,它们带给我很多灵感。羊的颜色有白有黑,羊角弯弯,胡子长长,眼神清澈无邪,小耳朵向前展开,不时摇动短短的小尾巴。它们

一会聚在一起，在荒地上吃草；一会又散开，玩着各自的游戏。

一只羊在用力撞一棵小树，它把小树当成了假想敌，无数次冲锋，无数次被弹回。另一只小羊调皮，竟然撞翻了同行者的水杯。温暖的阳光里，有两只羊在晒太阳。它们是高明的舞者，跳起了肚皮舞，全身哆嗦如急雨。还有一只羊是个安静的美男子，鼻子在墙缝中嗅着，嗅着大雪的气息。很多羊喜欢做同一件事，头弯过来，去挠自己的前胸和肩膀。

我凝神，在这琥珀样的时间里。

像羊一样，宁家庄从来不乏温和忠诚的动物。卧在桥下反刍的黄牛，水沟边引颈高歌的白鹅，木梯下吃草的小兔。它们守护着村庄的暖，和村庄最后的尊严。

五

山僧不解数甲子，一叶落知天下秋。时间在这里很慢，仿佛回到从前，忘了更新和刷屏。

我在石巷中漫步，忽然被什么东西绊了一下。弯腰观察，绊我脚的竟然是打铁的砧子。它锈迹斑斑，萧索荒寒。肯定有一个力大无穷的铁匠，曾站在砧子前，敲打着手中的锤，叮当叮当，正在打一副马掌或驴掌。那马，风尘仆仆，可能刚从唐朝的边境归来；那驴，可能正驮着诗人贾岛，通往月光下的柴门。

在墙角的乱草中，藏着一个铁皮栲栳，和一只没了把手的木桶。少年时，我们打猪草路过菜园，还喝过三爷爷刚打上来的水呢！一间幽暗的西屋内，半截土坑，炕上铺一张芦苇编的席，炕头是颜色难辨的座柜。屋子中间放着八仙桌，另一头还有一架织布机。一盏昏黄的油灯下，孩子可能在八仙桌上写字，而勤劳的母亲早已开始织布裁衣。

一间过庭屋中，堆放着一大摞蜂箱，主人曾是一个养蜂人。蜜蜂已经跟随养蜂人走过漫漫长路，它们不知道，一旦飞入我童年的梦中，就再也不能逃离。每一位养蜂人都是蜜蜂的使者，在搜索春天的路上与风雨同行。

还有排子车，随意地靠在门楼下躲雨，或者在孙家碾棚的一角，静待流年。村中的石碾很多，有的上面放着一堆花生秧。碾盘和碾磙安安静静的，与蟋蟀说话，与土虫私语。

这些远去的风物，记录着远古流传的字符，记载文化与人间悲喜。没有人忘记，一把菜刀的丰盛给予，和给未来设下铺垫。

六

日子虽然贫苦，宁家庄人却从不抱怨。一个人生在乡村，就遗传了乡野的基因。不要高官厚禄，也不要名利云烟。只要安生的日子，在屋檐下梳着星光。

如果有人邀请宁家庄的人去县城小住，他们一定是拒绝的。他们会说，县城太闹了，还是住在村庄好，心静。他们听着鸡鸣和狗吠，不关心时事，也不关心风雨。

等我们白发苍苍，就退出江湖，住在宁家庄好了。没有网络，也不用手机。一菜一饭，一粥一茶，与一个人相守。早上在巷口看太阳，傍晚在杏花树下喝茶。在青菜簇拥的栅栏下，慢数游走的年华。

第三辑　曾逐微风细细开

草木有本心，生灵总关情。与一朵花相遇，与一片叶子低语，明澈的眼神动人心扉。那一刻，我恍然明白，南山花开，原不在此心之外。看一看淡雅的玉兰，满山的红叶，再听一听蛙鸣和蟋蟀的吟唱。这么淡的意境，这么美的光阴，让人想到从前慢，一生只够爱一个人。无须雕琢，恪守本真，刻在心上的经卷，每一页都写满眷恋。

烟雨杏花寒

冬天是季节的阴面，天寒地冻中，我开始了对杏花的思念，因为杏花是造物主献给北中国的一份灿烂礼物。

在春天的众多符号中，杏花是诗意的代表。自古以来，杏花作为特有的意象多次出现在平仄的诗词中。王安石写过她妖娆的身影，志南沾湿过她多情的杏花雨，精巧、纤弱，美则美矣。而我独爱陆游的句子："小楼一夜听春雨，深巷明朝卖杏花。"那无眠的小楼孤灯，那幽深狭长的石板小巷，昏暗的底色里，凸显出一枝娇俏含春的杏花来，怎不令人欣喜？可惜，陆游的杏花带有明显的江南特色，太过温润了，和北中国的料峭春寒似乎不相应。

在我们内丘县的西部山区，有机缘的话，还是能看到杏花的。去年春天，县作协组织了一次笔会，冠名为"杏花笔会"，一行十几人兴致勃勃地去赏杏花。天阴阴的，偶尔落三两点的雨，烟雨迷蒙，在当地人的指引下，我们终于找到了一片杏树林、她们长在山冈上，一副顽强的样子。土地贫瘠，离水渠很远，加上天气阴冷，杏花红星点点，不过是还没打开的小花苞而已。我们在树与树之间寻觅，想要找一棵杏花开得大点的，可惜都没有。杏花凌寒，一身傲骨，虽让我心生了几许敬佩之意，可遗憾也挥之不去，杏花满枝，尽情绽放的身姿又擦肩而过了。

在我心目中，杏花是什么样子呢？应该是颇为壮观的，一大片一大片都是的，开得兴高采烈，开得无拘无束，开得义无反顾；花萼粉红色，花瓣雪白色，花蕊鹅黄色，冰清玉洁，干干净净；一朵朵，一枝枝，花挨着朵，朵挨着花，像云海，像云霞，散发温馨的香气，让我蛊惑于花的美色，沉迷于花的芬芳。

和我一样，有杏花情结的朋友很多，在网络论坛上就颇有几位痴迷者，一到春天就嚷嚷着要去看杏花，这让我又想起一件趣事来。小俏在市园林局工作，认识的花木不少。她发了一个帖子说，达活泉中，郭守敬纪念馆旁边，有一大片杏树林，杏花开的时候，大家一起去风雅一会儿。帖子发出去，一时群情高扬，都憋足了劲去赏杏花。我也乘了计程车，大老远地跑过去，果然是一片树，一片花，花瓣在风中，飘飘洒洒，甚美。回来后，我一挥而就《杏花赋》，文友们也写诗的写诗，写词的写词，还有好事者编辑成一本电子版的《杏花诗集》。正当兴高之时，小俏又发一个帖子，让我心一下沉下去。帖子说，前几日看错了，这花不是杏花，而是一种梅，因为相似，错当成杏花了。看来，我浓烈的一腔诗意，竟然是错付于梅花身上了呢。

花开有期，我和杏花一次次走近，又一次次远离。没看到真正的杏花，未真正读懂杏花清澈的芳心，才让我在这个冬天倍加思念，思念一阵烟雨杏花寒。我多想沉浸在杏花纯净的笑靥中，陶醉在春天浓浓的风情里，化身为一棵杏树，一朵杏花，守望在家乡的田野上，时刻感受父辈的恩泽和牵挂。

玉 兰 清 寒

今天傍晚,我一个人去散步,出了小区,沿公路东行,偶然发现一个小小的公园。我就折进去,一条小径铺向园的深处,在园的西北角,一树玉兰花开得正好。我拿出手机拍照,心里有了一份小小的惊喜。

说起玉兰,我的单位也有,都是紫玉兰,紫薇薇的,像蝴蝶栖息在枝干,算不上明艳,也说不得娇媚,只是一树紫色的花而已。看多了,也就添了几分冷漠。眼前的这树玉兰则不同,是白玉兰,高处的新蕾欲绽未绽,低处的花朵怒放灿烂。那颜色是白中带着一点黄,或者黄中带着一点白,恍惚之间,又似乎是淡粉,给人一种透明的质感。春风沉醉中,花瓣盈盈,不娇不艳,却有清雅的风骨,不食人间烟火。花朵很大,犹如牡丹,尽管满树都是,却并不热闹,没有叶的衬托,花朵之间疏朗有致,空旷无边。

欣赏这样的白玉兰,我不禁陶醉了。在《聊斋志异》中,经常会有花神出现,都是一个个冰雪聪明的女子,衣袂飘飘,仙气盎然。我不由得深信,这白玉兰也是一位花神呢。她一朵朵弹开花蕾,等待有缘人的出现。她的性子和姐妹们不同,她不像桃花那么妖冶,非要燃烧爱情,虏获婚姻。她骨子里是淡雅清寒的，有一份与世隔绝的清凉之美。你看，这么淡的意境，这么静的光阴，华灯已然初上，灯光打在花上，薄薄的，凉凉的，白霜一样的美。

不知道怎么回事，我忽然怀念起趵突泉公园的那一树玉兰花了。也是一个春天，我在李清照纪念馆的院子里邂逅了一树白玉兰，树干粗大，已有百年。满树黄白的花朵，点缀得那个院子空前明亮，空气中还有淡淡的清香。可是，那一刻，游人也只有我一个，热闹的人正在别处看水看山，只有我是怀着敬仰的心情来拜访李清照的。在两边寂寞的画廊里，李清照孤独地吟诵着她的词，那肃立的倩影，那颦蹙的蛾眉，怎一个愁字了得。我暗自庆幸，这么高洁的女子，也只有眼前这一树白玉兰来陪，才显得那么和谐。而我，也自是在清净的时光中，做了一个赏玉兰的人了。

自古以来爱玉兰的人不少，写玉兰的诗词也不少，其中我独爱这两句"影落空阶初月冷，香生别院晚风微"，心中想到时，口中不自觉吟出来。只见眼前的白玉兰花在晚风中舞起霓裳羽衣，似乎和我心意相通。这高贵的清寒，在尘世的苍凉中辗转，越是艰难，越是强韧，不求人来欣赏，只做一回自己，这是白玉兰参的禅，我们俗人未必能懂。

又见桃花红

2016年4月17日,是个难忘的日子。这一天,我有幸参加了邢台广播电台组织的"相聚九龙峡,欢乐赏桃花"活动,漫山遍野的桃花正开得烂漫,让我的心灵也彻底净化,抛弃了前日的忧郁,换来了淡淡的喜悦。

早上8点左右,180位三菱车友驾车出发,浩浩荡荡的汽车行驶在邢和公路上。邢台广播电台交通频道在直播这次活动,主持人甜美的嗓音让人印象深刻。天不是晴朗的,灰蒙蒙,远处渐渐有云雾升腾,这恰恰暗合了我的审美情趣,所以,车窗外的景色自然更添了诗意和美感。路左是河谷,有一洼一洼的碧水。水边是万株新柳,叶子刚刚染绿。还有杨树,树上几个鸟巢是绝妙的风景。河谷对岸是青山,一道小径蜿蜒而上,隐没在丛林荆棘间。也偶尔有一棵桃花,孤单寂寞地开在山石旁,并不需要谁来欣赏。春景是疏疏朗朗的,一闪,就闪在车后眼外了。

好客的九龙峡用热烈的鞭炮来欢迎我们,车开到上龙谷的停车场,一行人兴致勃勃地到上龙谷游玩。踏着颤悠悠的木板沿阶而下,峰回路转,过一座小石桥,一条苍龙匍匐在山沟间。向下望,峡谷幽深,两腿开始打战。水声潺潺，水草丰美处，一小溪从草丛间钻出，和几条小溪会合后，一路欢歌向下游荡去了。桃花多了起来，这里一丛，那里几株，引得我直按相机快门，可惜无法接近，都在远远地含着笑，招着手。最喜欢树林掩映处，一座小小的亭子，乌黑的木材，快要倒塌般落寞，这比新修的雕梁画栋要好。亭子太新太现代了，反而和这幽谷野趣不协调。小路都是红褐色的石块，干干净净的。走累了，随处坐下来歇歇脚，不用担心弄脏衣服。眼前是开阔的山谷，空气也着实清新。随手丢下的石头，在水潭里溅上一朵美丽的水花，又毫不选择地沉下去了。还可以很随意地和陌生游客交谈，逗一逗随行的孩子，感到人生还很丰满。

九龙峡虽然美，以前和朋友来过，所以就少了几分新鲜。最吸引我的，是九龙峡新开辟的景点——十里桃花谷。论坛上见到一位摄影家的照片，桃花谷的桃花精美绝伦，人间少有。想着邢台居然还有这么美的桃花，说什么也要来一睹芳容了。从上龙谷原路返回停车场，开车折而向东，没走多远，山崖上两块红标提示，桃花谷到了。

一行人怀着十足的兴致漫步走来，上一个山坡，拐一个弯，就来到十里桃花谷了。桃花太多了，漫山遍野，铺天盖地，大规模地包围着你的眼，你的鼻，你的口，你的心。细细一嗅，空气中全是淡淡清香。路边、山洼、碎石边，山前山后，山上山下，到处都是桃花，足以震撼人心。花色说不上红艳，也称不得粉红，竟是粉白，花色虽然淡了些，这正是山桃花比真桃花脱俗的地方。山成了花的山，原地转上一圈，身前身后，竟不知道看哪里好了。在小路上穿行，不断有桃花和你招呼。于是想着，前方的桃花深处，又会有谁在等着你呢，又会碰到怎样的奇遇呢？会不会在我们走累的时候，也有一位妙龄少女含笑走出茅舍，给我们倒一碗山间的清水呢？会不会在落英缤纷的时节，我们来到这桃花源里，也有一群黄发垂髫者在怡然自乐呢？会不会走着走着，这桃花竟然转动起来，团团把我们围住，然后那位调皮可爱的黄蓉挽着她的靖哥哥显身呢？这迷人的桃花，让我产生了梦幻般的迷醉，不知道自己身在何方。

　　说实话，来九龙峡赏桃花我是付出了惨重的代价。为了你，我不听家人关于安全的劝告，不顾朋友关于近处无景的阻拦，义无反顾又坚定决绝地来了。因为你那绰约的美貌搅得我夜夜不得安眠。今天，我终于如愿以偿，而你也以超乎想象的美没有辜负我。这就很好，你我相知，从此浮躁而无处安放的心也可以放下了。除了快乐，这也是我此行最大的收获。放一朵桃花在我的行囊，让你时时伴着我，监督着我，让我能心静如水地好好生活。

内心的田园

舌尖上的马齿苋

清晨去郊外散步,路过一块菜地,发现在菜园的沟陇里长着很多马齿苋,一大丛一大丛密密地挨着,叶子肥厚润泽,光滑柔美。我像发现了宝贝似的跑过去,采了满满一大把,准备回家做菜吃。我出身农村,小时候经常见到马齿苋,也经常吃到马齿苋,自然对它很有感情。

我的童年从物质上说非常贫瘠,吃的是窝头,穿的是布衣,但这并不影响我快乐成长。最高兴的事就是打猪草,背个柳条筐在田野上疯跑。口渴的时候,我们就溜达到菜园,老爷爷正在浇菜,水桶里是刚打上来清凉的水。在菜园里第一次见到马齿苋,嫩嫩的,惹人喜爱。老爷爷闲下来的光景,就会和我们扯闲篇,他告诉我们这种草是神草,即使割下来也晒不蔫,叶子照样光鲜。我们都睁大了眼睛认真听,心中充满敬畏。老爷爷继续说,这马齿苋啊,曾经救过皇帝的命,想当年有个叫刘秀的皇帝被仇人王莽追杀,眼看就要被擒,情急之下,就趴到路旁沟里的一片马齿苋下,躲过了追兵,刘秀脱险后就封马齿苋"永远不死",所以这草是受过皇封的。从那以后,我就更加喜爱马齿苋,总要去菜园多割些回家。

没想到，一把普通的野草，母亲也能做出好吃的菜来。马齿苋到了母亲手里，就会变成无上的美味，我印象最深刻的，就是母亲的蒜泥凉拌马齿苋了。母亲把马齿苋的老根、老叶摘成段，放在盐水中浸泡，然后再把马齿苋段放入沸水锅内焯至变色，色成碧绿后捞出来，放入凉水内过凉待用；取一只碗，把剥好的蒜瓣捣成泥，放点醋和辣椒，再滴上一滴香油，将过凉的马齿苋捞出来，沥干水分，放入容器中加入兑好的调味汁，搅拌均匀。开饭时，母亲把做好的蒜泥马齿苋端上饭桌，夹一口吃在嘴里，酸溜溜的还带着清爽，有淡淡的野菜清香。这使我单调的味蕾中像加入了味精一般美妙，真是吃了还想吃。

马齿苋总是给我太多美好的回忆，长大后才知道，马齿苋的吃法很多，可以凉拌，也可以热炒；可以做汤，也可以蒸饺。马齿苋还可以入药，有清热解毒，凉血止血等多种功效。我对马齿苋的偏爱在美食和入药之外，还多了些故乡的味道。每个人的心中都有一座故乡的宫殿，每个人的味蕾上都有一种属于故乡的美味。宫殿用来储藏情感，美味用来慰藉肠胃。舌尖上的马齿苋，就是刻在我心中的经卷，每一页上都写满深深的眷恋。

赵县梨花千树雪

崔护诗云："人面不知何处去，桃花依旧笑春风。"题的是在唐朝都城长安南庄赏桃花而偶遇美女的往事。河北赵县，也有一个南庄，号称"天下雪梨第一村"，是全国著名的梨乡。清明时节，万亩梨花争开放，美如仙境，吸引了四面八方的游人。

我们"纵情山水群"的群友，一行68人，从内丘出发，过宁晋、柏乡而至赵县。自赵县县城浩荡东行，不多远，眼前骤然一亮，路南路北皆是梨花。白如雪，白如棉，白如云。无边无际，花海起伏连绵。车在花海中穿行，路边都是车，都是赏花人。大巴车前窗，都贴着"看梨花"三个醒目的字眼。小楼昨夜又东风，因为梨花，也被冠以"观花楼"之美称。游人在梨树行中忙着拍照，他们婀娜的身影又成为我们眼中的风景。小生意人忙着招徕顾客，梨花糕、梨花酒、冰糖雪梨、梨花香片，都和梨花有关。勤劳的花农在林间疏花，把多余的梨花剪下来，堆在排子车上，让人浮想联翩。

南庄村西，就是赏花的绝佳之地。梨树苍老遒劲，树龄多在300年以上。树形顶部茂盛，枝杈盘旋交错，亭亭如伞盖。梨花似雪如玉，漫天洁白。梨树有的旁逸斜出，似笑似迎。上千棵梨树横看成行，侧看成列，梨花连接在一起，搭成一座座花桥。走近去，看梨花团团簇簇，冰身玉肤，凝脂欲滴。一片蜂箱之上，蜜蜂飞舞，嗡嗡嘤嘤的，闹出一派春意。风过梨花落，含烟带雨，有似梦幻。群友们一头扑进梨花林，争相和梨花合影。我坐在树上，近看一眼书，远观两眼云，风轻悄悄的，花有暗香来。一个老婆婆坐在树下休息，小女孩咯咯地笑着，给老婆婆的白发上插满梨花。还有一对情侣，牵着手，在梨花树下喁喁私语。愿得一心人，梨花共白头，是何等的唯美和浪漫。

"闻道郭西千树雪，欲将君去醉如何？"沉醉花海，不觉已到正午，我们到附近一农家乐就餐。庄户人家，房前屋后，都是梨花。大门旁，一株老梨树下，拴着一只小黄狗。见许多人来，并不认生狂吠，而是踱着小碎步，做出各种呆萌的表情。我们坐在大排档下，看店主人围着长围裙，拿着长柄的大铁勺，正在熬制大锅菜。一些梨花飞入锅内，给大锅菜增加了很多的美味。有人登上了三层高的观景台，茫茫一片雪海，几只燕子在空中徘徊。

据说，赵县雪花梨已有2000多年的栽培历史。在汉代，赵州的先人们就已经广种梨树，南北朝时已成为宫廷贡品。这梨花，穿越千山万水，跋涉而来，风尘不掩素面，高洁自在己身，这一个美，何人能比？

万顷梨园似雪如玉，二十里花海飘香醉人。赵县梨花处处开，能尽情欣赏梨花之美，实为人生幸事。因为，我们没有辜负明媚的春光。

内心的田园

蜀葵花开一丈红

在我的书桌上，放着一朵花，单瓣深红，花蕊鹅黄，那是随手采来的蜀葵。

夏已深深，蜀葵总是和我不期而遇。早晨去公园的路上，经过一片小平房，好多家门前都有蜀葵，正应了那句"六月蜀葵花怒放，两两灿烂相背开"的诗句。在我的印象里蜀葵不叫这个名字，她的俗称是"老婆花"，我老家的乡亲们都这样称呼。现在我住在小城，见蜀葵少了，亲切中多了几份稀罕，于是凑近前去，一赏再赏。

蜀葵花的茎很有特点，根根直立，没有旁枝，仰头看天，君子坦荡。叶子皱缩粗糙，一如乡亲们的手掌，尽显经年劳作的辛苦与坚强。花的颜色有大红粉红，或者简单的白，都是大众喜欢的，俗是俗了点，却不矫揉造作。蜀葵的美丽在于丛生，单看一枝是没有风韵的，一大丛密密长在一处，从上而下，一串串姹紫嫣红，芬芳尽妍。花很容易满足，不挑地方，院子里也能生，房门前也能长，来来往往的车辆荡起层层尘土，花就遭了殃，灰头土脸的，可是花不在乎，微风吹来，头轻轻一摇，还是高高兴兴地过生活。

我站在花前沉醉，而这家的门还紧紧关着。我不知道里面住着什么人，大概如我一样为生活而劳碌奔忙吧？平房低矮破旧，已经显现出颓废色彩，可是有了蜀葵花开，有了从墙头探出来的一架葡萄藤，颓废中就有了生机，这小院就让人多了联想。主人也许还在酣睡，在享受清晨短暂的凉爽。只要定的闹钟一响，忙碌的一天就有条不紊地开始了。女人会睡眼惺忪地打开大门，在水龙头下潦草地洗脸，紧接着一头扎进厨房做饭。一会男人也起床了，大声叫着孩子的小名，吃完饭，该上学的上学，该上班的上班。小院的门打开了又关上，仍然会剩下一个在门前赏花的我。

我喜欢蜀葵，喜欢像蜀葵一样的烟火红尘。活得简单朴素，不贪图什么，只求平安、团圆和一些小小的幸福之果。只要看到花，我就想起那些朴拙的面孔，粗糙却有着细密的纹理，在心间轻轻流淌。

内心的田园

梧桐花开满琼瑶

老家门前，有一棵梧桐树，正是最美的四月天，满树梧桐花开得正好。每次回家，我总是带着照相机，对着梧桐花左拍右拍，爱不释手，总想用不同的角度留住她婀娜的倩影。

树冠高大，给门前空地打上一把硕大的花伞。抬头一望，只能见到一片粉白的天。梧桐枝干疏朗，伸出老远，才在树梢挂一串花朵，密集如宝塔，毛茸茸、粉嘟嘟，播散浓郁的甜香。虽处末端，却昂首向上。一朵花如喇叭，如风铃，从容奏响平常日子的清音。此时，没有叶来衬托，花自成一个独立王国。树上不知何时有了一个鸟巢，不时有鸟儿在树枝间腾跃翻飞。有风吹过，花影摇动，姗姗可爱。

梧桐花啊，曾给我多少温馨的记忆！一夜小雨菲菲，空地上铺陈出一大块紫色地毯，既诗意又清丽。多年前的我，同着小伙伴在树下捡拾落花，把一朵花凑在嘴边，在那花蒂部位轻轻吸吮，吸吮苍凉中的一点甜。还有，梧桐花还可以戴在发间，麻花辫儿的每个辫结儿处都插进一朵，那神情就多了两分雅致，三分婉约，小脸上微笑着，享受春天。放学归来，搬一把小竹椅子，在树下一坐，几只鸡在身边咯咯叫，捧一本书在手，书声琅琅，一读就读到另一重天地里。读累了，抬头看看满树的花，所有的疲劳瞬间烟消，只想自己将来会不会也变成一朵梧桐花，高挂枝头，在风中轻摇。

如今，我已经在小城工作安家，可是无论如何，一旦闲暇，就会时时想起老家门前的梧桐花，并且深深感激着。一棵梧桐树，给了我一个美丽的世界，因为她的付出，才有了我眼睛与心灵的盛宴。

仔细想来，我一直都生活在父母的恩惠中。小时候，衣服是母亲亲手做的，学到的第一首诗是父亲教的。当我长大后，第一次出远门，走出很远，蓦然回首，发现父母和梧桐树的影子融合在一起，站成了一尊永恒的雕塑。现在每次回家，母亲总要挎着篮子，去菜畦里给我割鲜嫩的韭菜，而父亲会含笑叼着烟袋，听我唠叨几声工作的喜与烦。梧桐花开了又败，败了又开，父母渐老，而我能做的，就是常常回家看看，在自家的小院门前，看梧桐一次次花开。

内心的田园

迟 桂 花 香

一阵秋风起,一场秋雨凉,又嗅到了八月桂花香。

在北方,桂花是稀罕物,很少见到,也只有在诗词的平平仄仄中一睹芳容了。我第一次阅读郁达夫的《迟桂花》,便如作者一样喜欢上桂花了。杭州城里的桂花竟然二度开放,恬淡含蓄,不事张扬,在慢条斯理地传递着脉脉甜香。在这梦幻般的氛围中,忍不住让人想起了那个叫桂花的女子,年方二八,羞涩又神秘,常年躲在珠帘半卷的阁楼上,轻易不露面。这桂花,给人心头余留下多少幸福啊。

桂花,我在无限憧憬中等待与它一见,我不着急,因为相信注定会和她相遇。单位组织去华东旅游,我欣然报名前往。在江南的小城中,我终于见到了心仪的桂花。公园里、街角、居民楼前,一转身,一扭头,桂花就在那里含笑迎接你了。我原以为第一次见到桂花,会惊喜地喊出来,可是,没有,我表现得很平静,就是在内心里喜欢,一如桂花的含蓄内敛,似乎多年未见的挚友,再次遇上了,彼此默契地伸手相握,只在眉眼之间搜寻似曾相识的神采。

桂花开了,秋天来了,我站在一棵老树前意醉神迷。"叶密千层绿，花开万点黄"，抬头仰望，一丛丛的绿叶中间，缀满了一抹抹鹅黄，米粒似的，小巧精致的身影，对秋天情有独钟。那深深的香，沁人心脾，四散飘香。一阵风来，树上落英缤纷，就像飘下细细的黄金雨，站在树下的我，也是满身清香。这桂花，若论起颜色和花瓣来，简直算不上花，别说牡丹、清荷，就连牵牛花也比它娇艳美丽。可是，桂花的美不在姿色形容，只在它的香气袭人。"不是人间种，疑从月里来。广寒一点香，吹得满山开。"它的香不是人间俗香，是来自月宫的天香呢。

  桂花就如一个清丽温婉的女子，袅袅娜娜从远古走来。战国时期《山海经·南山经》中曾有这样的句子："招摇之山多桂。"可见当时桂花的栽培已经很普遍。《楚辞·九歌》中说"援北斗兮酌桂浆，辛夷车兮结桂旗"，赏着桂花，喝着自家酿制的桂花酒，真是人生一大快事。汉魏晋时期，桂花只出现在帝王宫苑之中，唐宋以后才开始在民间普及。为什么千百年来，桂花备受人们喜爱？我想原因只有一个，桂花外表素淡清雅，内心丰富博大，是花却不艳俗，不是花又风情万种，这样的风韵谁能抵挡？

内心的田园

山韭菜开花

当玉米锯齿样宽大的叶子哗啦啦响成一道道绿色篱笆,高粱饱满硕大的头颅摇晃晃如一喝醉的汉子时,日子就开始了蜕变。昼夜温差急剧拉开,一早一晚地漫漶出点点秋凉。红红的火炬林和淡黄的野菊花争奇斗艳,秋意浓厚成"落霞与孤鹜齐飞,秋水共长天一色"的王勃诗文。这时候,山韭菜花静悄悄地开了,沉静地开在牵挂着她的情人眼眸中了。

山韭菜花没有叶子,只有一根光滑细长的茎,顶着一蓬攒聚在一块的花朵,白中带粉,多数含苞未放,朴素淡雅。她的性格也另类,不长在肥沃的土地里,流水边的田埂上也看不见她的身影。要寻她,需向那干旱贫瘠的山坡上、碎石间。她宁愿放弃安逸肥美,也要与野枣树为邻,与荆棘为友,伴清风,吸甘露,自由自在地在逆境中微笑人生。采一把回家,摘那花朵来放入热油中,再及时倒入手工面条的汤锅里,那香味就香满了半天街,原始古朴天然的香把路过的人都裹挟住,心底的幸福如同裂开的石榴,舒服得熨帖。

星期天回到故乡,我就心急火燎地约上对门的妹子,要去地里采山韭菜花。父亲阻止我说："别去了，地里没有。"或许是父亲心疼我，怕久不下地的我劳累，又或许是父亲在地里真没见到。我执意要去，小时候在田野里跑惯了，太想念那种感觉，采山韭菜不过是个借口，再者，我对故乡的山山水水，犄角旮旯，可是熟悉得很呢。

要采山韭菜就要上北山。这是村北的两座山，从南面看，并不高，缓缓的走势。可是山的北面，却是深沟险壑，陡峭得很。踏上山间小路，脚步轻快，仿佛回到了少年，我是顽皮活泼的，轻松愉悦的。脱了高跟鞋，换上母亲做的千层底，踏着深草，拨开荆棘，转眼就到了山顶。我和妹子一分开，广袤的山顶草原把我们淹没了，相望不见，要高喊一声，听到悠远的应答，才知道各自大致的方位。山顶上星星点点的白，可是到的人多，大部分山韭菜花都被人采过，花少而小。我抓着小树的干，一步步滑向北坡，没有人迹，山韭菜花大而多。我像个勇敢的探险者，隐秘地品尝着寻宝的乍惊乍喜。手一伸，一蓬山韭菜花就扑过来，等了很久急于回家似的向我手里赶。枣子已经有了微红的颜色，一丛丛的野花幽寂而美丽，我顾不上欣赏，眼里只有那诱人的粉嘟嘟的山韭菜花了。采过花的手带着香，香得沁人心脾，太醇厚了，我有微醺的醉意。这个山凹凹没了，再向下滑，找到个落脚处，转身，面向南方的高地，这样才安全些，可脚下的碎石，竟自翻滚着向山下去了。

当一大把山韭菜花放入包内时，汗珠显在脸上了，有些累。放任自己坐在草丛中，舒服地坐着。草青青的，长发披拂，安详柔美，那气息清新而温暖。我甚至想躺下去，做个梦呢。好多年没有来故乡的北山了，好久没有如此亲近野草坡了，久违的亲切让我酣畅淋漓，想要潸然泪下。风在适当的时候来安慰我，善解人意地轻扶我的肩，我更有了丝丝委屈。草丛中蝈蝈的叫声声声入耳，看不到在哪里，只能联想到那灶上的蝈蝈香味了。放眼四顾，变化大的我都不知所措了。山下狭长的河沟里，流水潺潺，一眼看不到边的芦苇荡，给了人财富和快乐。端午节不到，腰围花包的女子就来打苇叶，说是要坐火车到外地去卖。半天过去，满满的苇叶在腰间使女子们看上去臃肿不堪，但她们好得意，因为顺手还挖了几棵野蒜和地瓜，还编了一个苇叶包包给自己的情郎。如今没人再用苇席铺炕，用苇箔盖房，那芦苇一夜间就被铲平改做了农田，青青的玉米照样也是绿的海浪。山脚下还有个石头坑，村里人都来这里挖山石盖房子。记得当年，二爷爷就带着姑姑在这里干活，姑姑扶钎，二爷爷轮锤，叮叮当当，节奏鲜明。二爷爷闲暇时吸烟，还给我讲个传奇故事，拴住我的心，来给他们做个伴。现在石头坑也没了，被勤劳的乡亲填平了土，种上稀疏的芝麻了。

这次山韭菜花采得不算少，足够我吃上一段时间。能回故乡采把山韭菜花，我就好像是凤凰涅槃，浴火重生。想做一个精致的绣花香囊，把她的香味装满，会幸福我的一生。因为，我在香味中融进了我的诗句：山韭菜花，你就是我的神父，当我的心灯因尘世而蒙垢，你会用你那粉白的汁液，为我注满生命的灯油。

野 菊 花 黄

野菊花是秋天的眼睛,没有野菊花的秋天会令人遗憾而痛苦。

前几天,我到深山游玩,在一个景区的山涧中穿越,天高气爽,风轻云淡,水草丰茂,流水潺潺。在路边,在山坡,在悬崖,我见到了一丛丛盛开的野菊花,她们有情有爱,张着灿烂的笑,在向自然表达。

野菊花的美是清丽而朴素的,她根植于贫瘠的土壤,营养缺乏,但她并不介意,还是该开放时就开放。一簇簇,或疏或密,浅黄金黄,从茎顶,从胁下,一下子冒出那么多花朵,好像一夜之间被清风唤醒,一齐把眼睁开,白天欣赏太阳,晚上仰望星星。即使名不见经传,娇小的花瓣仍然溢彩流光。

和家养的菊花花朵相比,野菊花活的卑微而又倔强。游客们脚步匆匆,因为急于赶路,往往会忽略掉野菊花的存在。他们说着笑着,漫不经心地从野菊花上踏过,把花丛踩成饼状,并没有关心花儿是否也会疼,也会哭。还有的喜欢花的野性美,随手采摘下一大把,坐在石头上编织花环,戴在长发上拍一张照,然后就把花环扔在路边,任由她枯萎。野菊花是没有办法的,她的命运不由自己掌握。即使如此,她也要尽力延续生命，始终微笑着，直到凋零。我曾移植了一棵野菊花，让她把新家安在我的客厅里，可是时间不长，野菊花就红颜逝去。在伤感的同时，我才领略到她的内心私语，她不会贪图优越的环境，野外才是她执着留恋的地方，才是她沉默而专一的爱。

也许正是因了卑微的缘故，野菊花最懂得团结的道理。一丛盛开的野菊花中，谁曾见过几枝早衰的？没有，她们一起怒放，一起沦落，互相提携着，连成一片，手拉着手，根连着根。努力向更深处更远处，延伸着，开拓着，生长、生长……

想起来那一年，我们一群朋友去邢台县的道沟村游玩，在那条狭长的山谷中，我们遇到了很多野菊花。那些可爱的女孩子们欢呼着，跳跃着，腾出背包里的地方，开始疯狂采摘野菊花。我暗自纳闷，采这么多野菊花有什么用？一位活泼的女子告诉我，把采摘的野菊花晒干，可以泡茶喝，能消除咽喉肿痛，也可以做成菊花枕，可以安神理气。我这才恍然，看似普通平凡的野菊花，原来还有如此神奇的功效。想着在月明之夜，依着菊花枕，喝着菊花茶，那风情万种，自是不消说的了。

苍松翠竹映斜晖，野菊花开过客稀，我沉醉在野菊花丛中了，因为花给了我无穷的享受和无限的遐想。

满山红叶正当时

不去深山,不知道晚秋的壮丽;不赏红叶,不知道季节的诗意。何不背起行囊,拄上山杖,去赶赴一场红叶的约会?

大巴车上,周围是陌生的登山友。说笑之间,各人流露出不同的行走目的,或为呼吸新鲜空气,或为锻炼身体,或为放松心情,而我,沉默不语,我只为红叶而来,红叶是老秋不老的弦歌雅意。

和春天的陌上花开相比,深秋的红叶别具一番美丽。它们非要在北风到来之前,霜降前后,姹紫嫣红开遍,把大山装点成五彩斑斓的画卷。一进大山,眼前豁然一亮,放眼望去,山南山北,郁郁葱葱的,全被鲜艳的颜色涂满了。黄,有浅黄金黄;红,有紫红深红;绿,有翠绿幽绿。层林尽染,让人一阵惊叹,生出无限豪情。红,均匀地混杂在黄绿之间,和谐自然,充满生机。恰好是个雨天,山顶间有缥缈的云雾升起,一团一缕,有白有灰,给红叶笼罩上一层神秘的色彩。红叶是高贵的公主,笑得那样自信、矜持、坦然,在萧瑟的秋季,别具一种自信的美。

在中国的古典诗词里,红叶代表了文人的一种浪漫情怀。沿着石板路拾级而上，山势渐渐陡峭，手脚并用，爬过一段艰险的天梯后，看到一条平坦的羊肠小路在树林间蜿蜒开去。踏着厚厚的落叶，近距离地看红叶，身前身后，扭头转身之际，红叶的身影无处不在。也许是因为小雨的润泽，红叶显得珠圆玉润，色泽鲜亮，叶脉清晰。我小心摘下几片红叶，把它们摆在黑色的山石上，围成一个圆，看久了，仿佛看出了人生的轮回。眼前一抹红色，自然会吟诵起杨万里的句子："乌臼平生老染工，错将铁皂作猩红。小枫一夜偷天酒，却倩孤松掩醉容。"只是我不知道，杨万里歌颂的红叶，是不是司马相如《上林赋》里那深情的一枚？

行走在红叶林中，处处都是风景。一棵红树长在山崖下，红得那么热烈，那么浓郁。一个身材曼妙的少女正从树下经过，穿着乳白色风衣，长发及腰，风吹过，她略微扭了一下头，这个瞬间像极了一幅油画。还有一位小伙子，在山上采集了一大把红叶，小心地捧在胸前，就像捧着一束鲜花，看样子他打算一直带到山下去，大概是要送给心仪的姑娘吧？也是，来自大山的礼物，没有什么比这更珍贵。我儿子——5岁的小天天，是个坚强的男子汉，整个登山过程都是一个人完成的，<u>丝毫没有依靠妈妈的帮助</u>。此时，这位小英雄正躲在一棵红树后面，向我做鬼脸呢。

红叶以特殊的风采温暖了苍茫群山，在万木萧瑟之时显露卓越。看万山红遍，你还会有一丁点的伤秋之意？满山红叶正当时，宅在家中的你，是否听到了红叶的召唤？

白 菜 清 音

初冬是从园子里那一畦畦白菜发黄的外衣上抵达人间的。

清晨，一棵最小的白菜率先醒来，伸展腰肢，大口呼吸着清冽的空气，又听了几声麻雀的啁啾，然后才不紧不慢地喊醒这个，喊醒那个。打着呵欠，揉揉睡眼，一园子的白菜都醒了，菜园里就有了许多热闹，这种热闹只有白菜自己懂的。淡淡的雾霭从河面升起，笼罩着菜园，一层白霜在衰草上闪亮。

母亲推着平板车，不紧不慢地走向菜园，我走在车后，跟着母亲去收白菜。母亲用镰刀挑开用酸枣枝围成的篱笆，我不失时机地跳进菜园。满园的白菜排成矮矮的方阵，虽不能遮风挡雨，也绝不畏惧风吹日晒。母亲犹豫了一下，不知道先拔哪棵。后来，母亲果断地弯下腰去，问候了一棵硕大的白菜，双手分别按住白菜两侧，顺时针旋转，一拧，白菜就挥手告别了土地，欢实地被母亲抱到平板车上去。

母亲榜样的力量感染着我，劳动里蕴含着无限快乐。我学着母亲的样子，双手抱菜，顺时针旋转，然后用力向上拔起，谁知道用力过猛，竟摔了一个屁股着地。我无奈地叹了一口气，周围的白菜听到了，也调皮地叹口气，原来它们在给我开玩笑。我用手指弹了一下离我最近的那棵白菜，它晃着憨直肥胖的白嫩之躯向我微笑着，和我是这样的亲啊！

白菜收回家，一开始是凌乱地放在院子里，老母鸡也急忙忙地来啄一口嫩叶，拉下一摊鸡粪。等母亲腾出手来，她就会有条不紊地把白菜藏起来，藏到温暖的房间去，从而避开老北风的欺负。白菜剥去老菜帮子和黄叶，就干干净净的，鲜亮、饱满、水灵，菜帮子与白绿的叶搭配，温润如玉。它们就码在我家的床下，头向外，根向里。夜晚睡觉，床下的白菜静静地陪着我，香甜的美梦就踏实地接踵而来。

白菜去掉了一切的修饰，保持了原貌，对于我这个乡野里长大的孩子来说，自然对它多了一种偏爱。听人说，蔬菜是有感情的，如果你喜欢某种菜，而它又喜欢你，乐意被你吃掉，就会分泌出某种物质让自己变得好吃。整整一个肃杀的冬天，我尝尽了白菜的美味。

白菜最常见的吃法，当然是炒着吃。母亲会把白菜切成细细的长条丝，再配以自家做的豆腐，或者粉条。一家人就着小铁锅，吃着馒头白菜，能吃出来日子的细水长流。那一年，堂姐出嫁，母亲帮着村里的厨师们，特意熬制了大锅菜来慰劳帮忙的乡邻。大锅放油，加花椒、大料、甜面酱等佐料，倒入肉块、葱花，等肉熟软后，再把切好的大白菜放入锅内，加海带、土豆，最后滴几滴香油，大锅菜就熬制好了。乡亲们或蹲或站，端着大海碗滋啦滋啦地吃着大锅菜，那场面又红火又壮观。农闲时节，好久不见的小姨来串门，母亲就会包饺子招待客人，饺子馅自然也少不了白菜。我喜欢听母亲切菜的声音，"噌噌噌"，很有质感。白菜摆在砧板上，枝精叶丽，如文化用品般雅致。饺子包好，举筷入口，脆生生的，光滑柔软，自有一股清芬。

莫言对白菜有一种无法言说的痛，他把白菜上升到道德的范畴里去。他跟母亲卖白菜时多要了一个爱挑剔的老太太一毛钱，母亲为此蒙受耻辱而泪流满面。一毛钱，让莫言一辈子灵魂战栗。而我的母亲，也通过白菜教会我质朴的生活哲学。我家的白菜刚浇完水，土地湿得无法下脚，我理直气壮地想去大舅的菜园里拔棵白菜时，母亲及时制止了我。她告诉我，即使再亲近的人，没有得到允许，也不能随意去吃人家的菜。

初冬的清晨，我似乎听到白菜的清音。我喜欢像白菜一样生活，无须雕琢，恪守本真。

内心的田园

八十一片梅花开

最近我经常做梦，梦到自己变成了一只伶俐的松鼠，或者是一只犀利的刺猬，要不就是一只笨拙的大熊，随便找一个树洞，挖一个洞穴，把身子缩成一团，不吃不喝，安详地睡起了大觉。要是梦想成真，该多好。

我自小怕冷，一到冬天就一次又一次地感冒。田野枯索荒寒，风如利刃，在脸上辗转腾挪。为了一个不得不外出的理由，你就必须承受深入骨髓的寒冷。此时，最惦记一床温暖的被，厚厚的金丝绒窗帘遮挡住外面的世界，天荒地老，香甜的温暖中，好一个惬意了得。

所以，宅起来，在家，做一只冬眠的虫。

这样的生活里，注定是安静的，因为抛弃了喧嚣。我爱好广泛，也喜热闹，但在冬日里，突然会对一切应酬玩乐失去兴趣。前两日，邢台的朋友要组织一次聚会，一年到头，相见不易，本该想去的，但纠结了好久，还是没去成。晚上，正卧在沙发上，接到同事的电话，约去玩牌，本来也是技痒的，但只是一转念，就谢绝了好意。史铁生有一个地坛可以躲进去，坐在那个园子里，坐在不管它的哪一个角落，任何地方，喧嚣都在远处，近处只有雨燕吟唱，雨落空林。我虽然见不到地坛，不必去地坛中寻找安静，那莫如在安静中寻找地坛，寻找我的静园。

清人张潮在《幽梦影》中写道："能闲世人之所忙者，方能忙世人之所闲。"大家都在忙碌的事情，你能够悠闲对待，才会有时间，有心思去满足自己的闲情逸致。忙人有忙人的生活方式，闲人有闲人的生活方式。阳光步步后退，寒冷步步紧逼，躲在屋子里，做冬天的囚徒。最诗情画意的情趣，极其雅致的化解严寒的方法，就是《九九消寒图》——"日冬至，画素梅一枝，为瓣八十有一，日染一瓣，瓣尽而九九出，则春深矣。"想象从来不乏美丽，早上起来，推窗看看外面，天地冷瘦，轻呵素手，饱蘸笔墨，花瓣慢慢涂完。等到八十一片梅花开，再看窗外，啊，已经是姹紫嫣红开遍。

很简单，一支笔就迎来了春天。不管世界有多么冷，我们要做的是：不急不躁，从容等待，积蓄心情，积蓄力量，积蓄希望与美好。

譬如，深夜漫漫，最宜读书。嗅一嗅纸张的书香，自己陶醉其间。从容开读，读木心，读陈冠学，读史铁生，也读周作人。读遥远的故乡，一叶轻荡水面的乌篷船；读皓腕如雪，画船醉听雨丝风片。不急着书写，只读就好。把心再放从容些，一切都不需要着急，一切属于你的，都会来。

严寒如冬天，心就是家。把心稳住，安静地等待，积蓄力量，某一天推窗再看，八十一片梅花开，又是一个春深似海。

内心的田园

冬来枝头柿子红

冬是一年中最简洁冷清的阶段,小北风一刮,沁骨的寒意劈面而来。山河大地,删繁就简,朴素悠远,在这干净的背景中,枝头红彤彤的柿子就凸显出来。柿子是我挚爱的意象,在北方山村,有沟有坡的地方就有柿子。天性使然,柿子看上去要比别的秋果美丽许多。

冬日里,我曾数次和柿子不期而遇。去年,县作协组织我们去塞纳湖畔采风,第一次去,那山那水都透着新鲜。山不高不远,水静若处子,一片树林,漫卷厚厚的一层落叶。沿着一条小河溯流而上,三转两转,眼前一亮,山洼里藏着一片密集的柿子树。远看像云霞,像锦缎,让人生出几分温暖。前几天,我开车和父亲去深山里加工药材,一路上看不尽柿子的倩影。枝干遒劲黝黑,落尽叶子的树梢上,柿子娴雅绰约,那一抹嫣红,那风中熟透的心事,沉甸甸的,点亮了山村的梦幻。

红柿流动着令人心神摇荡的优美,走过的人,谁也无法拒绝无法躲避。只有沉浸其中,文人墨客用无比倾慕的眼神来为柿子作词,以至能让我在历史的纱幕后还能感受他们无法自拔的情形。初冬的空气过分明净,疏朗之中竟也掺了几分甜津津的柿香。当柿蒂还留在梢端随风而动的时候，衔了果儿去的雀鸟似乎也在吟唱白居易的名句："红袖织绫夸柿蒂，青旗沽酒趁梨花。"悠久的气息，连续了今古，吟唱幽幽淡淡拂去还至的人间情愫。"色胜金衣美，甘逾玉液清"，颜色比金衣还要好看，味道比玉液还有甘甜，这怎能不让我对柿子魂牵梦萦呢？

"秋入小城凉入骨，无人不道柿子熟。红颜未破馋涎落，油腻香甜世上无。"我站在柿子树下，踮起脚尖，伸手拉下一弯小枝条，摘下一个柿子来，柿子在阳光下闪着一层明媚的亮，晶莹剔透如同精美的艺术品。我轻轻揭开果蒂，撕开细薄的一层皮，鲜嫩欲滴的柿肉就颤巍巍地抖现在眼前。柿子放在嘴边，我一口吸去，满嘴甜润就在舌蕾上绽开。尤其那深藏柿腹中的软核，光润酥软，嚼起来美滋滑嫩。就在这一瞬间，我仿佛从充斥着妍媸清浊的尘世中超脱，用明朗澄澈的心灵找到了智慧，忘掉所有的烦恼与灰暗，从尘埃中开出一朵物我两望的花来。

据《酉阳杂俎》记载，柿树有"七绝"：一多寿，二多荫，三无鸟巢，四无虫蠹，五霜叶可观，六嘉实可啖，七落叶肥大，可以临摹书字。足证柿为世之所珍。柿可分干涩两种，干者在树上成熟，采后便可啖食，涩者须经脱涩加工后，方可供食。中医认为，柿子性味甘、涩、寒，入脾、胃、肺经，有清热润燥、生津止渴、养阴止血之功，适用于燥热咳嗽、痰中带血、胃热伤阴、烦渴口干、痔疮下血等，具有很高的药用价值。

柿子，姗然可爱，无论帝王贵戚抑或庶民百姓都格外喜欢。柿柿如意，也染红了我们整个寒冬肃杀的心情，让冬有了点点的暖。

内心的田园

久违的蛙鸣

很喜欢这样一句话:有雨如诗,或者,有诗如雨。

无论什么样的平淡故事,一逢上下雨便难忘。

幽深的小巷,雨斜斜地飘飞,一把淡蓝色的小伞,两个年轻的恋人,相互依偎着,十指相扣,男的高大如山,女的温柔如水。天空阴阴的,心却是晴朗的。在小雨中温馨的漫步,听得那雨打梧桐的沙沙声,不紧不慢地走。脚踏在石板路上调皮的水洼,自有一种滋润到心底的美妙。

或者,换一个时间,换一个地点,也是一种难得的风景。

傍晚的雨,缓一阵又紧一阵,像一位智者,心情悠闲地开个玩笑。坐了车出去,去赴几个好友的约会。找一处清静优雅的小间,坐下来,弄几碟精致的小菜,对酒当歌,看朋友那儒雅的风度、如水的美目,添了殷勤的劝酒、亲密的戏谑。帘外雨潺潺,暑气阑珊,圈住心灵相通的快意,感觉知己相交的愉悦。

可是,北方的雨实在是不多。今年,更是如此,入夏以来,雨还几乎没有过。

连续高温,连呼吸都不畅,除了躲在空调屋里,哪还有走出家门的勇气?可家里的日子也不好受,烧壶茶吧,可水龙头早已经罢了工。传言四起,某某地方水位又下降了多少米,心慌慌的。打个电话,询问故乡的庄稼,听到的是更惨烈的情状。玉米的叶子蜷曲如绳,脸色苍白;花生匍匐在地,奄奄一息。毒辣辣的太阳,干热热的风,横扫天宇,土地咧着嘴,欲哭无泪。

雨,再不来,真怕是没命了呢。

从来没有盼雨盼得如生死攸关。

喜的是,今天,雨终于如约而至,来偿还欠了很久很久的孽债。

没有闪电,没有雷声,没有狂风,不声不响,毫不张扬,雨来了。这预示她不是敷衍,而是在认真地履行义务。漫天的彤云,使天看上去低了很多。零星的几点,是礼貌的招呼。你还误认为是不是错觉的时候,雨线相连,织一匹潮湿的绣锦。赶快收拾小院的东西,还没等东西拿进屋,屋顶上,瓦口中,就流出了瀑布。

真是一场及时的雨,在最需要的时候,善解人意地姗姗而来。放下手中的活,按捺住狂喜的心,胡乱披个雨披出去,凑个热闹,在邻居家的屋檐下看雨、听雨。

雨中一位男人,骑得很慢,逆着水流艰难跋涉。头发湿成了绺,衣服紧贴了身,雨迷蒙了他的眼,边骑边擦眼睛。喔,原来是下班的工人。大家搭讪着:"这下凉快了吧?"听得他愉快地回应:"是啊,真凉快!"淋雨也淋得高兴。

一辆拖拉机冒雨而行,车上是刚收的粮食,一袋袋增加了重量,大家嘻嘻哈哈地打趣:"这下发财了,一斤变两斤了。"

一位农民从地里回来了,牵着他的老牛,穿着布鞋,大大咧咧地在水中行。

因为有了雨，紧张的工作也轻松了，意外的淋雨也美好了。雨就是这样神奇，它能弥漫成一种情调，浸润成一种氛围，也镌刻成一种记忆。

有雨的夜晚，如此静谧，如此安详。坐在电脑前，鼠标轻轻一点，那如雨的音乐四散开来，心就在一片静静的池塘里长出了睡莲。又忽然，窗外，传来几声久违的蛙鸣，给无边的雨夜多了几分想念。这蛙不知道从哪里来，只要有雨，有水，有塘，那蛙就会神秘出现。有了蛙声的夜晚特别适合想念一个人，牵挂一个人，而这个人却又未必知道的。

"明月别枝惊鹊，清风半夜鸣蝉。稻花香里说丰年，听取蛙声一片。"在对丰年的憧憬中，那干涸如沙漠的心灵，有了几点幸福的期待、悄悄的思念、远远的守望、默默的关怀。这样的人世间，多了富足，多了留恋。

看了一天雨，听了一夜的蛙鸣。

蟋 蟀 物 语

那夜,从外边回来,走过小区的草坪,蓦然听到一种熟悉而亲切的叫声,吱吱,吱吱,忽远忽近,这里有,那里也有,不是一只,而是好几只,在一起合唱。那声音带着点活泼,带着点清脆,隐藏在浓密的草丛中,让你只能听而无法见。宁静的夏夜,融融的月光下,我的心忽然无比柔软,因为我知道,这是蟋蟀,只有它才是月光的孩子,是黑夜的精灵,是浅秋的信使。

在我们老家,说起蟋蟀,别人会笑话你"拽词",我们那里都叫蛐蛐,也叫促织,它是我们单调乏味的童年里唯一的慰藉。每年处暑一到,傍晚时分,村边的草丛里、院子的墙根下、砖头瓦片堆中,都会传来蛐蛐儿的鸣叫。我和伙伴们使个眼色,不敢大声说话,轻轻地走近,小心翼翼翻动砖头,看到蛐蛐儿振翅高唱着,我们就用两只手快速叩下,但多数时间是捉不住的,它如精灵般瞬间跳开,消失不见。偶尔,我也能捉到一只,小小的蛐蛐儿便被我双手罩着,小心地把它拢在手心里,放在蛐蛐儿罐中,拿回家养起来。这时候,不知道会惹来小伙伴多少羡慕的目光呢。

蟋蟀是一种古老的昆虫，自古以来描写蟋蟀的诗文不少，它在流沙河诗的褶皱中机灵灵地掠过，它在花木兰唧唧复唧唧的织机上静静地蹲过，它也在姜夔的二十四桥明月夜中肝肠寸断地唱过……我认为写这种昆虫最好的句子是《诗经》中的《豳风·七月》："五月螽斯动股，六月莎鸡振羽。七月在野，八月在宇，九月在户，十月蟋蟀，入我床下。"这首诗对蟋蟀的描写完全循着这种小昆虫活动的时序，从夏天到秋冬之交，蟋蟀因为天气的原因从田野里走向人家，走向庭院和屋宇，最后是人的休憩之地。它们和《豳风·七月》中的主人公一起体味幸福和艰辛，一起参与并经历自身生命的挣扎和终结。

蟋蟀能鸣善斗，自古至今，斗蟋蟀成了中国人津津有味的一项重要活动。相传斗蟋蟀始于唐代，到了南宋有较大发展，当时的京城杭州斗蟋蟀活动十分活跃。蟋蟀被当作斗争游戏中的角色，这是一种悲哀。蒲松龄的小说《促织》，就描写了一出因为蟋蟀而引发的人间悲剧。成名的孩子弄死了父亲费力捉来的促织，恐惧之下跳了井，死后魂化促织，被献进宫的故事。一个小小的蟋蟀，不知道多少人家为此家破人亡，这样的故事触目惊心。玩蟋蟀最臭名昭著的是贾似道，人称"蟋蟀宰相"。据《宋史》载："襄阳围已急，似道日坐葛岭，起楼台亭……尝与群妾踞地斗蟋蟀。所狎客入，戏之曰：此军国大事耶？"大敌当前，国家危在旦夕，身为重臣，却只知道玩物丧志，真是误国误民。但是蟋蟀何罪？罪在玩弄蟋蟀的人。

蟋蟀是思秋的虫。俗语曰，一叶落而天下知秋，蟋蟀的叫声也是一样，它是秋天鲜明的标志。岁月倏忽，不知不觉就飞走了一年，两年，再也不回来，站在草坪前聆听秋虫鸣唱的我们，还不能好好珍惜吗？

烛影摇红蟹爪兰

在寒冷的冬日,能有一盆盛开的蟹爪兰供你欣赏,不能不说是一件幸福的事。

晨曦初起,光影破窗而入,流泻一地轻柔,室内有一丝若有若无的浅香,萦怀不去。阳台上,浅蓝色的花盆中,一株蟹爪兰已经盛开,那盎然的生机带来了春天的明媚,一扫我心中的阴霾。我满怀惬意地端一把竹椅,安静地坐在它的面前,一坐就是半天,默默聆听它的私语。

蟹爪兰长得郁郁葱葱,非常旺盛,墨绿的枝叶总有上百个,每个叶子的尖上都有一个花苞,数也数不清楚,有袅娜地开着,有羞涩地打着盹,满盆绿叶,满盆红花,红绿相映,绝不流俗。我喜欢蟹爪兰的茎,一节一节的,肥硕鲜嫩,茎节带着点点红,边缘带着锯齿,像极了螃蟹的足爪。我更喜欢那花,颜色上浅下深,又艳又丽,红艳欲滴。花被开张反卷,长而圆,共有三层,一层一层次第开放,三层花儿全开完后,中间露出了丝丝花蕊,含着花粉儿。粉面桃花,像一个才过门的新媳妇。花与花密密地挨着,它们躲着、闹着、笑着、推着,好不热闹。

听说蟹爪兰开花了,邻居们纷纷前来赏花,他们赞叹着花的美丽,却把我这个养花人忘在一边。我自嘲地笑着，独自回味花开背后的故事。自从蟹爪兰进门，我像呵护婴孩一样精心，查阅了很多资料，才掌握养护蟹爪兰的方法。冬季，蟹爪兰不能天天浇水，最好一周一次，不能在傍晚浇，还要依据"干透浇透"的原则；还有施肥，蟹爪兰虽然喜欢钾肥、氮肥、磷肥，可在冬天，只要每周在叶面喷施一次磷酸二氢钾液肥即可；还有温度，还有通风，都在我考虑的范围之内。老公曾经酸酸地说，你对蟹爪兰太好了，我可有点吃醋呢。我回眸一笑，回他一句："我愿意，你管得着？"

蟹爪兰不负我望，终于开满了花来回馈我。每每看着阳台上盛开的蟹爪兰，仿如走进宋词里"烛影摇红"的境界。"烛影摇红，夜阑饮散春宵短。当时谁会唱阳关？离恨天涯远。争奈云收雨散，凭栏杆，东风泪满。海棠开后，燕子来时，黄昏庭院。"这样美的花，大概也只有周邦彦的词才配得上它。

年关在迩，爆竹声声，炸响一地尘烟。蟹爪兰看淡名利，躲在斗室之内静心修炼，开好自己的花，为我营造出最古典的意境，我爱着烛影摇红的蟹爪兰。

人与紫薇各自香

金蝉多情，一声接一声地吟唱着，就讴歌出一个华丽的夏天。我倚在夏的门楣，带着一颗初心，等待一场紫薇花的邀约。

放假了，卸下一身的疲惫，到公园里散步锻炼。那一天，我走过假山旁边，在一片蓊郁的法国梧桐林后，竟然发现了一大片的紫薇。远远望去，那些淡紫和微红，就像浪漫的诗篇。这种不经意的相遇，让人莫名得惊喜。我喜欢这种与美的邂逅，没有刻意，而是迎面撞上的机缘。遇见花开，途经悲喜，这瞬间的艳遇，不是难得的半盏清欢？

我站在花前，细细地欣赏。这样的花，最易触动人心的软。因为，它执着于花开的信念。

眼前的紫薇树干光滑，花朵满枝，一朵一朵都含着笑。花瓣色艳多褶，如彩云舒卷，稍逢清风，便舞动不止，称得上是"翩若惊鸿，恍似天衣"，既柔美可爱，又清雅古典。我一时童心大发，忍不住开起了紫薇的玩笑。伸出纤纤玉指，轻轻挠了一下它的肌肤。谁想到，它所有的枝叶都在轻轻颤动，像忍不住痒的小女孩，娇憨可爱。也是，紫薇的别名就是"怕痒花"，这个软肋可是公开的秘密呢。

内心的田园

　　大地无言，星月无语，我们需要的是一种超然的情怀。自古以来，和我一样，喜爱紫薇的文人墨客不在少数。俗话说"人无千日好，花无百日红"，紫薇却是有性格的，小暑前后开始着花，到白露还有所残余，花期长达百日。杨万里诗曰："谁道花无红百日，紫薇长放半年花。"白居易在一个仲夏之夜，皓月当空，繁星点点，独守中书省，闲暇无事，面对院中的紫薇，不仅诗兴大发："丝纶阁下文书静，钟鼓楼中刻漏长。独坐黄昏谁是伴，紫薇花对紫薇郎。"诗人与紫薇，你看着我，我看着你，相看两不厌，好一份悠闲与自在。

　　徜徉在这一片花海，你会发现，这些紫薇花树形态各异，独具神韵，绝不雷同。它们有多粗糙，就有多细腻，既在红尘之中，又在红尘之外。远远的一棵紫薇，离群索居，兀自挺立。站在一丛菖蒲的边缘，翘首探看。那是一种守望的姿态，遗世而独立，看它的第一眼，就让人怦然心动。水池边有两棵恬静的紫薇，像两位袅娜的妙龄女子，那是在对镜梳妆，还是在临溪照影？不管天上从容走过的云，以及地上茂密的野草，她们相互陪伴，站成一副地老天荒的姿容，怎能不让人心生感佩？

　　生命就是一树的花开，一树花开一树暖。站在一棵开花的树下，你会觉得，一个人不管出身是否高贵，所处的环境是否优越，你都可以落落大方，甚至带点傲慢与放肆，在一方天地中，做最好的自己。只要你用心，无论你是一朵什么样的花，都会有一个完美的夏天。

第四辑　风吹过那些年华

沉睡多年，淡逝的风物在诗性的文字中苏醒。一辆纺车，一头老牛，自行车、清水缸、老槐树，拥紧，用生命温暖那些生锈的词语。世事沧桑，先人们创造着村庄的历史，一茬收割，一茬新长。渐渐远去的风物是时光圆润的心事，每当我想起与它们亲近的日子，总会在眼底打上一层柔软的底色，也会吸取勇气和力量，珍惜当下的生活。

老屋情怀

我的老家在县城西20里,现在因成了农业生态旅游区而远近闻名。可是在20世纪70年代,还是个不为人所熟悉和打搅的地方,远离了喧嚣与繁华,呈现出一片寂寞的田园风光。老家的房子位于村边,房子南边是一片低洼的打谷场,打谷场再向南,下个坡,是一条环村流过的潺潺小河。在小河和打谷场的衬托下,老房子显得仪态万千,高高在上。

房前有一口老井,常年挂着辘轳,石板缝隙中长出了毛茸茸的青苔。老房子是典型的小四合院,东屋是过道和厨房,其他房子住人。房子的后墙都是石头砌成,前墙一半是石头,一半是蓝砖。年近七旬的老祖母住在北屋,老家人叫正屋,父母和我住在南屋,两位姑姑住在西屋。老祖母的房间是我常待的地方,比在我们屋待的时间还长。墙壁上糊着报纸,一人盘的上炕。迎门是方桌条几和圈椅,门后是供奉的神灵。屋子不大,倒是干净。我喜欢跟在老祖母的身后,心紧紧依偎着她,一刻也不愿分开。

院子很小,小得没地方种花种树。在这有限的空间里,老祖母还弄了一些点缀。破桶里栽上红红的辣椒，院子里跑着两只鸡，一只是黑色的，一只是花的。鸡跑来跑去，院子里随处留下一堆一堆的鸡粪。姑姑气愤地骂鸡的时候，老祖母就很不高兴，因为鸡是她的宝贝。不管活有多忙，她总会抽出时间，抓把粗粮来喂。那时候生活拮据，我们常常煮上一大锅的红薯来充饥。慈爱的老祖母是多么偏心啊，总是等大人们下地干活去了，偷偷煮几个攒了好几天的鸡蛋给我吃，这份特殊的礼遇两位姑姑是没有份的。至今，我还清楚地记得鸡蛋的香味。

晚上，我常常趴在方桌上写作业，一盏微弱的灯光跳动着散去，温馨便添满了小屋。老祖母整夜陪伴在旁，一脸欣慰。灯不明亮了，老祖母用剪子剪去灯芯上的灯花，灯光就忽悠一下亮多了。有时她帮我的忙，把一大张白纸叠成32开的小本子，再用针线沿叠痕密密缝过去，针脚再倒回来。她自己不识字，但感觉为我这个读书的人做点事是神圣又光荣的。小姑姑在一边无聊的时候，多半会过来扯我的衣服，想让我陪她玩会，老祖母就不屑地打掉她的手说："一边去，别妨碍孩子学习。咱们家好几辈子没出过读书人了，看来这孩子是个读书的料，今后全靠她了。"然后她会自然地走到门后边的神灵前，双手合十，默默祈祷，希望我能为这个家带来荣耀。我在一边目睹老祖母的言行，顿时感到自己的责任很重，于是又专心低头学习。更有甚者，老祖母有一次赶集回来，颤巍巍的，进门连水都没喝一口，就急于向我献宝。我一看，是一方精致的砚台，也不知道她从谁手里买来的。她兴奋地说："以后你会用得上"。虽然此后我写毛笔字的机会并不多，但透过这砚台还是能体悟到老祖母的鼓励和慈爱。

世事沧桑，无法苛求。随着生活水平的提高，我们在村北盖上了新房子。搬家那天，老祖母默默无语，长在灵魂里的东西，要离开了，安慰的语言是很苍白的，索性不说。如今，老房子已成荒凉的废墟，房子的骨架横七竖八，那口老井还静默在房前，青苔更茂。如今，凭着读书的功效走出村庄的我，漫漶的记忆开始彰显，老祖母在老房子里忙碌的身影又在眼前浮现。

内心的田园

想起邢白瓷

风在变,云在变,内丘这座小城也在变,曾经是标志性建筑的礼堂已然跟不上时代变迁,一条繁华的商业街在规划图上初显风范。一觉醒来,废墟上工人们干得热火朝天,机器隆隆作响,从深土中意外挖掘出大量邢白瓷残片,它们从远古的岁月孤单上路,风风雨雨,沧桑流年。这些残片在明媚的阳光下被人深情抚摸与审视,这时候,我怎能不想起邢白瓷?

想起邢白瓷,就想起那些久远的乡村与城市,想起梦境中的烟火红尘,想起那些生动鲜活的面孔。

也许是在一个偶然的机遇中,我们的祖先才发现烧制邢白瓷的秘密吧。这是火与土神奇的交融,于是,祖先们激动万分,虔诚祈祷上苍的恩赐。他们甩开了膀子,粗糙的脸上含着笑,大声哼着歌,开始采集瓷石、瓷土,极有耐心地粉碎磨细,又如照顾孩子般淘洗沉淀。转轮飞速,一个个瓷坯在能工巧匠的手里,抟转得那么流畅。在村外架炉生火,把逸散的光阴凝聚,放进熔炉,把血液与灵魂在烈焰中烧灼,完整身心,终于在一个烟青色的黄昏,欣喜捧出。

从此，邢白瓷就开始了漫长的旅程，以南北朝为起点，也曾走过大漠的风沙，聆听过江南桥上的笛声。她还是一个青涩的少女，含着羞带着笑，在枯藤老树边等着心上人。到了唐宋，她已经成家立业，风韵无限婀娜多姿。她以一颗坚强的心灵和柔弱的肩膀，承载着时光星河，见证着悲喜哀乐，却依旧从容，依旧平淡。这样的女子没有人不爱。在生命的版图上，你找不到一个没有邢白瓷的角落。

邢白瓷虽然与陶是姐妹，却性格迥异。陶呈现暗红，或者深褐，谈不上精美，也说不上华丽，陶的婆家在乡村，常年质朴的生活让陶臃肿邋遢，像一个大大咧咧的粗使丫头。邢白瓷却如不染红尘的一朵莲，洁净脱俗；虽不施粉黛，却从骨子里透出一种气质，逼着你生了敬仰之心、怜爱之意。邢白瓷通身不加点缀，无色无饰，简而又简，她是朴素的，却处处流露迷人的神韵。她的胎质坚韧纯净，釉色温润洁白，造型丰盈浑厚，肤如凝脂，类雪似银。她毫不矫情，真诚待人。如岁月静好，随遇而安，下得厨房，也能上得厅堂。既可以是乡村简陋的饭桌上盛放食物温暖的器皿，也可以是文人士大夫手中犹豫不定的黑白子；可以是大家闺秀房中插着一枝梅的瓶，更可以登上巍峨的宫殿，和青铜鎏金牵着手，高贵地穿梭。更有甚者，她轻移莲步，一步就迈出了国门，漂洋过海，走进一个个古老而神秘的国度。

邢白瓷走了太久的路，身心俱疲，又恰逢上一个大雾弥漫的天，邢白瓷迷了路，在人们的惋惜和痛苦中消失了形迹。落寞的人们千百次地寻找，这当中也包括一个小小的我，我不知道我为什么寻找，却清楚地知道寻找是我的责任。终于，在拄着拐杖弯腰驼背的老奶奶那黑漆漆的小南屋里，我找到了满面灰尘的邢白瓷，这是一个碗，一个带有传奇色彩而意义重大的碗。老奶奶曾经用它盛满热腾腾的饭，端给刚刚从田野上劳作归来的老爷爷;也曾经用这只碗,给放了学饿得眼花头晕的我偷偷放了一个鸡蛋。据说在一个神秘莫测的夜,一个满面血迹的陌生人敲响了奶奶家的门,奶奶用这只碗端来热水,救了一条命。多年以后一辆汽车开进了村庄,下来一位戴着勋章的老人,身边的人都尊敬地喊他首长。这只碗,像极了老奶奶特有的胸怀,吞咽着苦难和风雨,呈现着慈祥和大爱,让一个家族或者社会的儿女们都在邢白瓷的温暖中,安全地过着日子。

抚摸着邢白瓷充满质感的残片,我就想起那个袅娜俏丽的女子,把一代代人的一生封存,再化为千年不变的深情灵魂。在感念中,我怎能不再次想起邢白瓷?

清 水 缸

这次回乡，又看到了我家的那口水缸，它静静地站立在院子的角落里，显得落寞而冷寂。

在我印象中，水缸已经有很多年了，它的材质说不清是陶还是瓷，颜色说不上是灰还是黑，外表冷色，却经久耐用。缸壁上储满一层微绿的苔，清水荡漾，有一份冷舌凉脾、清肺甜腑的感觉。

过年的时候，水缸会多一些点缀。母亲神情庄重地请父亲写一个红帖，她会小心仔细地把红帖贴在水缸上，红纸黑字，煞是好看。我不知道写的是什么，以为是母亲供奉的神灵。长大后才知道，红帖的内容是经久不变的四个字："清水满缸。"清水忙缸，这是母亲对水缸最基本的要求，是对家庭最美好的祝愿。在母亲心里，水缸占据了一个重要位置。

有了清水满缸，母亲才能把家操持得井井有条，在忙碌中把日子过得有声有色。母亲喂了两口肥猪，她会从水缸里一瓢一瓢地舀水，舀满了一小桶，再端上盛满猪食的瓢，一天几趟地去喂猪。两口肥猪早已经认识了母亲，只要母亲的身影在远处一闪，两口肥猪就会用前腿攀上猪圈，张望着、等待着。日落黄昏，母亲从田野归来，第一件事就是从水缸里舀水洗脸。母亲爱美，出门总把自己收拾得利索干净，可是庄稼地里风沙大，干完活脸上是厚厚的一层土。母亲拖着疲累的身子，鞠一捧清水洗脸，然后很满足地照一照镜子。不下地的日子，母亲最喜欢洗衣服。水缸前空地上，放着一大堆衣服，大人的、孩子的，白色的、黑色的，厚的、薄的。母亲不允许我们穿着脏衣服出门，她总说人要活得精神体面。她的双手浸泡在洗衣盆中，用力揉搓，洗衣粉泛起白色的泡沫，像美丽的童话。母亲的手纤长美丽，可半天衣服洗下来，双手就变成通红了，看着让人怜惜。

清水满缸，对父亲来说不算什么，他有的是力气。可对母亲而言，却是一件难事。我家住在村东，吃水要到村西头的水井去挑。母亲身材瘦小，挑两桶水一步三颤，她双手反剪着，抓住扁担尖，走得小心谨慎，生怕水会洒出来。一会肩膀向扁担这头挪挪，一会又向扁担那头挪挪。走累了，母亲会把桶放在地上，休息一会再走。我喜欢跟在她身后，陪着她一起走。有时候，我会大声喊："娘，等我长大，我帮你挑水。"母亲扭头看着我笑笑，眼神慈爱而美丽。

几十年过去了，母亲和父亲日渐苍老，我没在母亲身边相守，自然也无法实现为她挑水的愿望。不过，村里安了自来水，母亲很简单就实现了清水满缸的愿望，再也不用去辛苦挑水了。母亲保留着很多当年的习惯，喂猪洗衣，在阳光温暖的午后，水缸前的空地上，还是堆满衣服，白色的、黑色的，厚的、薄的。

姥爷与灶台

在我的记忆中，最美的一幅图画是，在村外的高冈上回望，村庄里升起的袅袅炊烟，从青瓦屋顶、碧树枝丫间，袅袅娜娜，祥和温婉。

因为炊烟，灶台成了农人不可缺少的生活品。灶台的位置常垒在抱厦一角，早先的材料是泥坯与麦秸泥，后来换成水泥和红砖。手拉的风箱"呼嗒呼嗒"，不紧不慢，就拉出了酸甜苦辣柴米油盐。火柴一划，火苗猛地一闪，柴火塞进灶台的瞬间，已经读懂了主人的心思，在灶下噼里啪啦地燃。火光明明灭灭，映红了主人疲惫的容颜。

我对灶台最早的记忆来自姥爷。我想给他写几个字，除此之外，我找不到更好的表达方式。我常常去姥爷家帮他烧火做饭，姥爷像一株庄稼，挥舞着瓢和铲，打理灶台，做着一家人的饭。姥姥早逝，姥爷毫无怨言地承担起家务重担。姥爷顶着一头灰白的发，佝偻着腰，穿着一身宽大的衣衫，用自己制作的小铁铲，在灶台前做饭。姥爷的生活里，很难和商店挂钩，一切用具要么自制，要么修补，节俭是姥爷终生信奉的理念。一只小花猫蜷缩在烟囱根，眯着眼，睡得很香甜。这是一个温馨的梦，因为和灶台有关。

姥爷拉着风箱，我蹲在旁边。从姥爷那里，我学到了有关象棋的基本知识，第一次知道马走日、象走田。姥爷还绘声绘色地给我讲故事——一个黑夜里游荡的白色鬼魂，听得我瞪大了眼，到最后又恍然，原来是一个抢劫者假扮。那时乡间总有种种关于鬼的神秘传言，而姥爷却与众不同，给了我朴素的唯物主义影响。姥爷还会让我猜谜语，我苦思冥想猜了又猜，趁这个间隙，姥爷慢慢在思索一些事情，接受一些不得不接受的咸苦，吞咽一些不得不吞咽的苦难。姥爷的灶台前就是我最初的启蒙站。我的衣服鞋子里沾染着姥爷小院的泥土，肌肤纹理中呛染上姥爷家的尘烟。

在老屋寂然的抱厦下，在时光悄然打开的某个缺口，灶台浸润着岁月深处的暗香，镌刻着沧桑往事的疼痛与甜蜜。

在我熟悉的村子里，灶台和柴火垛是密不可分的，柴火垛的大小代表着日子的殷实与否。姥爷的院子里堆满了柴火垛，麦秆、高粱秆、玉米秆，还有田野里的荆棘和干掉的树枝。每逢我去姥爷家玩，他总是变着花样做好吃的。我想吃烙饼，姥爷就会背来一筐麦秸，因为麦秆火不猛烈，火焰柔和。姥爷刷净大锅，火苗舔着锅底，薄饼在大锅里翻来转去，两三回合，烙饼焦黄出锅。我想吃大锅菜，姥爷又会抓来一把玉米秆或者高粱秆作为引火，然后就烧干柴，干柴火持久有力。姥爷先倒油，后倒肉，放入白菜、豆腐、粉条，盖住锅盖一顿烧，一会工夫，大锅里白气蒸腾，香味四溢。这时候就不用再添柴，在耐心等待饭熟的时间里，姥爷又会抓把花生埋在灶台前的熟火里，哄我开心。

有的人，一生只做好一件事，比如姥爷，一生仿佛是为了灶台而生，用80多年的漫长岁月，结一个果，充满了生命的沉重与生存的苦痛。正因为这样，那日子才鲜活和释然，让人充满深深眷恋。

与玉米亲近的日子

在北中国的秋天，玉米绝对是村庄的主角。宋代杨公远有诗云："桂薪玉米转煎熬，口体区区不胜劳。"在我的记忆中，秋收是忙碌、辛苦而又快乐的，怀念那些与玉米亲近的日子。

天气转凉，秋天说来就来了。大清早，父亲用结满老茧的手在磨刀石上霍霍地磨着镰刀，母亲带上水和苹果，我们就向田野进发了。我们来得早，还有比我们更早的，小舅、大舅和姥爷也自觉来给我们帮忙，他们早就忙开了。原本一片绿色的深海，被小舅和大舅锋利的镰刀撕开一条口子，玉米棵子纷纷倒地。姥爷坐在倒下的玉米秋秸上，准确地揪出来玉米棒子，三下两下，一拧一转之间，棒子就脱离了母体，被姥爷扔成一大堆。太阳依然强烈，加上不间歇的劳作，每个人的脸上都淌满汗水。但是，小舅善于谈古论今，姥爷的特长是讲笑话，于是，在哈哈一笑中，大家就把劳动愉快地坚持下去。

玉米收到家，还要及时地剥皮、晾晒。吃完晚饭，一家人稍事休息，又会坐在玉米棒子堆前剥玉米。我和父亲母亲搬个小板凳，坐在玉米棒子堆周围，从不同的方向向玉米棒子堆发起进攻。和白天的抢收比起来，剥玉米的速度不用那么着急，只要手中不停，剥多剥少谁也不会计较。我没耐性，刚剥了一会就抱怨，搐玉米把我的指甲弄疼了。成熟的棒子皮好剥，顶部的皮已露出缺口，手一撕，青黄的皮就应声而开。最怕的就是不太成熟的棒子，青皮还满满地包裹着棒子，这就要用指甲用力狠劲剥开。心里一抱怨，手下就慢了，困劲也漫漶上来，只想能赶快躺在床上睡觉。就在这时，父亲煮的嫩玉米熟了，母亲用小筐盛来冒着热气的玉米棒，我马上又来了精神，咬一口，嫩嫩的鲜香味。此时，核桃树上的母鸡已经安静地入眠，只有墙角的秋虫还在不知疲倦地呢喃。

到底是小孩子心性，喜欢想着办法把劳动变成游戏，于是，玉米就成了游戏的道具。干活累了，我会自己给自己玩，没有人了解一个孤独的乡村少女在那个时代的心事。我会小心翼翼地用剥好的玉米棒搭建一个城堡，幻想着公主和她的王子生活在其中，过着幸福的日子。我还会把玉米皮分成三股，编一个长长的大辫子，搭在脑后，有板有眼地唱着《红灯记》中的唱段："我家的表叔数不清，没有大事不登门。"玉米缨子也是有用的，我会把它们理顺好，围在嘴巴上当戏台上老生的胡子，甩过来甩过去的，演绎一个春秋浩荡的悲欢离愁。

玉米是秋天圆润的心事，父辈们用一粒玉米的艰辛叩开日子的沉默。每当我想起与玉米亲近的日子，总会在眼底打上一层柔软的底色。

母亲的纺车

前几天回乡下小住,去里屋拿东西时,在黑洞洞的角落里,发现了一辆破旧的老纺车。愣是分不清树种的颜色,连接传动的绳线已经断落,锭子不知去向,历经流年的搁置,纺车已破败得不成样子,与蛛网灰尘搅在一起,彰显出一腔落寞的心事。

我想和母亲开个玩笑,就大声喊她,要把这辆没用的纺车扔出去,省得占地方。母亲慌了神,心急火燎地跑过来,大声制止我并不想付诸实践的行动。母亲把纺车小心地搬下来,吹落一层厚厚的浮土,用手摩挲着每一根木棱,她轻轻摇动手把,纺车居然嗡嗡嘤嘤地哼起古老的歌,母亲的眼角眉梢瞬间就挂满了笑意。我了解母亲对纺车的深情,朴实而真挚,更熟悉纺车陪伴母亲,为我们成长和家庭温暖付出的心血。

母亲是一个慈爱的人,但小时候,却很少陪我这个唯一的女儿一起睡觉。她总是忙,白天忙着下地、做饭、洗衣、喂鸡;晚上,等我做了一个香甜的梦后,她还在昏黄的油灯下纺线。那时候,村庄是寂静的,纺车的歌声在辽阔的夜色中,清晰地透着一股苍凉的意味。母亲坐在蒲团上,右手摇动手把,适时地回旋,左手捏着棉条,高高扬起,在轻重合适的拿捏中细长洁白的纺线就拧出来，缠在胖乎乎绵软的锭子上。母亲姿势娴熟，长纺不疲，朦胧的身影映在斑驳的墙壁上，犹如一团花影舞动在春天里。我看着母亲的背，不一会又沉沉睡去。

母亲的勤快换来我们恬淡的幸福生活，虽然拮据但有吃有穿。我们身上的棉衣棉裤，炕上的床单被褥，都是母亲亲手纺线织布做成的。每隔一段时间，我还能吃到饼干，那是母亲到几十里外的工厂小区卖布捎回的。后来我到县城上学，学费也是母亲辛苦纺线攒出来的。我的生活里处处散发着棉花的温度，聆听着纺车的歌声。不能忘记，寒冷的冬夜里，母亲的声声咳嗽。母亲有气管炎的病根，见不得冷，却夜夜要受冷，纺线的时候，就咳个不停。母亲使劲地咳，把整个身体都匍匐在纺车上。看着深夜里母亲孤寒的背影，我只想流泪。

纺车是母亲心头的宝，世事变迁，母亲对纺车的厚爱，不会因物是人非而消失。而我，也会把纺车好好珍藏，时时把玩，时时感恩。

时 尚 女 红

"女红",也叫女工,多指女子做的针线活方面的工作,如编织、缝纫、刺绣、剪花等,这些民间工艺展示了女子的巧手和才美,诠释着女性的温柔和爱。近年来,最时尚的女红莫过于绣十字绣了。

初识十字绣,我就被它震撼和俘虏了。那天,我陪着堂弟去他女朋友家,走进干干净净的客厅,抬头看到墙上有一幅"油画",是一幅春雪图。高低起伏的山峦覆盖着一层薄雪,绿色的草坪在山脚下铺展,笔法娴熟,线条有力,色彩不断变化,这幅气势磅礴的天山景象勾起了我无限向往。我不禁脱口赞叹:"这画画的真好!"那个文静的女孩子笑着介绍说这不是油画,而是她绣的绣品。我不禁对她刮目相看,甚至有点崇拜,这是怎样的巧手绣出如此美丽的画作?

自从留了意,才发现原来绣十字绣早已流行开来。大街小巷,街角旮旯,都隐藏着很多十字绣小店。一个个或端庄或秀丽的女子款款而来,在一幅幅绣样前比较选择,选好之后,配好绣材,又心满意足地笑着离开。此后一段漫长的时日,她们都会做一个安静的绣女,一针一线,充满乐趣,创造美丽,享受久违的成就感。

于是，我也加入到绣女的行列中，立志绣出一幅最心仪的作品。记得我买的第一副绣样，图案简单但充满寓意，是一朵盛开的玫瑰花，花瓣层层绽开，颜色浓淡变化，我很喜欢。学，要沉得住气，绣，要静得住心。在一个个越来越凉的秋夜里，我斜倚床头，背靠软枕，忙着绣我的玫瑰花。先生在一边玩电脑，听着音乐，我们时不时拉一句家常，说两句闲话，小小的房间里到处都是质朴的情愫。"夜灯独对尽女红"，我不自禁地翘起兰花指，像古装戏里深藏阁楼的小姐，手在画布上游走，潜心创作一首婉约的诗歌，一针下去是芙蓉，再一针下去是荷塘，娴静之气、贤淑之美，不是我一直追求的境界吗？

绣十字绣虽然辛苦，时间长了腰酸背痛，眼睛也疲惫模糊，但是心中的快乐却是深藏不住。它首先满足了我浪漫的联想，《红楼梦》里，大观园中，那一群聪慧的女子，哪一个不是女红了得？林妹妹绞香袋，史湘云缝扇套，莺儿会结梅花络，晴雯善补雀金裘？除了这个因素，它还让我的生活发生了质的变化。自从我学会绣十字绣之后，绣的越多，技术越好，凭此一项，我忽然成了一个非常重要的人了。朋友要搬家，求我给他绣一副《富贵牡丹》；同事玩收藏，求我为他绣一副《清明上河图》；表妹要出嫁，我怎么也要表示一下，绣一副《百年好合》送给她吧？在修身养性的同时能为他人服务，这样的日子充实而又丰满。

时尚女红十字绣，拿在手上，烙在心里，就像重温一个深闺故事，风烟俱净，云水禅心。我爱这种锦绣生活，真好。

桃花儿酱

天气一冷，整个人都懒了。看窗外万木萧索，雾霾浓重，更少了出门的心。每天宅在家里，读点闲书，看会儿电视，桌椅不擦，地板不扫，啥都提不起精神。

一日，忽然接到好友敏儿的电话，脆生生的声音，热热乎乎地邀请："我亲手酿制了一坛桃花儿酱，来家尝尝可好？"我陡然来了兴趣，这妮儿，可不是骗人？没听说桃花也可酿酱的！退一万步说，即使桃花能酿酱，这时节，哪儿有桃花？可敏儿言之凿凿，让我不得不信。我凭空臆想，片片桃花酿成的酱，该有多美？这一想，不仅对桃花儿酱神往起来，于是欣然披衣出门。

到了敏儿家，在沙发上落座，敏儿笑意盈盈地捧出一个小陶罐，白底青花，透着一股子淡雅古意。掀开盖子，只见那酱是深红的颜色，浓稠如粥。拿起小勺子轻抿一口，酸中带甜，有玉洁冰清之感。我扑哧一笑，拿手去敲敏儿的头，这家伙，为了哄我前来，胆敢把山楂酱说成桃花儿酱，欺负我不认识山楂吗？敏儿笑着解释："你不知道，我在酿酱的过程中，片片山楂在锅内煮滚的情状，真的如同桃花呢。"

我"嗯"了一声，又品了一口桃花儿酱，美味入口，眼前一片红云，仿佛盛开了一园灼灼的桃花。

想来，在寒冷的冬天，敏儿是怀着多么美好的心情，给山楂酱起了这样一个俏丽的名字呢？她一定是想着辛苦奔波的老公，远方求学的儿子，还有我这个亲密无间的朋友，想酿出一点美味给我们品尝吧？细心洗净山楂，耐心去核摘梗，再精心地把山楂倒入清水中，加冰糖慢慢熬制。她含着笑，在厨房里忙活，看山楂翻腾，忽然想起春日的桃花，欣然释放着繁丽的生命。好了，就叫它"桃花儿酱"吧。

我的心，在那一刻变得无比柔软，恨不得马上跑到超市去，买来山楂做桃花儿酱了。有多久了，我的心麻木而冷漠，粗心的我已经很久没有去关心身边人了。我只怨冬风去留无意，只想着冬日最是无聊难耐，却不知道，自己已经错过一树桃花一树春。是敏儿的桃花儿酱，它给了我爱的提醒。

"桃花儿酱"，我反复默念着你的名字，一个让人心暖的名字。人间烟火味中铺展出浪漫的云朵，爱，既素朴又华丽，既亲切又高贵。爱生活，爱他人，学会让心在生活散步。一声轻唤，让寒冷凋零，让心如玉般温润。

父亲的自行车

父亲打电话来,有点伤感地问我:"还记得那辆破自行车吗?我在杂物堆里找到的,都锈成一堆废铁了,是不是把它卖掉?"我想了想说:"还是别卖了,你不知道,那辆自行车老是在我梦中出现呢,留着吧,是个念想呢。"

父亲的自行车对我而言,有着特别的意义,它伴着我一路成长,见证了父亲对我的爱。

父亲以前是村里的生产队长,管着几十号人上工派活,自然有无限的权威,只要他发号施令,没有那个社员敢提出异议。然而,父亲在家里永远是慈爱的,他的好脾气甚至超过了母亲。那时,我在邻村上学,那里的教育质量好。每天一放学,我跑出校门,就会看见父亲穿着蓝色的中山装,站在自行车前焦急地等我。回家要走过一条田间小路,我坐在自行车后架上,叽叽喳喳给父亲讲学到的知识,父亲乐滋滋地听着,也不打断我。遇到路上坑洼不平,他会把速度放到最慢,小心地绕过去,生怕把我颠起来。秋天的酸枣树上挂满了枣,父亲有时会停下车来,踮起脚尖,给我摘下枝头最红最甜的枣。放学的时光就在自行车咿咿呀呀的歌声中被幸福地拉长。

初中毕业那年，我没有考上高中，摆在我面前的有两条路，要么复习继续考，要么回家干农活。一位本家的姥姥对我说："一个女孩家，上那么高的学有啥用？还要花很多钱，不如回家帮着父母干点农活有用呢。"我是无所谓，母亲也拿不定主意，但是父亲态度很坚决，他要我无论如何也要把书读下去，说他有能力供我读书。为此，他跑到县城最好的一中，在复习班为我报了名，交了学费，又骑着自行车带着行李把我送到学校。在学校门口，父亲深情地对我说："钱你不要担心，咱家有。你只要用心读书就行，别的事就别管了。"我点点头，心里很不是滋味。

每到缴费的时候，父亲总会按时送钱来，从来没有耽误过。后来听母亲说，为了供我读书，父亲开始做起酸枣生意。他每天早上4点多钟就出发，骑着那辆咿咿呀呀的自行车，去100公里外的临近县山区买酸枣。深夜归来，自行车就能驮回满满两布袋酸枣。父亲身体瘦削单薄，骑这么远的路，带这么重的枣，他的体力根本支撑不住，但是他硬是熬着咬牙骑车。父亲出门带着干粮，饿了就凿开河面的冰，捧着冰水喝。这样超重的劳作使父亲得了严重的肺气肿，如今的他刚过六十，就再也干不了体力活，一干活就咳嗽哮喘的，这何尝不是当年辛苦落下的病根呢？

父亲的自行车虽然已经锈成一堆废铁，但我仍然舍不得让父亲卖掉它。午夜梦回，我常常梦见我又坐在父亲的自行车后叽叽喳喳地说话，父亲乐滋滋地听着，路旁的酸枣红彤彤的，那叫一个甜。

老 巷 子

时光是个调皮的孩子,从乡村跑到城市,又从城市跑到乡村。一盏挂在门前的灯笼在风中摇曳,烛光透过白粉莲纸,照活了剪出来的小鸡和小狗,也指引着我再次回到老巷子。

老巷子呈南北方向,因为狭窄,就有了幽深的意味。从北而南,分别是我爷爷家、三爷爷家和二爷爷家,老爷爷和三爷爷住在一起。多年不来,老巷子已经面目全非,残破不堪,我的父辈早已经在村外盖了新房,而老巷子固执地守在原地,直到荒芜。我站在老巷子里,感慨万千。新春的阳光在一株老槐树上逗留许久,它在告诉我,先人们仍然住在老巷子里,生活过得有滋有味。

小时候的事情总是令人难忘。我最大的爱好是串门,我会跑到爷爷奶奶的屋子去,和两位姑姑捉迷藏。还会到三爷爷家里,看老奶奶在她的小黑屋子里,偷偷地供神。不一会,我又跑到二爷爷家去,借阅敏姑姑买的杂志。我串了半天门,也没有走出自己的家,老巷子里的时光恬静而美好。

爷爷的个子高而瘦,脸色冷峻,他脾气暴躁,性格执拗,家里的人都怕他。但爷爷见了我,总会露出和蔼的笑容。他新买了一个收音机,宝贝似的,放在土炕上,谁也不能动,但我是唯一的例外。他是生产队上的饲养员,吃罢晚饭,要去牛棚给牲口喂草。爷爷背着我,在圆融金黄的月光下行走,不知何时我就睡着了。过年的时候,村里来了卖花的老人,爷爷会给我买两朵花,插在我的鬓角。

老爷爷少小孤苦,10岁时父母就去世了,他是靠本村一个干娘的抚养才长大成人。老爷爷吃过苦,受过罪,被日本鬼子抓过劳工,据说赎回来后瘦得不成人形,脑子也有点问题,时而清醒,时而糊涂。广袤的田野上,老爷爷在赶牛耕田,旁边有人激他说:"你敢把牛赶到沟里去吗?"老爷爷的愣劲上来了,一声吆喝,一道鞭影,就硬是把自家的牛赶进深沟。但听我母亲说,他对我也很好。有一次,我在炕上大哭不止,老爷爷拄着拐棍走过这院来,关心地问我母亲:"孩子是饿了,还是冷呢?为什么哭个不停呢?"

在村庄里,清明的时候,家家户户都要恭恭敬敬地祭祀先人,但他们有他们的方式,我有我自己的表达。我站在老巷子里,在摇曳的红灯中,恍惚看见,老爷爷拄着拐棍在追赶一群鸡,老奶奶坐在门墩上喝一碗香喷喷的疙瘩汤。爷爷赶着牛车拉回来一垛高粱,奶奶拧着小脚带我去十里外的村庄走亲戚。他们那么慈爱,那么温和。

先人们创造着村庄的历史,如同质朴的庄稼,一茬收割,一茬新长。我感恩先人的庇佑,怀念先人的开拓,在老巷子里吸取勇气和力量,珍惜当下,好好生活。

老 槐 树

村头，长着一棵老槐树。

这是一棵国槐，树身粗得两个人抱不过来，颜色如铁，表皮皲裂。树冠遮蔽了小巷，覆盖了好几户人家的屋顶。盛夏时节，满树黄白的槐米在树叶间闪烁，地上就有了一层细密的落蕊。

老槐树是村庄里最老的一棵树，谁也说不清楚它有多少岁了，连它的主人喜梅也不知道。喜梅当年嫁过来的时候，它好像就这么粗壮。现在，喜梅都是一个70多岁的老人了，也没见树有什么变化。它的树干不折不朽，仍然枝繁叶茂，绿意盎然。

树老成精。村民都说这老槐上住着精灵呢。过年时，喜梅就颤巍巍地在树上贴个神帖，全村的人都端着贡品，前来虔诚礼拜。据说，有一年，喜梅的邻居贪图槐米能卖钱，到屋顶上摘槐米，不小心摔下来，在床上躺了半年。一个跑江湖的来找喜梅，打算把这棵树买走，回去的路上就出了车祸。

老树不能刨，也不能卖。它是村庄的守护神。

一个热闹的小院，现在就剩下老槐树和喜梅了。在树下玩耍的孩子都长大了，儿子娶了媳妇，女儿也出了嫁，他们有的在外地打工，有的搬到县城去住。他们都很忙，忙着挣钱养家。他们也想让喜梅搬走。可喜梅不走，她说："我走了，谁管这棵老槐树呢？"

喜梅经常拎桶水浇树，看着树坑里的水一点一点渗入土层，喜梅的心就浮上来一点点欢喜。她喜欢和槐树说说话，说说儿子，再说说女儿。老槐树对他们都很熟悉，它能分清喜梅说的是谁。

喜梅的身体硬朗，走路欢快，根本不像一个老人，整天也没有一个闲。她是村里的保洁员，每天拿着扫帚，把村里的大街小巷清扫得干干净净。过麦收秋，她会去田野里捡落下的庄稼，一个季节过去，她的屋顶上晒的到处都是麦穗和玉米。谁家农活忙不过来，就来找喜梅帮忙，因为她干活肯出力，从来不要滑。她凭双手养活自己，从来没给儿女要过钱。

老槐树心疼喜梅，等她忙完回家，老槐树就摇动树叶，为她带来一阵清风。老槐树说，歇歇吧，歇歇吧。喜梅就搬一把小凳子坐在槐树下，喝一口水，用手抚摸着老槐树，笑得很开心。

有一天，院门紧闭，喜梅没有出门。太阳在天上从东滚到西，老槐树也没看到喜梅。老树的每个枝条都耷拉着没了精神。老槐树好担心，不知道喜梅出了什么事。

小院里再次热闹了，老槐树高兴地看到，那些孩子们都回来了，虽然他们有的高了，有的胖了，有的当了爸，有的成了妈，但老槐树依然认得他们。喜梅害了一场病，听说是盲肠炎，孩子们把喜梅送到医院里做了手术，又在家伺候喜梅好多天。现在，喜梅的身体已经没有大碍了。

空闲之余，这些人都爱上了这棵老槐树。他们拿着手机，对着老槐树一顿狂拍，从各个不同的角度，拍了树干拍树冠。他们还让喜梅坐在树下，和老槐树合影留念。大儿子说："我要把照片发到朋友圈，让大家猜猜咱家老槐树的年龄。二儿子说，听说县志办准备出版一本《古树名录》，我去联系一下，最好把咱家的老槐树给收到书里去。"小女儿说："我有个同学在拍一个农村题材的微电影，我要建议她，最好到咱老槐树下来拍。"

大家说得很高兴，老槐树听了也很高兴。

日子恢复了平静，这里又剩下了老槐树和喜梅。喜梅颤巍巍地拎着一桶水浇树，走了几步，又歇了一歇。喜梅不好意思地说："不服老是不行了。"听了喜梅的话，老槐树有点心酸。

喜梅仍然忙着扫街，拾庄稼，给人打零工，只是，她越来越喜欢靠着老槐树休息了。老槐树想长出一双手，抱一抱这个老人，给她一点粗糙的温暖。

内心的田园

幸福的梅豆

我喜欢吃梅豆，喜欢把梅豆细细地切成丝，加上青辣椒，颜色又紫又绿，吃一口又香又辣，色味俱佳。正因为喜欢吃梅豆，我总幻想着在阳台上种满梅豆，让梅豆藤爬满防盗窗，在青青的叶子中间，结上一串串紫色的梅豆，那该是多么幸福的事啊。

一个月前回老家，坐在沙发上和老母亲说话，发现沙发扶手上有一个青菜种子袋，我拿过来一看，里面居然还剩下两粒梅豆种子。一时兴起，我说要拿回县城种在阳台的花盆里。老母亲说就这两粒种子了，是种剩下的，又小又瘪，她要去院子里给我挖出几粒来。既然种下了，又何必挖出来呢？我苦劝不听，母亲终于跑到院子的东墙根，蹲下身去，又为我挖出来4粒沾着湿土的饱满种子，让我带回去种，我只好从命接住了。

回到县城，我马上把这几粒种子种在大花盆里，勤浇水，多施肥，没几天就有芽儿钻出来，我很高兴。可没几天，我又很烦恼，花盆里冒出的芽儿太多了，我不知道该怎么办。我给老母亲打电话，母亲告诉我，花盆地方不大，只保留4棵就行了，别的统统拔去。于是，我忍痛割爱，拔去多余的，只剩了4棵梅豆。在我精心呵护下，梅豆长得很快，有藤伸出了触须，攀住了防盗窗，一直茁壮成长。

还没等到我的梅豆绿叶满窗，我就到邯郸去了，本想小住几日，没想到有事耽误了，一住就是一个月。看着每天毒辣的太阳，40摄氏度的高温几乎要烤焦我的心，因为，我实在是担心我家的梅豆，没人浇水，它们或许早已经干枯了藤叶，只留一片伤心了吧？

一月后归来，我打开家门的瞬间，几乎没有勇气去阳台上张望梅豆，我怕看到那一架枯叶，不想看到理想的破灭而黯然伤神。但最终，我又鼓足勇气，准备去和我的梅豆做最后的告别。没料到，迎接我的是满窗绿意，4棵梅豆的藤早已经缠绕在一起，然后集体攀附在防盗窗的每个角落，一大片绿叶在风中笑语盈盈，编织出一个乡村田园的风景。我惊讶了，这是怎么回事？一个月没照顾它们，它们怎么还这么生机盎然？

晚饭后出门散步，遇到楼下的邻居。寒暄之后，邻居告诉我说，在我出门在外的时间里，经常会有一个老太太来，大概是你妈吧？来了也不多待，待一小会又走了，说是来给梅豆浇水。"你没事种啥梅豆啊？害得老人家来回跑。"邻居的话让我恍然大悟，原来是老母亲，隔几天就从乡下赶来，替我照顾梅豆。20里的路，40摄氏度的高温，年过六旬的老人家，为了我的一份闲情逸致，她竟然当成天下第一等的大事来做，我后悔得不行，我为什么要给她一把钥匙呢？

每天傍晚，劳累了一天，我都会到阳台上乘凉吹风，看着我的梅豆又长新叶，仿佛就看到一串串的梅豆，脸上不自觉地就荡漾着笑意，因为，梅豆让我感觉到深深的母爱关怀，心头满满的都是幸福。

内心的田园

正在老去的苹果树

我家院子里有一棵苹果树,是父亲好多年前亲手栽下的。树上的苹果又脆又甜,给我的成长缀满美好的回忆。可是近两年来,苹果树明显苍老了,树干固然还粗壮,可结出的苹果又小又少,这让我多少有些嫌弃它了。

周末回家,我和父亲闲聊时,建议把这棵正在老去的苹果树砍去,父亲不表态,却把话题扯到一边去了。我知道他对这棵树怀有深情,为免父亲着急,就暂时把砍树的建议搁置不提,带着父亲上医院体检去。

在我心中,父亲是个能干的人,说话利索,办事干脆,我一直很崇拜他。当年他担任生产队队长,每天带领社员上工干活,事事都走在其他生产队前面。后来自己做生意,全国各地到处跑,购货销货,也是响当当。可现在,父亲每天守着自家的两亩地,春种秋收,生活范围缩小之后,胆子也好像变小了。在车上他一直担心地问我:"闺女啊,是你们单位组织员工体检的,我去合适吗?"我笑着安慰他:"放心吧,我们年轻,很多同事都让给家中老人体检呢,也是尽一份孝心。"听了我的话,父亲才不再说什么了。

在体检中，抽血化验是最重要的一项，为此父亲早饭也没吃，水也没敢喝。我们来到医院时刚到上班时间，但已经有很多同事先来了，在每个体检科室前排队。我决定先在化验室前排队，抽血之后父亲就能吃饭了，到时候再检查别的项目不迟。于是我穿过别的科室，直奔化验室。父亲乖乖地跟着我，听从我的安排。这更增加了我的"英雄气概"，竭力想在父亲面前显示能干。

化验室前，人很多，队伍很长，我让父亲坐在凳子上休息，我则排在队伍里缓慢前移。前后都是同事，大家寒暄着打发时间。终于轮到了我，我大声招呼父亲，父亲急忙过来了。我把位置让给他，替他拿着褂子。父亲挽起袖子，胳膊上青筋暴露如蚯蚓，真是骨瘦如柴！我不敢看针管扎进父亲的血管，就扭过了头去。等我再转头时，父亲已经抽完血，用一个小棉签摁住了针眼，还用力揉了几下。我一个没嘱咐到，父亲竟然犯了一个常识性错误。很多新鲜的血流出来，父亲的胳膊上一片殷红。我又是生气又是心疼，大声埋怨着，跑到医生那里又拿了好几根小棉签，为他擦血，再重新摁住针眼。在我的埋怨下，父亲分明想分辩什么，又没说出口。几个同事劝我别着急，这一劝更让父亲惭愧，他的头低了下去，让我看到了发白如霜。

父亲一路沉默着，我心里也很不好受。回到家后，父亲站在苹果树前看了又看，瘦弱的身体和苍老的树干在夕阳中融为一体，一人一树相互怜惜。父亲对我说："树真是老了，也没什么用处，不如砍了吧。"我却坚决表示反对，父亲的话让眼泪流进我的心底去。正在老去的苹果树是我心中的神，它的存在会让我时时有慰藉，有支撑，我一定会陪着它好好生活。

内心的田园

魏庄熏鸡香满邢

我喜欢吃熏鸡，在县城经常光顾刁家鸡店、桂花鸡店。偶尔有一次，在超市看到一只只很小的熏鸡，安安静静地摆放在柜台里，买的人竟然很多。我有点嗤之以鼻："这比鸽子大不了多少的熏鸡，能好吃到那里去？"服务员更加嗤之以鼻地看着我说："竟然不知道隆尧魏庄的烧鸡？"这让我很羞愧，一个喜欢吃熏鸡的人，就这么不懂魏庄熏鸡？

魏庄的烧鸡这么有名吗？我就这么孤陋寡闻吗？憋着一口气回家上网，马上百度魏庄烧鸡，可是介绍的文字竟然没有，只有一个个卖熏鸡的商铺的链接地址。后来听一个朋友说，魏庄熏鸡的历史并不长，大约才30年时间，可是竟然香飘邢襄，有一冲全国之势了。在如此短的时间里，声名鹊起，肯定有它的高明之处。

说起隆尧，我知道有很多特色小吃，比如羊杂汤、历朝贡品泽畔的白莲藕，现在又多了一个魏庄的烧鸡。魏庄我还从来没有去过，对我而言，魏庄只是一个传说，是一个闪着金棕色油光，散着炭木味的肉香，飘飘然飞入脑海的传说。于是，选择了一个周末，和几个朋友骑车去魏庄，去品尝久负盛名的熏鸡。

在想象里，魏庄很远，远得像隔世的桃花源；真的来了，魏庄又很近，近得像喧闹的阳谷城。在这个普通的北方小镇上漫步走过，星罗遍布着大大小小的熏鸡店。每天有成百上千只在炼火中重生的熏鸡们，打上包装外销各地；又有成百上千只在炼火中重生的熏鸡们被食客们手撕嘴啃、大快朵颐。

说起魏庄的熏鸡，做法非常讲究。首先选择的鸡不是一般的鸡，都是当年的小公鸡，鸡煮熟以后，用桃花木的木屑熏蒸，吃到嘴里，那滋味非常美妙，熏味浓郁，肉嫩，骨易脱，口感劲道，不肥不腻，吃了还想吃，令人回味无穷。

在魏庄，我们走进了一家店铺，一个美丽的姑娘笑语盈盈地招呼我们，我买了三只熏鸡。姑娘很会做生意，在价格上给了我优惠，说是我们首次来，来的都是客。我打算把熏鸡这样分配，送给母亲一只，送给婆婆一只，剩下一只给老公和孩子，让大家都能一品魏庄正宗地道的熏鸡。

夕阳下，我离开了魏庄，留给魏庄一个惆怅的身影。而我，却是满载着幸福，因为我的行囊里装满了美味，等着与家人分享。

内心的田园

内丘大锅菜

我喜欢上网，结交了很多喜欢文字的博友。周末闲来无事，博友们商量着骑游来内丘，拜谒扁鹊祠，登临太子岩。作为东道主，我想中午请博友们到饭店一聚，要一桌好菜招待他们，尽尽地主之谊。不料博友们反对，他们提议我联系一个农家乐，中午大锅菜就馒头。我说，这也太简单点了吧？博友们说吃的就是特色。

说起大锅菜，这的确是内丘的特色小吃，在《内丘县志》中就有明确记载。在我们内丘，赶集过会、婚丧嫁娶，招待宾客的宴席中，必有大锅菜。

大锅菜做法简单，用料平常，可做出来的滋味非常好吃。熬制大锅菜最好用大铁锅，风箱鼓风的灶台。男主人头包白毛巾，坐在灶前烧火，木柴舔着锅底，火苗子旺旺的。女主人腰里围着花围裙，负责熬菜的主要工作。她先向大铁锅倒油，适当多放点；油热后，把切好的五花肉倒入，加花椒、大料、葱、姜、蒜、甜面酱，用大铁铲翻炒数下；滋啦啦一阵响后，香味就飘满了农家小院。这时候，向锅内添水，把事先切好的大白菜或者是冬瓜块、土豆块、地道的粉条、切得很细的海带丝一起放入，加盐，放酱油，盖住锅盖。烧火人一顿猛烧，大铁锅上开始冒出了白气。此时女主人掀开锅盖，再放入豆腐、丸子、葱花，倒上香油，嘱咐烧火的要小火慢炖，过一小会，这大锅菜就算做好了。

做好的大锅菜，香喷喷热腾腾，让人一看一闻，就勾起满腹食欲。用家常的瓷碗，满满地盛一碗，拿一个馒头，在院子里蹲下身来，吃着馒头就着熬菜，咂巴着嘴，吃起来真叫香。逢上人多，边吃边说笑话，讲的人眉飞色舞，吃的人满头冒汗，真叫过瘾。

大锅菜做起来简单，大姑娘小媳妇都会做，吃起来也不用高桌子大板凳，没那么多讲究。最家常的做法，最家常的食材，慢慢煨煮出浓厚的滋味，这就像我们的生活，日子虽然是琐碎平常，可是如果有一颗诗意的心灵，就会做出来香喷喷的幸福。

既然这内丘大锅菜是博友们的最爱，那我恭敬不如从命了，我要早做准备，提前联系好农家乐，保证博友们在游山玩水之后，能吃上风味独特的大锅菜，给他们的内丘之行再添一道诱人的风景。

内心的田园

沉寂的核桃树

乡下老家有一棵核桃树,树干青白笔直,树冠如伞样硕大,枝繁叶茂,把房子都簇拥了起来。我每次回家,它都那样默默迎接着我,和我说话。

听说,核桃树是我家盖房子的时候,父亲亲手种下的,至于为什么要栽一颗核桃树,父亲始终也没有说明白,现在想来,大概是寄托着父亲对家庭诸多美好希望吧。父亲尽心伺候着核桃树,施肥、浇水、修剪,像创作艺术品一样尽善尽美。在我模糊的印象里,小院里还有一口水井,井台边还有几棵花椒树。几十年过去了,随着生活水平的提高和生活方式的改变,小院几经变迁和规划,发生了很大的变化,水井消失了,花椒树也没了。核桃树却以旺盛的生命力不断拓展,一枝独秀,整个院子都成了它的领地。

核桃树是我的骄傲,也是我的精神寄托。因为核桃树的缘故,我在小伙伴中间人缘特别好。8月长天,正是核桃成熟的季节,小伙伴最喜欢帮我家收核桃。父亲擎一枝长竿子,像将军巡视战场一样围着树转,看准目标然后准确地挥剑出击,圆圆的青皮核桃纷纷坠落。落在地面上，滚出去老远，有的落下就摔掉青皮，露出干干净净的内核。我们挎个小篮子，高高兴兴地捡着。当然，偷空也会用石块砸一个来吃，核桃仁吃在嘴里，那叫一个香，两个小手，染了满手的褐绿，那叫一个美。

母亲喜欢坐在核桃树下做事，而我喜欢看坐在树下的母亲，越看越觉出她的美丽。母亲从田野里劳作归来，会搬一把小椅子，在核桃树下一坐，摇着蒲扇乘凉。核桃树一片绿荫，空气中夹杂着淡淡的清香，很快就消除了母亲的劳累和暑热。如果哪天得了闲，母亲就从菜园里割一把韭菜，坐在核桃树下摘菜，要给我改善生活，包饺子吃。几只老母鸡在母亲身边晃悠着，不时啄着地面。母亲头顶上，核桃叶子密密匝匝，层层叠叠，青翠碧绿，圆圆的青果挂满树梢。母亲乌黑的发、白皙的脸，那么慈爱，那么深情款款，朴素如泥的母亲，容貌姣好，温柔秀美。

如今，我早已经在县城安家，父母老了，我希望接他们到县城来住，可是他们不愿意，仍然住在乡下老家，说那样的生活习惯而自在。既然接不来，我只有多回去探望。每次回家，我都能看到父母忙碌的身影。父亲会在核桃树下修理他的农具，母亲会在核桃树下喂她的鸡，晚饭时，我们一家人会坐在核桃树下拉拉家常。核桃树虽然苍老，但依然矍铄。我知道，等我返程以后，核桃树下又会沉寂下来，只剩下年迈的父亲和母亲，修理农具，喂喂鸡。每每想来，我的眼眶里都忍不住涌出一行泪，无声滑落。

内心的田园

折扇轻摇小时光

前几日在书架上找书，蓦然翻出一把折扇来，把玩在手，心中一阵惊喜。

几年前，大批文友奔赴邯郸七步沟，去赴一场盛大的笔会。傍晚时分，在小摊位前溜达，我一眼看中了这把折扇。淡绿色扇面，上绘几朵半开的玫瑰。开合之间，清风徐来。轻摇折扇小时光，感觉自己精致了许多。

折扇又叫撒扇、聚头扇，多以竹子为扇骨，扇面必有书画点缀。怀袖雅物，小小的物件，却是文人彰显才情和诗意的最爱。戏曲舞台上或者古装电视剧中，文人手中多有一把折扇。也不管冬夏春秋，只胡乱地摇开去。唐伯虎点秋香，手中有折扇；贾宝玉为博晴雯一笑，又弄来一堆的折扇。"双环结成连理枝，舒卷随人意。半轮秋月明，一片春云腻。到手时清风阵阵起。"自古以来，写折扇的诗词不少，我唯独喜爱明代瞿佑的这几句。

说起对折扇的喜爱，要远推到我的童年时代。那时候农村里没有电扇、空调，酷热的夏季，屋顶成了理想的纳凉之所。母亲把饭盛在陶罐里，爬一架咯吱咯吱的木梯，把饭送到屋顶上来。吃完饭，小孩子躺在褥子上，看月亮，数星星，村庄渐渐沦为黑影。奶奶的芭蕉叶扇子为我驱赶着蚊虫，困意袭来，我就慢慢睡去。

第一次接触折扇，是在上了初中以后。担任语文课的是一个女教师，姓程，眼睛很大很亮，梳两条辫子，脾气也很好。课间我们去办公室找她玩，见她手中就有一把折扇。折扇已经半旧，是黑色的，边缘部分已经从扇骨上脱离。程老师正用胶水小心翼翼地修补。她一边干活，一边给我们猜谜语："不在梅边在柳边，个中谁识画婵娟。团圆莫忆春香到，一别西风又一年。"从那以后，我就不再留恋奶奶的芭蕉叶扇子，而喜欢上了程老师的折扇了。

折扇是个雅致物，但制作起来，却颇费功夫。梅雨时节家家雨，匠人们早担了一份心，生怕竹子发霉。竹子一生霉，即使再心灵手巧，也难制作出一把上乘的折扇。"一寸斑竹四两金"，说的就是这个道理。制扇时，多个工序同时进行，不同的工序对气候的要求各不相同。作坊里，师傅拿着玉竹蘸水，汗水湿透了竹片。徒弟在一旁看师傅演示，不动声色也已经汗流浃背。左手风雅，右手辛苦，这过程自是艰辛。

在这个早已经忘记了折扇的年代，我又不合时宜地摇起了折扇。取悦自己，只为一个喜欢。

内心的田园

萤火虫飞舞在秋天的夜

夜幕缓慢降落，一切景色都被笼罩在暧昧的迷茫中。

菜园，在夜色中张大了眼，透露出灵性而湿漉漉的魅力。平常的夜，绝少有人光临菜园。所以很难了解菜园的真正本色。我来了，轻盈地走，直线般的手电筒的光给小飞虫提供活动的空间。天是高远而神秘的，月是朦胧而温情的，树冠呈黑黑的一团，静默地支撑着天，连接着地。半腰高的是白山药，脚下是幽幽的白菜，小路边是酸枣棵和紧缠在上面的牵牛花，蓬蓬勃勃了一道花墙。土地是水灵灵的，菜是舒展的，空气是清润的，大口大口地呼吸，感觉到是香。

就在这里，蓦然发现了空中几处黄绿色的亮点，从东到西，从西到东。侧耳处，蟋蟀在低吟，青蛙在浅唱，而唯有你，在专心飞翔，精灵般自由。萤火虫，长这么大，我第一次见了你的芳容，目睹了你的倩影。多少年对你的抽象感知，一下子具体了、生动了。上学时就知道东晋的车胤因幼时家贫而捉萤苦读的故事，但是这故事多多少少的说教远没有村里高爷爷讲的传说动人。那时候，地下水很浅，水井处处，高爷爷手摇辘轳，汲水灌溉菜园。我们扒拉着笼口中的水听爷爷的故事。

他最愿意讲萤火虫，而且每天讲的都不一样。第一天，他说萤火虫是天上的星星变得，她好心地给约会的男女照路。第二天，他讲有个村庄干旱得没了水，庄稼快要旱死了，是萤火虫最终引导人们找到了水。第三天，他讲萤火虫是个濒死的少年凭心愿幻化而成，他最大的希望是继续给去森林采药的盲少女带路。我们陶醉在萤火虫的传说中，一醉就醉了20年。

萤火虫，人们都说，你是幸福的使者，谁看到你，谁就能得到幸福。在今夜萤火虫的舞姿曼妙中，还有更美好的图画，更美好的情感。

一大群的青年男女，在说说笑笑地劳动。浇完了菜，赶时间要把潜水泵从井中提上来，把管子盘起来，把电缆和电表归拢到一起。他们穿着夏天的背心，脚上的鞋是湿的，裤脚高挽，脸上是纯朴的笑，手上是最硬的老茧。两三个男青年站在井口，喊着整齐的号子，两三个女人在略微空旷的地面一圈圈地盘水管子。还有个小孩打着手电。一个人建议从东面的小路回家，但马上遭到另一个人的反对，说："东面哪还有路啊，都让你们'水淹金山'了。"一阵笑，在风中荡漾，夜晚的温馨悄悄地弥漫开去。

在他们看来，再苦的生活也有激情，再累的劳作也有欢乐。因为，今夜，萤火虫飞舞在秋天的夜，在聆听生命的真谛。

内心的田园

养 牛 记

多年前,我们家养过一头牛。

20世纪80年代,牛简直就是农家的"顶梁柱",磨面、开荒、耕地、收割、砍柴、赶集,哪一样活儿都离不开牛。牛的默默劳作,换来农人虔诚的感恩。牛,是村庄的恩人,它比人永远高一个辈分。家中养着牛,农人心中有底气,日子有光泽,走路也会高昂着头。

可我的父母只能低着头,因为我们家最初没有牛。母亲满腹怨气,动不动就冲着父亲发火。父亲一声不吭,只有抽着烟静听的份。谁让爷爷偏心,把那头健硕的大黑牛分给叔叔了呢?母亲耿耿于怀是应该的,父亲只有替爷爷的理亏承担责任。也许在多次被数落之后,父亲才发誓要买回一头牛,在母亲面前一雪前耻吧?

那时我在学校里,根本不知道家里发生了买牛大事。周末回家,好奇地发现家里盖了牛棚,垒了牛槽,还多了一个家庭成员——一头漂亮的小黄牛。小黄牛毛色光亮,肚子滚圆,两个犄角像个八字,鼻孔上带着一个崭新的铁环,玻璃样的大眼睛眨巴着,尾巴左右甩动,原来是驱赶身上的苍蝇。我一见它就喜欢上了,还给它起了很多名字。父亲爱牛，每到晚上，总是吸着烟，坐在牛棚里，和小黄牛说几句话，像是把心事说给它听。他还嘱咐我，一定要好好照顾小黄牛。我心疼父亲常年操劳，只要我在家，就主动承包了喂牛的任务。

很快，我就掌握了喂牛的一整套程序。冬天，我会配合父亲给牛切草，坐着小板凳，把长长的一捆玉米秆及时塞进铡刀口，父亲手起刀落，玉米秆被切成短短的草段。喂牛时，我留着心，每隔10分钟左右，就给牛添上一筛子草，拌上玉米面，过一会，再拎来半桶水喂它。黄花吃饱喝好，悠闲地卧在地上反刍。我又会拿着铁叉，把茅草芽子均匀地洒在牛铺上，盖上黄土，经过一段时间，茅草芽子就成了上好的农家肥料。

我辛苦地喂牛、养牛，牛却一点也不领情。有时候，我想摸摸它圆圆的肚子和树叶似的耳朵，它就呼哧呼哧地喘着粗气，把头和身体躲开。这不是一个友好的开始，它的冷漠浇灭了我对它的热情。我是一个孤独的孩子，平时和父母说话很少，我多么希望和小黄牛建立良好的友谊，来慰藉我乏味的少女时代！

小黄牛的冷漠我可以忍受，但不能忍受它对我的鄙视。它好像看不起我这个身体孱弱的女孩，就憋着劲地欺负我，我吃尽苦头，受够了委屈。

暑假里，父母有忙不完的活，我不得不长时间地喂牛放牛，注定和小黄牛紧紧依靠。在有青草的季节里，牛得到一个膘肥体壮的好机会。

村北有一大片草坡，村民起名叫"望古坡"，坡上碧草青青，是一个理想的放牛地方。大牛、小牛、黄牛、黑牛、牤牛、母牛，各种牛被放牛的小子用铁棍插在地上，在一个固定的圆圈里守着自己的范围吃草，谁也不侵犯谁。我家的小黄牛也很快找到了组织，加入了队伍。它在软绵绵的草地上，津津有味地吃青草的样子非常可爱，平伸着头，甩着尾巴，一副心满意足的样子。

小黄牛吃草的时候，我喜欢坐在一棵小榆树下看书。那一段时期，我疯狂地阅读。可是，很快，我就再也读不下去了。放牛的是一群野小子，我在他们中间显得格格不入。他们太野，而我太文静。他们在野地里跑，相互投掷着石子，开着粗鲁的玩笑，流畅地说着脏话，毫不顾忌地一转身，就把广阔天地当成了天然厕所。我再也待不下去，羞臊着一张脸，和我的牛落荒而逃。

我发誓再也不去"望古坡"放牛了，不去望古坡的严重后果，是我失去了固定放牛的理想国，只能牵着牛去田埂边"移动放牛"了。我去了村西，村西也是山坡，只是种满庄稼、玉米、花生、大豆、高粱，多数是一些旱田。我牵着牛，沿着宽点的田埂一路走着，让小黄牛吃草。田埂上的草有些老，小黄牛不爱吃，它慢慢地走着，鼻子和嘴巴在草间闻着，挑三拣四地吃两口。看来，它还是怀念望古坡绵软鲜嫩的草了。我实在看不惯它挑拣的样子，就在牛头前使劲拽起了缰绳，想让它走快些。没想到，黄牛突然发了飙，一头把我顶在了酸枣丛里。猝不及防，我的胳膊上、腿上被尖利的圪针划了好多口子，牛缰绳也撒开了。我委屈地哭了，心里有气：这个没良心的，我每天放你，你还恩将仇报，反过来顶我，你还是牛吗？我挣扎着从酸枣丛里出来，仇恨地盯着小黄牛，小黄牛站在不远处，也嘲讽地看着我。我开始怕它了，不敢走近去牵缰绳。可不去牵它，又怕它任性跑掉，它是父母的心头肉呢，把我丢了不要紧，真要把牛丢了，我可怎么交差？

看看裙子，心爱的裙子也破了，那是我要求多次母亲才给我买的。看看胳膊，胳膊上都是血道。伤口疼痛，我狼狈不堪，再也没心思放牛，就牵着牛一瘸一拐地向家走，一路走一路哭。为了防止小黄牛再次发飙，我尽量和小黄牛保持最大的距离。见了父亲，我第一件事就是告状，我哭诉着自己的辛苦和无辜，希望父亲能为我报仇。父亲什么也没说，提着一根棍子就出去了。我暗自得意，就跟在后面看，希望父亲能狠狠地教训这个畜生。父亲嘴里大声骂着狠话，高高举起了棍子，小黄牛虽然敢欺负我，却在高大的父亲面前畏惧如鼠，它不安地在牛槽前扭动着身子，希望能避开一顿毒打。最终，父亲的棍子并没有落在牛身上，出乎意料地，只是把一口唾沫唾在牛脸上，狠狠地骂它说："呸，唾你一脸，你自己检讨吧。"我失望地走开了，巨大的失落和绝望占据了我的心。

从此，我拒绝和牛近距离接触，也不牵着牛去田埂上放牛了。虽然不放牛，牛总是要吃草的，给牛割草的任务还是派给我。我忽然很可怜自己了，为什么家里不多些孩子，这样我就不用再伺候一头牛了。父亲派活的时候，我就可以理直气壮地说，为什么喂牛的总是我。可是，我不能，我能做的，就是默默地背上柳条筐，拿上镰刀，走向孤独的旷野。我心里堵着气，给父亲看，也是给自己看，割草就有点拼命的样子。

村东有个刘家坟，种了大片玉米。这里是水浇地，玉米田里有牛爱吃的抓地秧。我一头扎进玉米地，半弯着腰，躲避着玉米叶子粗刺刺的袭击和阻挡，勇往直前。一丛丛鲜草刺激着我的嗅觉，我的视觉，左手一拦，右手一割，手里就攥住了一大把草。把草放在地上，继续前进继续割，什么都不去想了，什么杂志，什么理想，都离我远去了，我的世界里只有草。玉米地是闷热的，汗珠子滴答着落在地上。衬衣也贴在身上，发黏了，透着极不舒服。我只顾低头割草，一抬头，忽然看到一座新坟矗立在前，闷热的玉米地，无边的绿色中，一座坟茔裸露着黄土，吓得我魂魄都要飞走了。我自小听到村落里很多孤魂野鬼的传说，对鬼就有一种恐惧。何况，这座坟里埋着一个儿时的伙伴，他是出了车祸去世的。我扔了镰刀，开始飞跑，玉米叶子哗啦啦地割伤我的脸、我的胳膊，我感觉不到疼了，我只有逃命的份了。

人是不能选择出身和命运的。我生在农家，自然要养牛喂牛，这是天经地义的事，没有怨天尤人的道理。可是偏偏是个女孩子，还是个在学校里念书的女孩子，有着强烈的敏感和自尊。小黄牛对我的伤害让我只想逃了。从来没有过的，我迫切地盼着开学，想快点回到书声琅琅的教室里去。

夏去秋来，新鲜的庄稼秫秸拉回家，储备了足够的草，我再也不用放牛了。可是，周末回家，我仍然要参加劳动，帮助父母干活。小黄牛也从一个顽皮的孩子，开始承担起劳动的重任。它不会农活，父亲想耐心地调教它，可秋收、秋种来得那么快，没有给父亲充足的时间。父亲只好凑合着使唤小黄牛了。如果是一头颇有经验的老牛，父亲只需要一个人使唤着，就能完成耕种的任务。可是，小黄牛是个半生的牛犊子，所以父亲只好让我辅助他劳动，我的任务就是给父亲牵牛种地。

天刚蒙蒙亮，露水还很湿重，父亲就喊我下田了。父亲给牛戴笼头，栓缰绳，扣好牛肚带和袢绳，他让我拿着牛鞭子，站在牛的身边。父亲在牛的身后扶着耧，一声吆喝，小黄牛迈开了脚步。它呼吸粗重，步履沉沉，肌肉抖动着，仿佛每一块筋肉里包含着一股力气。小黄牛是不惜体力的，有一股子蛮劲，可是它是不懂种地的。它不懂，我也不懂，我们的指挥官就是父亲。耧里的麦子被摇得唰唰响，拨籽锤左右摆动着，叩击着薄薄的耧板。这是一幅多么美丽的秋播画面，我甚至想要讴歌生活了。

可是，很快状况出现了，麦垄的间距让我和小黄牛搞得一团糟。父亲喊着"冒了"或者"重了"，让我向里拉拉牛，或向外推推牛。我茫然低下头去，用眼睛丈量着我的脚步和畔子的距离，嘴里也像农人一样喊着"噫""吁""喔"的吆喝声，使劲拉推着牛。可是牛根本不听话，硬挺着身子向相反的方向使劲。父亲很不满意了，但并没有大声责骂我，只轻轻叹口气说："女孩家，到底是不中用的。"父亲的话虽轻，分量却重，我听在耳朵里就有了雷钧之力。我不争气地流泪了。在学校里，我的作文被老师当成了范文来读，我的数学成绩是班级第一，我是老师眼中的宠儿。何时竟落得个"不中用"的评语呢？

我对土地和黄牛感到沉重和压抑了，父亲像一座山，也让我沉重和压抑。我心里萌发出一种新的思想，既然我在农村是不中用的，那就凭着读书的功效，到外面去，到更适合我的地方去吧。

我发奋努力，终于如愿以偿，考上了师范学校，一个不小心，成了端着铁饭碗的人了。父亲依然是土地忠实的守望者，守望着艰难和痛苦。小黄牛一天天长大，经过磨炼，逐渐成为一头壮牛。它在我们家服务多年，又从一头经验丰富的壮牛变成老态龙钟的老牛，父亲看它的目光越来越复杂，越来越哀伤了。

我在外地工作，回老家的机会并不太多。后来听说，老黄牛得了病，吃不下草，被父亲卖给县外贸公司了。不管我和它之间有过怎样的恩仇，总归是只念着它的好了，就利用一次和母亲去县城赶庙会的机会，拐到县外贸公司去看它。

县外贸公司大门西侧，是一根根木桩，一头头老牛就拴在木桩上，等待被宰割。在众多的老牛中，我一眼就认出了我家的黄牛。它真是老了，瘦骨嶙峋，牛毛稀稀拉拉。见到我，它挣扎着从地上站了起来，在原地踏步，还哞哞地叫了几声，透着无限的苍凉。我迅速低下头去，不敢看它，好像是我把它的情谊彻底辜负了。

我不知道还能为它做些什么，只好拿起笔，写下一篇纪念它的文字。

第五辑　有家不觉天涯远

村庄，是每个人的精神原乡。每一滴清泪，都养育着远行的孩子。当回乡变成一种奢望，村庄的一切都美好起来。之前，你无须懂得它昨日的风云和历史；之后，你自会知晓它有过的故事和永远。生命中有过一段与村庄相依的际遇，足以填满人生那空白的一笔。如今，我姗姗而来，不知你是否温好了酒，煮好了茶，在金玉河畔的留影里等我？

北方的周庄

我生在北方，却向往江南，向往江南的明山秀水，娴静优雅。我曾无数次在古诗词的江南中安睡，无数次在作家王剑冰名文《绝版的周庄》中深深迷醉。没想到，在邢襄大地，居然有一处地方堪称北方的周庄，听到这个消息，我兴奋得彻夜难眠。

在邢台市西北40里，有一座千年古镇皇寺。此镇三面环山，只有东部是平原。据《邢台县志》记载，皇寺原名黄寺店，村内有玉泉寺。据传元末顺帝北逃，曾宿此寺，后将玉泉寺改称皇寺，村名也由此而得。根据史书的明确记载，皇寺古镇的建镇史最少已有1088年，有"千年古镇"之誉。明清时，皇寺镇还是官兵驻守的要地，先后建有皇寺巡检司、戍兵防秋处与观察行台。皇寺古镇由十字街组成，原有东西南北四街口建有雄伟壮观的四座阁门，是邢台进出太行山的重要交通关隘，历来还是兵家必争之地和丘陵地区物资集散中心。村民密集，历史上手工业和商业相当繁荣。

历史上的皇寺是一座北方水乡，山上翠柏森森，山下清泉潺潺，泉水叮咚，小桥流水。玉泉寺南有一河，名金玉河，直承玉泉水，河上遗有明清时所建平川桥、东西广济桥、义济桥、青龙桥、卧虎桥、王家桥、岳家桥等八座古桥，远近错落，相映成趣。

在初冬的暖阳中，我们徘徊在金玉河畔，来寻找梦中的北方江南。河水不大，小溪潺潺，蜿蜒温柔，脉脉含情。河边是红石板铺就的台阶，我们款款而来，和河水边走边谈。一座座石桥完整地保存着，桥下有几个女子正在洗衣服。她们说着笑着，棒槌声高高低低，小女孩在河边玩水，一只黄狗转来转去。这里的时光是缓慢的，我们也放慢了脚步，心里恬然自安。我喜欢这里的水、这里的桥、这里的民居。

小河两岸还是传统古宅，具有典型的北方民居特点，红石头颇具阳刚之美。我们询问一位正在劈柴的村民，打听王家大院的位置，他顺手向北一指。我们会意地穿过王家桥，穿过深深红巷。从平整的墙体大石块，我们还能依稀推想主人当年的富足殷实，可是门楼却是翻新过的现代民居式样，这多少让我们有些扫兴。没有向导，我们也迷糊，不知道看到的是不是真正的王家大院了。

我喜欢古风纯粹的皇寺，没来由地喜欢。我想可否在这里住一段时间，来细细享受这"北方的江南"的风韵。春天里，在石头房前种一株桃花，让它艳艳地在破败中彰显生机。夏天里，天空飘着细雨，打一把花纸伞，站在桥上，看雨落河中，听水声潺潺。秋天时，我坐在自家的屋顶上，坐在金灿灿的玉米中间，自在地仰望蓝天。冬天的时候，躺在暖炕上，悠然听着风声呼啸而过，窗外的一切都与我无关。

金玉河的皇寺镇，皇寺镇的金玉河，我一来到这里就喜欢上了你。难道我们是有机缘的？唐诗宋词中，我是婉约的少女。明清小说里，我是凝望的闺妇。而今，我姗姗而来，再一次拜访你，不知你是否温好了酒，煮好了茶，在金玉河畔的流影中等我？

黄岔在上

我欢喜承受大自然的每一处落笔,笔笔都是天意。夏日的晨,走进黄岔,遇到一个惊喜的自己。

黄岔村,隶属内丘县獐獏乡,藏在大山深处的皱褶里,人口不足300,却有着一千多年的沧桑历史。它古朴幽静,闲散自由,像一位高洁的隐士,过着仰观南山,采菊东篱的生活。因为村里村外,岔路很多,相传黄巾军曾在这里设关立卡,故名黄岔。

进村的十里长沟,美如仙境。青山逶迤,溪水相随,漫山遍野开满油葵,给单调的绿色增添了斑斓的金黄。格桑花开在山冈的角角落落,花瓣不大,颜色也不招摇,却星星点点,散发着独有的坚毅。耐心地读这条长沟,就读出了她清丽脱俗的内心世界。不是九寨沟,却胜似九寨沟。花海深处,也会有金燕西英俊的脸庞和冷清秋甜美的歌吗?淡淡的炊烟袅袅升起,一个小小的村落安闲地躺在山凹的臂膀里,在深情地等你。

走进黄岔,最值得一看的,就是保存完好的古民居。山里的灰色石材砌成的单层或楼层建筑,屋顶平檐式,上铺石板。一家一户,依山就势，高高低低。滴水檐、虎头瓦，五彩的挂落，雕刻精美的门当，似乎都在诉说着繁荣的往昔。乌黑的窗棂，阳光执着地洒过来，还主人一个"福禄寿"的心愿。锈迹斑斑的铁锁，锁住了一个时代的印记。小小的四合院里，曾经住着三户人家，孩子们说笑嬉闹着，进来又出去。本真的石屋，光滑的桥栏，废弃的石碾，都历经了生死轮回。月光洗过，青苔走过，让人对自然的秩序生出粗重的敬畏。

没有网络，也不用手机，黄岔的日子里，是不问时事的简单。每天看日出日落，听着鸡鸣与狗吠，做青菜白饭，聊收成耕地。不关心流云，也不牵挂风雨。绑着裤腿的老太太坐在土地庙的台阶上，身边放着拐棍和挎篮，脸上平静地看不出什么悲喜。留着长胡须的老汉坐在柳条椅子里，摇一把蒲扇，看一大群驴友走过他的身边。他也许看惯了来去，所以就像对待一棵树，荣，就任它荣；枯，就任它枯去。几个男女，在核桃树下打扑克，小孩子拿着木棍跑来跑去。烟火熏黑了灶台，花母鸡正在地上啄米。黄岔南侧紧邻凌霄山，山上还有连绵数十里的中央寨。相传，这处汉代军寨是当年张角起义的军事重地。管什么金戈铁马，说什么烽火硝烟，战争已成传说，只有世事安稳才是真实的美好。

在酡红色的夕阳里，我们挥手和黄岔依依告别。只要付出真诚，很多风景都会为你敞开心怀。之前，你无须懂得它昨日的风云和历史；之后，你自会知晓它有过的故事和永远。只是，生命中有过这样一段与风景相依的际遇，就足以填满人生那空白的一页。

绝版的英谈村

人人都说周庄美,我看英谈村也风流。周庄是江南水乡的代表,英谈和周庄对举,是古石寨的化身。

英谈,我可以和你窃窃私语吗?

你谈不上风情万种,也谈不上富贵逼人,你是自然朴实的。别人美,美在外貌;你的美,美在内涵。一件蓝色对襟棉袄,青色撒腿的肥裤,围一条红艳艳的围巾,坐在古铜镜前,拿红纸在两唇间轻轻一抿,发髻在脑后松松一挽,袅袅婷婷就站在我面前。肌肤是小桥下脉脉的流水,手指是村落间高高细细的树,眼睛深邃,是古寨左左右右的窗,在明代清代淡淡的暖阳中,你含蓄温婉地斜倚着墙,半嗔半娇地迎接我。

对不起,让你久等了,等得这么长久这么辛苦。我来晚了,使你千年沧桑。但在我眼中,你的秀美、典雅却有恒久的磁力。这么多年,我真的不知道你在这里等我。我东寻西找,始终不见你的身姿。你一定忍受着无穷的思念折磨,在心底把我恨了千遍万遍了吧?现在,我来了,我呼唤着你美丽的小名,一把揽你入怀,揉搓着你瀑布般的秀发,耳边呢喃着绵绵情话。只有这样,才能让你饶恕我来晚的罪责。

在英谈，我不想停下脚步，尽管我已经步履蹒跚。我要尽情领略世外桃源赋予的宁静，享受山间竹林赐给的满足。这一片天地好像是我的，我也超出了平常的自己，很自由地徜徉在这北方大山里的小村庄。

走在高低不平的石头路上，目光在两边的房屋上游移。依山而建的红石房，高高低低的，二三层小楼，没有外刷的白灰，也没有涂料和瓷砖，石头砌在墙上，仍然是石头的样子，古朴厚重。冬日的树，多是落尽了叶子，枝枝杈杈的萧疏沉静。可喜谁家屋前，几丛竹子，仍是苍绿，树影离离，风来婆娑。再加上屋后悬挂一串串红红的吊柿，房上晒着尚未收仓的金灿灿的玉米，便觉出这是个多颜色的世界。静静地一个人走，看着破旧而紧掩的黑门、农家自己书写的对联，就会不自觉地幻想，吱呀一声门开，从门内走出一位饱学的前清秀才，来邀请我品诗论词；抑或走出一位慈祥的民国老太太来请我欣赏她的绣花鞋垫。英谈，我对你，是如此的倾慕和痴迷啊，我想住在这里，过一过英谈式的梦中生活。

我想在清晨挑上扁担水桶，不去滴水泉，要去就去千年的古井那里挑水。看井绳颤悠悠直探水底，苍苍青苔在四周守望。水提上来，漏下一圈的水痕，井台上就多了几许岁月的风干。我想再去推一推石碾，用力前倾，把全身力气奉献。看谷子在磨盘上愉快地吟唱，听麻雀来伴奏休闲的时光。中午，我饿了，添一把柴在石灶间，看炊烟袅袅，嗅红薯饭香，在小板凳上回忆儿时的童谣。暮色黄昏，牛车回了村，羊也下了山，我坐在门前的台阶上，休憩着疲惫的灵魂。月上中天，冬日的山村寒夜分外清明。在圈椅上安安稳稳地靠着，昏黄的油灯下和主人家饮一壶山茶，听猎猎西风在窗纸外肆虐，听深巷中的狗吠传来，越饮越品出山茶的滋味和醇厚。

英谈，我爱你，同时为你担忧。因为古老的你在现代的喧嚣中也沾染上尘气。村民的房上架了铁梯，装了锅盖，屋内按上了空调。老人们会向进村的游客要20元的门票钱，小孩子也会狡黠地要几块糖吃。邢台的文化人来了，河北的文化人来了，全国的文化人也来了；摩托车来了，公交车来了，小汽车也来了。车水马龙，熙熙攘攘。摄制组来了，来拍摄邢台的古老；美术学院的师生们来了，来了就看不够、画不够；摄影展开幕了，大大小小的画挂满了长长的小巷。英谈，我不知道你的心是喜欢还是无奈，是高兴还是厌倦，我不知道你的纯情还能守候多久？

坐在古寨墙上，凭高临风看英谈，一块山石，一棵老树，一道流水，一个石臼。在回望中沉迷，在沉迷中忧虑。英谈，我和你相约10年，10年后再来看你，你还会和现在一样美吗？你为何不语？明月不语，长天不语，这让我更加不安，我真的怕你失去特有的纯情和静美。你能给我一个承诺吗？如果你愿意。

内心的田园

夏入东秋村南沟

东秋，河北省内丘县的一个深山村，隶属獐獏乡。该村较好地保持了古村风貌，周围长满楸树，因"楸"与"秋"谐音，故而得名。村外有一南沟，古木参天，浓荫满地，因此成了户外运动爱好者避暑的理想之所。

周末，我随着"纵情山水群"的几个群友，驱车来到东秋村。走进东秋，我很快被它安闲与优雅的气质所吸引了。到处可见石头房子，灰石材、平檐式，上铺石板，在灿烂盛放的向日葵田边，静静伫立。羊儿在山坡上吃草，母鸡在院外蹒跚，一只狗慵懒地趴在前腿上睡大觉。一个女人踩着木梯到屋顶上晾衣服，老槐树上停着许多白鸟。地下是小院子，男人、孩子、大花猫在一起打闹。破旧的老巷子里传来自行车的铃声，时间仿佛突然换了一种样子。

穿过村庄进南沟，满眼都是绿，新绿、嫩绿、浅绿、深绿、青绿、葱绿、黄绿、暗绿、明绿……绿色像一个任性的孩子，缠着让你抱，让你亲。远远近近，多是粗糙的柿子树，撑开结满果实的树冠，其中有我认识的那一棵吗？向南的枝条上，母亲曾摘下一颗熟透的果实，擦了擦，微笑着给我吃。不管我来与不来，柿子都会被摘下，或者落进地老天荒。核桃树和柿子树相依相伴，树叶哗哗有声。我忍不住在一棵野杏树下驻足，摘一颗山杏入口，瞬间皱了眉头，酸突如其来，让我猝不及防。蓝色的荆花、白里透紫的丁香花一路相随，惹来蝴蝶翩翩。空中有蝉鸣，一声叫，一声应。我说，在这山路上支一张茶桌，黄昏时，两个人来喝一杯茶，吹一下凉风，生活会呈现最好的状态，不是足够多，而是足够的喜欢。

南沟有河，多雨时节，多见飞瀑流泉，耳闻泉水叮咚。今夏干旱，河水已经断流，石头反而成了河的主角。巨石横卧，碎石叠加，错落有致，光滑圆润。在它们的缝隙间，我遇到吹来的风，从那些叫作年、月、日的物质中穿过，被码得方方正正。碧绿清澈的小石潭，藏在一枝横出的树叶下面，水草在潭底悠悠招摇，小虾在水中灵巧地游动。水面上偶见一只红蜻蜓，在童话的梦境中飞舞。翻开石块来，还能找到螃蟹，正想伸手去抓，却听到一个群友夸张的惨叫，原来是被螃蟹夹了手。四岁的牛牛坐在石头上兴奋地喊："爸爸，我想变成一条鱼。"爸爸回答她："好啊，那我就把你变成一条鱼，让你在水里游来游去。"纯真的童音响起，被鸟听了去，被鱼听了去，被我听了去，心，如清风拂过湖面般柔顺。

抬头远望，天高云淡，可清晰地看到凌霄山的顶峰。凌霄山三面悬崖，易守难攻，难怪张角在此创立"太平道"，修建军寨呢。英雄豪气穿透历史的烟尘，仔细聆听，好像听到号角吹响连营，将军夜引弓，霹雳一声震弦惊呢。

东秋南沟，我来过，又离去，一腔真意，两袖清风。初遇的惊喜，新鲜的感动，所有在你生命中出现的都是赏赐和伏笔，除了感激，不发一语。

内心的田园

梦里水乡在临城

梦里水乡,不在湖广,不在苏杭,原来就在咫尺,就在临城。梦里水乡,生在一泓欲语还休的草色上,草色是一匹柔软的丝绸,绣出一朵芙蓉,名字叫荷塘。

沿着岐山湖的巍巍大坝,盘旋而下,太行水乡尽览无余。一条河曲曲折折,有意地隔开去,围上一圈鹅卵石,就成了许多简单质朴的鱼塘。有了塘,周围开满了野花,长满碧草,盖几间砖瓦房子,起上个诸如"水上人家""伊人山庄"的名字,养上鱼,那青青的水、肥肥的鱼,就吸引了远方的客人。他们驾车而来,来与远山对话,与小河为伴,忘却工作的烦恼,远离城市的喧嚣,来浸一身水乡的轻灵,来听一个沁着水痕的故事,我这般悬想。

柳树成荫成行,城市中也种几棵柳,但终归不成气候,只略微有点春天的鹅黄。这里的柳因为多,团聚成翠绿,把夏天的炎热用凉爽提前衬托。柳树上吊一只睡床,绑一个秋千,人就在睡床上摇啊摇,在秋千上荡啊荡。在睡床的轻摇中,微闭上眼,在清风中与自然融为一体,想着母亲温暖的怀、纤细的手;秋天架上,好友用力一推一送,身子就飘起来,在半空中眩晕,不是恐高,是沉迷,是陶醉,仰头看上去,蓝天白云,情思悠悠;俯首低眉处,一地蓊郁的碧秀,透着清新,透着淡雅。这是在哪里?这难道不是在童年的村庄里欢声笑语吗?是的,此时的人,无论年龄,只要在秋千上一荡,荡着荡着就荡出来一个个童真。在满眼绿色的背景中,却有一株红色的花开得张扬,一株紫红色的槐花,一嘟噜一串,乐意在水乡里做个惹眼的姑娘。

来到水乡,最大的诱惑是钓鱼。在水塘边支一蓬花伞,坐一条板凳,在钓竿上放上鱼饵,甩出去很长的渔线,然后看鱼漂直竖在水面,你就可以静静地做一个垂钓者,静静地等待。别处钓鱼,在于定力,在于技巧,在于经验,这里却不同,即使你对钓鱼一窍不通,也没关系,因为鱼有的是,大的小的,鲫鱼鲤鱼,草鱼武昌鱼,只要你想钓,鱼就自然来上你的钩。姜太公钓鱼,钓的是江山是相位;张志和钓鱼,钓的是诗情,是画意;我们钓鱼,钓的是飞波流韵、田园意趣。眼前是清澈的水,不是还有鱼跃了出来,激起一圈圈的水花。柳絮飞舞着,像是雪花飞累了休息在水面,一层层白茫茫的,在风的吹拂下,时东时西。眼睛也不必紧盯着水,关心着鱼,你可极目远望,柳荫下、圆桌旁,几位玩累的客人已经开始午餐的准备。品一杯山茶,尝一口野菜,是返朴归真的野趣。远处,炖鱼的香味传来,引诱着肚子咕咕的叫,饥饿感一点一点漫漶上来。在烟锁柳迷的小桥上,一个端盘子的姑娘袅袅婷婷地走着,她不去理会那边池塘里多情的蒲草,热闹的蛙鸣,只是一心一意地含着笑,盘子上几碟精致小菜,托在她的手中,稳稳当当。

我第一次来到这太行水乡,就为她倾倒了,在这里听风听雨淡淡游览,早已经不再牵挂来时的地方。因为,疲惫沧桑的心船,正需要停泊在尘世的对岸。我愿意在淡墨中描下一抹轻颦,在这仙境中甩出一截水袖,继续,流连忘返。

内心的田园

神头村里话古今

走进神头村,我恍惚穿越,回到了铁马嘶鸣的战国时代。

神头村的得名由来,是因为扁鹊。扁鹊一代神医,这里是他的封地。扁鹊入秦,被善妒的太医所害。村民们冒死把扁鹊的头颅偷回安葬,建庙祭祀。从此,太行脚下,始有神头村。

神头村悠然千年,已然苍老。井水尚清,辘轳依旧,却早没了等待汲水之人。垂柳依依,河道内芳草萋萋,骤然涌出一股山泉水,村姑手持棒槌,漫不经心地捶打衣服。一座连着一座的石桥,栏杆光滑如玉。时光在上面打了一个漩,又不经意地走开去。如泻的光影里,少了包着毛巾聊天的老汉,总是遗憾的。

穿桥而过,南岸一大片老屋,石头墙里砌进了延续的血脉。墙头草上,见证着荣辱更替。紧闭的木门前,退休的郝老师给我们讲述这里的历史:上推七代,郝姓族人从县城的孝道街迁居而来。当时,一个地势低矮的大坑,积满雨水,蛙声不绝,人称蛤蟆坑。郝姓族人筚路蓝缕,填坑造屋,兴起一片家业。出秀才,中武举,开商铺,牧马放羊。站在老屋前,我不再脑满肠肥,心境枯瘦如秋水。

如今，没有了往日的喧嚣，老屋越发静默而深沉。有的屋顶曾经倾斜，有修缮过的痕迹。滴水檐、虎头瓦，早蒙上一层尘土乌黑。五彩的挂落残缺不全，方正的门当雕刻模糊难辨。推门进去，因为久无人住，四合院里，中庭生旅谷，井上生旅葵。一块石碑静卧在西墙根下，上边放着破烂的农具。废弃的小猪槽，仔细一看竟然是一座四条腿的小香炉。累了，坐在石墩上休息，石墩就是某一个石柱的底座。抬头仰望，角楼巍峨，或许，曾有一个明媚的少年，在那里吹响他的玉笛。

如今，新屋一排排，都位于大街边上，遮掩了古迹。村庄老了，年岁越大，眼睛越深邃，处世越发波澜不惊。郝老师已经80多岁，身体健硕。在狭窄的石巷中，在逼仄的小院里，不时碰到佝偻着背的老太太，她们是郝老师的大嫂与三婶。年轻人都去外地谋生计了，只留下这些长寿的老人，看守着许多人温暖的故乡。人越年老，越渴望一些安静的东西。村庄里安静的东西很多，比如一架柏木的梯子，疙瘩隆起，横木已换多次；比如一本泛黄的家谱，字迹遒劲有力。闭门即是深山，不关心流年，也不必在乎世事。

一座历史文化名村，古老如酒。北风吹黄了芦苇的心事，也吹皱了一湖的乡愁。我挽袖挥笔，写下神头村的一卷波光，不必担心被开发、被倾轧。其间的一草一木，什么时候翻开，都能瞥见它们，在温暖的时光里窃窃私语。

内心的田园

八月的乡村

乡村四季，每一个季节都有自己的风韵。八月的乡村，秋意渐浓，就像一位怀孕的少妇，美丽、丰稔而又安宁。

骑一挂单车，约上好友两三人，做一个短途的乡村游，也能深入乡村的内心，亲近乡村的花蕊。沿着李阳河溯流而上，河水已经断流，只有一处处不相连的水洼，长着一丛丛的蒲草。几只白鹤在水洼栖息，忽而飞上低空，呈一字形掠翅而去。树林蓊郁一片，林间的杂草像疯了一样猛长。一个大土丘周围，全是玉米，玉米已经吐穗结缨，棒子也即将成熟。有人说，这是古代邢窑的窑址。我们好奇地走近去，在田埂上寻找，果然能找到一些碗底的碎片，见证了遥远的时代沧桑。最热烈的就是牵牛花，有红色、粉色，还有白色，它们攀附在任何一株可以依靠的小树上，或者墙壁间、砖石堆上，凑成了团，你挨着我，我挤着你，美丽地盛放着。

走过一个个陌生的村庄，村庄是闲散的，还不到忙碌的时候。两个老头坐在石碾上，吧嗒吧嗒地抽一袋烟，几个老婆婆坐在老榆树下，摇着蒲扇，拉着家常。庄稼人的日子恬淡丰稔，这从他们房前屋后的布置就能看出来。他们是最珍惜土地的,舍不得浪费一个角落的土壤。他们在墙角种上丝瓜和南瓜,瓜秧子就层层叠叠地爬满了整个墙壁,一朵朵的黄花中间还会结几个又大又长的丝瓜或南瓜。突然想起"黄四娘家花满溪"的诗句来了,这花不名贵,它们最是草根,最具乡野特色,让人看了最舒服。还有那门外的一树枣,一嘟噜一串的,挂满枝头,叶子倒显得稀少了。我惊呼一声:"看这一树好枣。"旁边坐着的老大爷和蔼可亲地说:"想吃了就摘来吃,这是自家的枣呢。"我笑着走开去,内心早被庄稼人的纯朴所感动。

北大丰村北,有一个站牌——兴隆寺。我们兴致勃勃地拐进一条胡同,去寻访寺的所在。越向里走,越觉得此地非同寻常,真是一个清静的好去处。一条干净的土路,两边载满松树,种满青菜,还有鲜艳艳的蜀葵和百日红。一个个圆形的水池中,偶见一个高高挺出来的莲蓬,而荷叶的圆心还有点点水珠。松林尽头,是一座恢宏的庙宇,黄墙红门,隐隐露出一角。寺的左侧是大片的树林,右侧是潺潺的溪水,几个出家人正在水边洗衣。我们虔敬地走进寺内,见善男信女熙熙攘攘,念着"阿弥陀佛"。我们混在人群中,听法师讲经,听前因后果,顿觉心内空明。村民们以自己的方式理解世界,阐释生活,见到一条死去的狗,他们也会超度,这不是简单的迷信,而是一种善良的缘起。大概正因为这善良,才让他们知足常乐,守护内心的一方安宁。在某种程度上,朴素的信仰也是乡村。

八月的乡村,我们走街串巷,渡河过冈,只为了能更好地走进乡村的怀抱里,坦然陶醉。

云大沟村之美

云大沟隶属河北省内丘县侯家庄乡,是个藏在深山中的小村庄。这里风景奇特,是个观光旅游的好地方。初夏时节,我和文友三四人,乘车前往,去感受云大沟别样的美丽。

云大沟村长约10里,有大小24个自然庄。大庄三五户,小庄一二家。一条平整的公路伸向村落腹地。左手边一条沟壑,小溪翻山越岭于乱石间自在流去。鹅卵石围成小块的梯田,栽满苹果和核桃。漫山遍野是野荆和洋槐,开满紫色和白色的花儿。岸边摆着一大堆蜂箱,蜜蜂嗡嗡采蜜忙。右手边是高低错落的村庄,依着山势逶迤而上。古老的石头房子,历经百年沧桑。安静、原始、自然,这是我对云大沟的第一印象。

在导游的指引下,我们顺着一条山沟行进。怪石如壁,纹理天然。绿荫若盖,一枝青杏斜垂到眼前。野花在脚下招摇,山雀藏在林间不住地清唱。林间隐隐露出庙宇的一角,就是云大沟久负盛名的龙王庙。庙宇是刚翻新的,共三间,色彩斑斓中蕴含了庄严的气象。不虚此行,我们见到了龙王庙的镇庙之宝——保存完好的清末民初的两尊龙王像和两顶龙王轿子。两尊龙王高约一米,身披战袍,怒目圆睁,威严令人不敢正视。两顶龙王轿为木质,前后左右皆有精美的木雕和彩绘的图案。轿顶有大红花布做的轿盖,周围以黑布幔做装饰。每逢四月四龙王庙会,人们就会把龙王抬出来"夸官",祈祷风调雨顺,生活美满。鞭炮阵阵,锣鼓喧天,彩旗招展,龙王出行,当然是威风八面。每到一村,还会有会首率领村民迎接。那队伍的浩荡,气氛的热烈,仿佛就在眼前。

云大沟还有东庵和西庵两处文化旧址。在东庵遗址的石缝间,生长着一棵高大的茶树。和南方的灌木茶树不同,这是一棵乔木。茶树开满了白色的花朵,如雪花一样洁白。树干约有大碗粗细,根部却如脸盆大小。据说,这是邢台地区唯一的茶树。也许在历史上的某一天,一位南方僧人云游到此,因为喜欢喝茶,故而种下的。村民把茶树视为珍宝,只肯采摘少量树叶制茶。他们制茶不用"炒",而是用"蒸"的方法,把洗干净的叶子和花连蒸六遍,晾干后再蒸,经过数道工序方成。一撮茶叶撒在杯中,水清而叶黄。端杯细品,茶香清新而悠远。味道和一般茶叶有很大的不同。

边走边看,我越来越喜欢云大沟的风物和人了。山沟里的桑树很多,山崖边、草丛中,抬头低眉,到处都能看见。我们忙着采桑叶,老去的桑叶是降血糖的良药。花椒树也很多,树干上长满了如钉的尖刺;叶芽很嫩,摘下来,可以凉拌或者炒鸡蛋。山凹中有一座平整的小院,老梨树下,一位包着头巾的大爷正在灶前烧火做饭。见我们来,热情地打着招呼,说屋前的香椿正好,让我们尽管去采摘。还遇到一位热心的大姐,跑前跑后的,忙着给我们寻找真正的笨鸡蛋。

云大沟山高,洞奇,林密,水清,可说是太行深处的桃花源。云大沟之美,美在天然,美在文化,美在唯一,它的美说也说不完。

内心的田园

桃花巷边看桃花

在河北省内丘县城西北,有一处盛景叫桃花巷,名字带"巷",实为一山沟。桃花巷边是卧龙岗,岗上有千亩桃花。春天一到,红云连绵,桃花灼灼,周边八方游客集聚于此,都来奔赴一场桃花之约。

清明时节,花期又至,约上好友五六人,骑上心爱的赛车,去聆听桃花的呢喃。过中丰、大丰,至西北岭村,折而向北,慢上山冈。到处都是花香、新绿,大地仿佛流满金酒。仰望流云,远观桃花,心焉能不醉?

站在高岗之上,远处青山隐隐,近处桃花如海,车辆一停,游人就散进桃花林里去了。我们在林间漫步,一树树花开,一阵阵喜悦。花分两种,一为粉白,花大,与海棠相若;一为嫣红,花小,有梅花之姿。花树只有一人高,花枝粗大,旁逸斜出,朵朵桃花在春风中摇曳。蝴蝶与蜜蜂飞舞着,与桃花缠绵不休。我们或斜靠树干,或拉一花枝,猛按快门,徘徊踟蹰,指指点点,细语温婉。算来,看花的都是痴心人。

在桃花林中穿行着,不觉来到桃花巷。沟边有一小庙,坐南向北。庙北有一开阔地,隐隐约约可见古戏台的根基。小庙后的山谷中,一左一右,两处泉池,水清甘甜,是为龙泉。据《内丘县志》记载,桃花巷为内丘八景之一:"大桥小桥座连座,水比桥高古怪鲜。龙泉池水喷龙泉,桃花盛开红浪翻。"传说,后周太祖郭威在此建立龙王庙,六月十三为庙会。遥想当年,殿宇巍峨,晨钟暮鼓,小桥流水,商贾云集。桃花盛开之际,善男信女,扶老携幼,那是何等壮观的场面。

沿着桃花巷的水脉,潺潺而南流,密林深处,闪出一座黄色庙宇,此为兴隆寺。赏完桃花,我们顺便进寺中拜一拜佛。干净的小路边,整齐的菜园里,几位师傅灰衣僧服,正拿着铁锨翻出新土。菜园田埂上,寺院的墙角边,也有几树桃花。和卧龙岗上的千亩桃花相比,这几棵显然太微不足道了。但在我眼中,它们竟也有别一种风情。远避热闹,甘心田园,心无挂碍,自得其乐。禅宗有偈云"空山无人,水流花开",这桃花,也算得一个好。

一日闲游,桃花巷边,看尽了桃花。天气阴晴,偶尔落几点细雨。雨湿了桃花,桃花更得几分怜惜。风雨并肩处,曾是今春看花人。我想,明年的花期,我定会准时前来,把桃花巷的桃花采下一朵来,放在我的灵魂中,慢慢嗅香。

内心的田园

塞纳湖畔的回忆

菊花飘香的日子,正是出门赏秋的好时候。在国庆假日的最后一天,我们文友一行11人,兴致勃勃地来到塞纳湖,体验生活,亲近自然,愉悦了疲惫的身心,激发了创作的灵感。

塞纳湖,一个好听的名字,是一个藏在山区里的碧玉。它位于河北省内丘县南赛乡北赛村南,距县城28公里,东南距隆昔路12公里。主峰大石岩海拔524米,此山森林茂密,峰峦叠嶂。山下水资源丰富,溪泉密布,有一座库容20万立方米的水库,就是塞纳湖。塞纳湖像一个待字闺中的少女,羞涩、纯朴,我一到这里,从见到她的第一眼起,就对她有了无限爱意。

塞纳湖四面环山,她躺在山的怀抱中甜美地安睡。在干旱的北方,能见到这样一潭好水,不能不让人惊奇。水面平静如镜,波澜不惊。湖上干干净净的,倒映一方蓝天。没有一只游船,也没有喧哗的人群,只有几只野鸭在远处自在地飞。湖边一片白杨林,树干笔直,遮天蔽日,没有一丁点卑微。树下茂盛的野草,在深秋的季节里,仍然充满生机。层层落叶,像一张柔软的毯子,脚踏上去,发出好听的声音,很是陶醉。沿着湖边走上大坝,边走边摘酸枣来吃。酸枣熟透了,在路边的小树上含笑迎你。草丛中,看到了一个垂钓者的背影,戴着一顶草帽,在山风中安安静静地坐着,等着鱼儿来上钩。大坝上最美的风景除了水,还有人,看坝的老人,一脸慈祥的笑意,口袋里装着收音机,听着伊呀呀呀的老戏。

我们深信,最美的风景在山的深处,水的源头,在探险者的脚下。沿着塞纳湖的支流逆流而上,和小溪边走边聊,说着绵绵情话。溪水浅浅的,细细的,我见犹怜的样子。有时候细小得让人生出来担心,担心这水会不会就没有了,但是,水仍然曲折迂回,在做着游戏,捉着迷藏。有时候,这水又忽然大了,还需要人蹲下身来,找几块石头,遇水搭桥,然后轻快地跳过去,在这一跳中完成了对童年的追忆。河岸上野菊花开得正好,一开就是蓬蓬勃勃灿烂的一丛,黄的是金黄,紫的是高贵,手捧着一束野菊花,就捧住了整个季节的风韵。

最让人兴奋的,莫过于发现一个山坡的红柿了。欢呼一声跑过去,抓着草,穿过荆棘,到处都是红红的柿子了,身前是,身后也是,这不是在梦中吧?树叶子落尽了,只剩下了柿子,密密的,三四个拥挤着跟赶庙会似的,这景象真是壮观。伸手摘下一个来,熟透了,咬一口,满嘴的甜蜜。这是被山民遗忘的世界,那些年轻的山民恐怕早已经走进了城市,在这个或者那个角落里生生不息。他们自然不会想到,一群城里人又满怀兴奋地来到山里,城市和乡村就是如此,以各自不同的魅力相互吸引。

我喜欢塞纳湖,在这里留恋徘徊,不舍得离去。这里是个幽静清凉的世界,只有山和水,花和草,生命平淡下来,气定神闲;日子安静下来,柔柔软软。我愿意在树间绑上一只睡床,躺在上面荡啊荡,什么也不去想,会有多美。

内心的田园

冬游玉泉寺

在河北省邢台市西北四十里,有一座千年古镇皇寺,三面环山,只有一路东出。站在南面的棋盘山俯瞰,在鳞次栉比的民居中,有一座巍峨肃穆的佛家寺院,就是享誉盛名的玉泉禅寺。

玉泉寺又名皇寺,相传元顺帝被明军追杀,曾避祸在此。玉泉寺历史悠久,约建于唐贞观年间。寺院坐北朝南,大殿雕梁画栋,气势雄伟。寺内碑碣屹立,古柏森森,千年古韵,悠悠气象。玉泉寺是不收门票的,它以开放平和的姿态接纳芸芸众生。寺院虽在山区,可佛自在人心,和谐世界,从心开始。

玉泉寺有三绝:玉泉池、玉泉寺和鸟柏茶柏。

和别的寺院不同,玉泉寺前有一清泉。所谓清泉者,常令人想起山间石壁涔涔渗出的细流,可这里的泉竟大而为池,一池如玉清水。这池直径约30米,深约10米,如一面硕大的铜镜。周围是石栏,刻有精美吉祥图案。俯首下观,蓝天白云,黄墙石栏倒影水中,煞是好看。半亩虚拟万斛泉,碧云高引日华圆。庙前遇到一位居士,据他讲这玉泉池千年流不干,永远不结冰。我询问他,原来此处牌坊上明邢台知县朱浩手书的"玉泉池"三字今何在,他摇摇头表示不知。

走进玉泉寺,跨过一道门槛,仿佛就进入另一重天地,我们放轻了脚步,说话降低了声音,生怕打搅了这清静之地。虽是冬天,玉泉寺却脱俗的美,殿内香火袅袅,观音慈悲祥和,院内处处留绿色,有古柏,有翠竹,廊内有鲜花。僧人着灰色僧衣,出入禅房。居士手持扫帚,在"六藏"过道间清扫灰尘。南山间隐隐有烟雾升腾,而院内飞檐斗拱,幽深长巷让人脱尽凡心,洗去铅华。

我们在三株唐柏前驻足留恋了很久。这三棵柏树都有1200多年的历史。尤其是鸟柏,树干遒劲,树冠葱葱,如烟如云,据说常栖息珍禽,迎风自吟。树干自中部以下,由窄到宽赫然一条伤痕,柏纹如落鸟,落鸟如柏纹。据说是一南方匠人为偷走鸟柏所劈。我仰视鸟柏,想着它以伤残之躯,支撑如盖翠云,在千年中历尽风雨,该是何等的坚韧。又到茶柏前,很想折几枝树叶制茶尝鲜,但是也不过是转瞬一念。

在寺院里安静地走,心也安静地坠落红尘。最喜欢"天地吾庐"两边的对联"九天云静鹤高飞,四海浪平龙睡稳"。博大的胸怀,这是佛教给我们的大智慧。生活中你能心胸宽大,站立在一个高度上大格局中,就不会为一些名利琐事忧虑烦恼。忆可亭中,品一杯清茶;棋盘山中,敲一枚棋子。云卷云舒,花开花落,一切都有前因,厘顺了自然,也就厘顺了人生。

内心的田园

柳林镇秋日

我对柳林镇有一种特殊的好感。

柳林镇处于山区和丘陵交接地带,春秋各有一次热闹的庙会。主街有两条,呈东西走向。北街是商铺小摊,主要卖衣服鞋袜、布头糖果之类。南街一边是民房,一边是广阔的河滩,遍植柳树。树下拴着待卖的牛羊,摆着一些柳条筐篮、锄犁铁锨等农具。

秋日里,最期待跟着姥爷去柳林镇赶庙会。走在蜿蜒的乡间小路上,山冈上有一座破旧的土地庙,路边还有个叫交台的小村。荆棘丛中传来蝈蝈的叫声,我们的裤腿被露水沾湿。我雀跃着,有时摘几颗酸枣,有时采一朵牵牛花。回头招呼姥爷时,他叼着旱烟袋,背着手,弯着腰,乐呵呵的,慢慢地走。

十里跋涉,到柳林镇已近中午。我们先逛北街,主要是姥爷陪我买东西。街两边有油坊、理发店、杂货店、供销社和五金店。店门前有临时摆起的各种小摊,店主也不恼。包着头巾的小媳妇、老太太,喜欢跟卖衣服鞋袜的讨价还价,小孩子则哭着闹着要玩具。我喜欢蹲在书摊前看书,姥爷不催我,在一边吧嗒着抽他的旱烟袋。等我挑好了几本,姥爷就会掏钱买下来。

在人流中挤着，虽是秋日，仍有汗水流出。小贩的吆喝声不绝于耳，都在抢着做生意。姥爷没什么要买的东西，但我知道他有所期待。他高兴在庙会上遇到远亲，比如杨庄村的秋生老舅。两个老头就站在人流中，大声说着话，相互询问近日可好，可有带给彼此亲人的口信。我站在姥爷身边，西望望，东瞅瞅。炸果子的香味飘来，我的肚子咕咕叫。

北街西头，有一条南北路和南街连接，周围都是卖小吃的。走累了，坐在简陋的桌凳前，要两碗凉粉、几根油条，再来一碟小咸菜。凉粉碗里浇凉水，一撮蒜末，半勺醋，酸酸的，凉凉的，很好吃。油条就着咸菜，咸而香。姥爷不时夹油条给我。"多吃点，吃得多才能长得高。"他总是这样嘱咐我。

转到南街时，姥爷变成了主角，主要是我陪他买东西。作为一个资深农民，他对日常用品和农具有着别样的热爱。他的原则是，该买的东西绝不含糊，不该买的从不多花一分钱。姥爷蹲下身来，用手指试镰刀是否锋利，看柳条筐编得是否结实。他又或在大群的牛羊之间闲转，猜测它们的年龄，看经纪人又揽成了一宗买卖。我百无聊赖，只好折几条柳枝玩。

如今，姥爷已经去世，柳林镇也发生了改变。北街消失，南街变成一条宽阔的马路，两边楼房高立，颇有城市风范。

当我写下"柳林镇"三个字时，莫名地想起了《诗经·采薇》里的句子"昔我往矣，杨柳依依"。想起柳林镇的秋日，想起姥爷，心头涌起淡淡的哀愁。

内心的田园

秋山的况味

深秋的远山,气象万千,魅力无限,吸引着你一次次探访游览。山是一个技艺高超的厨师,精心烹炒出多种美味来热情招待你。

车在公路上行驶,一不小心就闯入了一个苹果王国。苹果摆在水果摊上,未必见得稀奇。来到这里,苹果成了一道动人的风景。湿润的风随窗而入,把你的目光逗引到苹果身上去。苹果树多,树上的苹果多,苹果的品种多。整整一川,再没有别的作物,都是苹果树,像列好了阵势来迎你。树上果多叶少,苹果红彤彤的,一个挨着一个,就如漫天的星辰。路边,几辆大卡车正在装苹果,一麻袋一麻袋都是的,摆在路边,像放玉米棒子那么随意。我看到一个中年男人的背影,抱着孩子,悠悠闲闲地在林间田埂上走过,背影里都看出来丰收与富足之后的淡定之喜。

一群城里人说笑着来了,来到大山的怀抱中,看什么都好奇、新鲜、有趣。普通的一棵老树,树下的一盘石磨,石磨边的石头房子,房子前跑着玩的小孩,都是相机里的好素材。登山开始了,大山色彩斑斓,山南山北,红叶正好,颜色如红酒般嫣红。远处山顶上云雾升腾,缥缈如同仙境。天空飘着小雨，石板路湿漉漉的，路上的落叶也湿漉漉的。走在空寂的石径上，有了小孩子般的心情，想着法地为自己制造欢乐和惊喜。有人就捡起一枚枚红叶，摆在黑色的山石上，变幻出多种造型，人站在边上欣赏。山葡萄熟了，一嘟噜一串的，顶着一个秋天。摘一串来吃，酸甜可口。有人放开喉咙，大声喊起来，没想到远处也有了回应，远远地也有人喊起来，大山开始回音。不用急着赶路，时间有的是，在这里，最奢侈的就是时光，一抓一把。远离了单调的工作，多少烦心事都抛之脑后，心境实在是惬意自如得很。

山顶有一片草原，秋草繁茂，周围的红树林围成一堵墙，暂时挡住了冷飕飕的小北风。放下背包，拿出干粮，几个人围成一圈，开始了简单的午餐。有人带着黄瓜、西红柿，有人拿着苹果、香蕉，一个贤惠的女子还炒了菜，另一个豪放的男人还带了酒。你给我一个水果，我夹你一口菜，亲亲热热的，就像一家人。忽然想到多年前，我去深山中同学家玩，中午了，同学的父亲背着筐出门准备午饭的食材。他摘下老树上长出的木耳，拔几棵菜园里种的青菜，再从鸡窝里拿出几个热乎乎的柴鸡蛋，虽是家常烹炒，却是世间最好的美味。喜欢这样的生活，本真、原始，而又纯粹，适合隐逸，无论身心。

每次亲近深秋的远山，心灵都会得到一次洗礼。正如菲菲的细雨，自然带有一份抹不去的诗情。用心品味，就品味出秋山诸多美好的况味。

绝美七步沟

夏末秋初，正是出游的好时候。8月6日，应河北省散文学会之邀，我和文友走进七步沟采风。悠悠古佛地，仙境七步沟，初次前来，我就被七步沟的和谐安静、铮铮风骨和温婉多情的气质吸引，从而沉醉其中。

七步沟景区位于邯郸市武安县活水乡境内，是国家级地质公园。这里重峦叠嶂、奇峰林立、飞瀑流泉、鸟语花香，真是一个绝美之地。我们住下来，想好好亲近七步沟的山水。

一夜好觉，第二天上午我们开始登山。石砌的台阶干干净净，如一条神龙，游走在翠林之间。山路两边是茂密的次生林，有榆树、柿子树，也有漆树和椴树，浓荫满地，树影婆娑，日光斑驳，清凉的山风吹来，心中陡生凉意。树下是披离的杂草，草间是盛开的小花，黄色的野菊，白色的秋葵，紫色的倒挂金钟，淡淡的花香伴着湿润的空气飘进鼻中，很是受用。走累了，坐下来休息，低头处，台阶上趴着一只小小的蜗牛；抬头看树，树上栖息着一只鸣蝉。一位美女站在观光台上忙着拍照，白衫红裙，长发及腰，人在山野，构成一幅动人的画面。北宋谢逸词云:"望断江南山色远,人不见,草连空。"人与自然,和谐安静地融为一体,让我的心境恬然自安。

气喘吁吁地爬过一片松林,就到了马武寨服务区,登高望远,千里风光如画,峰峦交错,连绵不绝。景区主峰马武寨近在咫尺,却峰高路险,绝难登攀,历来是兵家必争之地。景区内没有上山的路,如果想上,还要绕道远处的一个山村。马武寨的得名和一个历史传说有关。相传王莽篡汉,天下大乱,马武就在这里招兵买马,反抗强权,武装割据长达8年。如今,马武寨已经废弃千年,背负青天,似真似幻,那千军万马也早已湮没在久远的尘烟之中了。站在马武寨脚下仰望,我被马武不屈的风骨所折服。于是痴痴地想,山顶上还会有坚固的营盘和猎猎的战旗吗?还会有威风凛凛的将军和士兵在谈笑风生吗?还会有伙夫们忙着在生火做饭,升起袅袅的炊烟吗?

上午登山,下午观水,七步沟从来都是诗情画意的,爱情也是一个津津乐道的主题。在隐士泉和天境湖之间,一条溪流从红色的山岩间潺潺流过,水清见底,晶莹剔透,一尘不染,圣洁无瑕。一会汇集成湖,一会又汇集成潭。溪边有一座白色雕塑,一位女子正在含情脉脉地梳妆。传说她叫梦溪,和心上人黄孝安一起私奔到这里隐居,两个人男耕女织,相亲相爱,过着幸福的生活。有一天黄孝安去深山采药一去不回,梦溪担心得日夜哭泣,泪水流成了九曲十八弯的梦溪湾。"魂牵神往梦溪湾,跌宕清流漱玉岩",如果我在七步沟遇见你,和你携手并肩,巧笑嫣然,岂不更好?

七步沟远离了人间喧嚣,自然天成,处处都是盎然的生机和高深的禅意。我想住下来,做一个永久的山民,"晨兴理荒秽,带月荷锄归"。因为,在绝美的七步沟,我为秋情找到了一抹最动人的暖意。

内心的田园

在湿地的芦苇上栖息

我这个人,是最怕热的。大清早起来,太阳明亮亮得晃眼,那汗就从鼻头、额头涔涔渗出,犹如小虫子爬到颈脖里去了。这心啊,就在楼房里慌慌的,忐忑不安,不能沉静。这时候,总是梦想有那么一个小院子来让我自在地消夏。半截矮墙,一个木栅栏,高大的绿槐浓荫满地,未加水泥浇注的土地干干净净,扫帚的丝纹清晰可见。主人家尚嫌不够,提一桶清水,用木瓢均匀泼洒,空气中就充满湿漉漉的舒畅气息。搬一把竹制的躺椅,在树下安放,身子摇啊摇,在微微闭目的悠闲中享受凉意顿生的惊喜。

这才是我要的夏,驱除了逼人暑气,那么绿,那么湿,那么凉爽,可人的意。

可是,这样的小院子是不太好找了,越来越现代化的农村,处处是崭新的二层小楼,塑钢门窗,花砖铺地,在夏天浓厚的水泥味更烘托出炎热。所幸听说邢台西北留有好大一片湿地呢,在越来越走近的热天,这未尝不是一出绝佳的出游胜地,于是几个朋友相约成行。可事到临头,我又因事不能前往。只好在网上四处寻找关于湿地的摄影和记忆,聊以弥补我的遗憾。湿地的美，是毋庸置疑的，看着看着，我就迷离了，在这迷离中仿佛变成了一只脆脆的布谷鸟，颤颤地停在一杆芦苇上，尽情领略这如画的风光。

　　湿地里最动我心的，是那温柔的芦苇。这不是那深深印在心上的童年的芦苇吗？多少年魂牵梦绕的，是你那动人的身姿。纤细的腰肢摇摇摆摆，密密丛生，叶子如眉。风来就一片倒，绿浪清波，风过后又站直了身。芦苇挺立在明丽的水中，水晃荡着蔷薇色，不柔腻，不厚重，反而是恬静，委婉，给人水阔天空之想。清风吹漾，水波摇起缕缕涟漪，那是水和风的密语了。湖边长满人来高的野草，增加了湿地的神秘和空阔，如果你有点耐心来等待，也许会有野鸭在草中出没。天照例是阴的，偶尔来两三点雨，远远近近的，升起蒙眬的烟雾，人就在这烟雾缥缈中慢慢体味到了人在画中。湖边站立着一位垂钓的老者，手持长竿，静立如玉，气定神闲。岸边泊一只孤舟，没有船家，也不见游客，和垂钓老者颇为相和。在这环境中，加入了想象和渴慕，觉得更有滋味了。心枯涩得太久，偶尔润泽一下，就甜美地不能自主了。在豁然开朗的瞬间，身子顿然轻了，心儿突然空了，且受用这无边的清隽和雅丽好了。

　　在这疏林野渡的光景中，真的好想飞了。轻盈地展翅，自由地盘旋，可以看够这轻轻的影和曲曲的波了，可以在芦苇荡里做一个童话般的梦了，可以在一朵睡莲上欣赏李清照的笑了，可以在横渡的小舟上寻觅少女的轻愁了。这里没有战马嘶鸣、勇士的荣耀，也没有商场鏖战、钩心斗角，有的是文人一腔千古柔情，蓝汪汪的水一样。

　　傍晚时候，来了一群人，男的、女的、老的、小的，认识的，不认识的，全聚拢在一起说着话。天边竟有了一线的霞光了，水面隐约剩一个轮廓了。在软软的沙滩上铺上一块块花布,惬意地坐下来,打打扑克,拉拉家常。袅袅的小炊烟也飘起来,那是烧烤的肉香在引逗人的口水了。长芦垂柳碧水,做了一个摇篮,把人们所有的憧憬和休憩都容纳,在繁华尽头品一次诗意人生,在这颤巍巍的湿地芦苇上栖息。

大明湖春色

春天是个远行的季节,上个周末,我开车去了一趟济南,游览了素有"泉城明珠"之称的大明湖,被大明湖特有的美丽、休闲与文雅的气质彻底征服,徜徉其间,流连忘返。

也许是因为一湖春水的原因吧,大明湖的春天来得分外早,分外有味。沿着小东湖的岸边逶迤折行,穿柳过桥,不一会就来到了大明湖,一下子走进了百花烂漫的春天。临水而居,花当然开得早,金黄的迎春和连翘这里一簇,那里一丛,金黄灿烂地依偎在假山旁、古亭前。高大的玉兰花白就白得圣洁,紫就紫得高贵,硕大的花瓣在风中微微抖颤,风情万种。几株杏树的枝干粗大遒劲,彰显着岁月沧桑,满树杏花粉白素雅,如乡野村姑清丽脱俗。更惹人爱的是樱花林,远望似一片云霞,红艳艳的,坐在树下的长凳上,心就飘飘然起来。除了花,水也是说不尽的美景。站在曾堤的小桥上看水,远望烟波浩渺,浩浩荡荡,一艘画船慢慢驶来,又有一声婉转的琴音传入耳,让人陶醉。近看水面,几只灰色的野鸭在残荷间嬉戏,再加上岸边嫩绿的柳枝柔软低垂,巍峨的超然楼倒影水中,这意境颇有"春江水暖鸭先知""留得残荷听雨声"的古韵了。

来到大明湖,小桥流水,亭台楼阁之中,时光悄悄然慢了下来,心情悠悠然轻了、空了，忘记烦恼，只注满快乐。大明湖畔有很多趣味盎然的铜像，引得游人兴味盎然地围观。一对母子，孩子正贪玩，而母亲喊他回家，孩子执拗地要掰开母亲的手，那股调皮让人莞尔一笑。还有下棋的铜像，一盘棋、两个老人，一个端茶啜饮，志得意满，另一个以手托腮，苦思冥想。我索性坐在另一个空凳子上，来一个古今大战，秀一把沉思状。除了雕像，大明湖边的居民也颇懂得生活张弛有道，上班就好好工作，周末就放松身心。体育器材处是个热闹的场地，有人在玩单杠，有人在打球，还有几个人满头大汗地踢毽子。长廊里丝竹悠扬，锣鼓声声，一个大妈正在登台亮相。还有那树林边的石凳，阳光洒在一对老年人的背影上，很是温暖。

大明湖和文人有着千丝万缕的联系，她是文人的红颜知己，可红袖添香；她绝不是低俗的，而是高雅的，浸透了文人的儒雅气度。我怀着一个小小文人低到尘埃里的姿态，来到大明湖朝圣。站在明湖居前，对岸那一个雕梁画栋的剧场，就是当年刘鹗在《老残游记》里写的老残听书的场地。随着人流跟着老残来到明湖居，看到了秀而不媚、清而不寒的白妞，那一双如秋水寒星的明眸，一面鼓，两片梨花简，就唱出来一个花坞春晓。水边深巷，秋柳人家，"娟娟凉露欲为霜，万缕千条拂玉塘"，王渔洋和一群文人墨客在吟诗谈词，抑扬顿挫。另一边，老舍纪念馆的几杆翠竹在风中轻摇，夜晚灯光下，老舍先生正在奋笔疾书："最妙的是下点小雪呀。看吧，山上的矮松越发的青黑……"

一个老城，有山有水，如同养在深闺的女子，面容清秀，饱读诗书，心灵柔美安恬，她坐在历下亭里，用莺歌燕语给我讲述沉淀在泥土青烟的故事，不时掀起我心中的阵阵柔情。春光旖旎中，我怎么舍得离开她的身边？

白洋淀里秋光好

"遥看白洋水,帆开远树丛。流平波不动,翠色满湖中。"白洋淀,河北省第一大内陆湖,汇九河之水,汪洋恣肆,小岛与村庄星罗棋布,古有"北地西湖"之称,今有"华北明珠"之誉。国庆假日,我跟随登山群的朋友,兴致勃勃向白洋淀进发。

我们一行30人夜宿十里荷香度假村,第二天跟随渔民进淀赏景。避开景区走野游线路,满眼都是纯粹的原生态风情。小船如一条梭鱼,欢快地游到水天苍茫处。天微微蓝,云淡淡白。秋水涨满,跳荡如蓝色的水晶。清凉的风从北边吹来,从苇尖吹来,水面结一层黄苔,兼有小圆的浮萍,据说青蛙在其上产卵。偶有鱼儿跃出水面,闹出一个漩。我坐在船边,手轻轻地划着水,心也沉静下来。

芦苇密不透风,河道犹如迷宫,神秘莫测。蒹葭苍苍,白露为霜,那美女清扬,一定在水之一方。苇叶失去了青碧的颜色,从葱绿变成灰绿。芦花尚未白头,苇穗或伸展或低垂。清晨的露珠在苇叶上凝结,苇莺儿栖息在颤巍巍的苇秆上。余亚飞诗云:"浅水之中潮湿地,婀娜芦苇一丛丛;迎风摇曳多姿态,质朴无华野趣浓"。风摇动每一棵芦苇，相依相亲的苇叶伸开，倾向前又缓缓倾向后。以大气的姿态摇成绿色的浪，和水波炫耀着各自的风采。

　　小船划进荷塘深处，在密密的荷叶间艰难行进。身前身后，都是荷叶的倩影。它们走出了高墙深院，以天地为轴，秋水为纸，这恢宏的气势让人瞬间渺小而心生敬畏。在时光里弄丢了花，莲子的残荷或倒或立，或曲或直，都硬硬地戳在水里、泥里。荣华殆尽，一池暮色。减了秩序与色彩，增了潦草与疏阔。绿中带黄，黄中有灰，少一分光鲜，多一分含蓄。江南可采莲，莲叶何田田，采一荷叶戴在头上，不也是下凡的仙姑吗？荷叶深处，兴尽方可回舟。一边唱歌，一边想那夏日盛景，满淀荷花盛开，层层叠叠望不到边，那美好的意境，一定是"湖边不用关门睡，夜夜凉风香满家"了。

　　适来适去一苇间，撑得虚舟心自闲。体验渔民生活，是我们感兴趣的内容。有朋友双桨划船，却分不清何为前进和后退。渔民在船头用竹竿撑船，他却在后边使反劲，弄得小船在原地打转。又有人拿着竹竿用力击打水面，想把鱼赶到网里去，却不知道自己用竹竿的小头击水，会把竹竿劈开的。水面有很多直立的小木棍，是渔民下的地龙。如果因为好奇，想拔一个木棍看看，马上会被渔民制止。因为地龙是连成片的。最热闹的是几条小船聚在一起，看渔民收网。一下一下把粘网拉起，就会看到欢跳的鱼儿了。

　　白洋淀里秋光好，我陶醉其中，不想归去。这是徐光耀和孙犁的白洋淀，也是我的白洋淀。芦苇丛里，虽然未遇到雁翎队的战士和嘎子；月夜小院，也未目睹水生嫂安静地编席，但白洋淀给了我另一种感悟和希冀。觅得身心的清凉，我们没有辜负明媚的秋光。

英谈村九章

一 · 爱

英谈，我来了。

我与你神交已久，却无缘相见。几年前，在博友们的相册里看到你的身姿，在文友们的文字里读到你的倩影，我就被你深深吸引，而愈加迷恋。穿越山川长河，我把思绪放在《绝版的英谈村》里，实在爱极了你。今天，我如约而来，英谈，我来了。

英谈，中国历史文化名村，如一颗明珠，藏在太行山的山山水水间。一川、三山、六岩，山清水秀，这里有"江北第一古石寨"；九沟、十八垴，历史深沉，这里有落英缤纷的世外桃源。

二 · 水

英谈，温柔地变成了一棵草，长在村外的石桥上等我。

北方缺水，水就成了稀罕物。三九寒天正是最冷时候，可至今，还没有看到像样的冰雪，暖冬确乎太过寡淡了。一路疾驰，群山苍茫，萧索的树林也成了风景。突然，半山腰的一片白跃入眼帘，急忙驻车看个究竟。一大片晶莹的冰挂，洁白的，透着亮，如倒挂的尖锥，锥尖似乎还有一滴水，流着流着就被季节雪藏。衰草之间，另有细密的泉水滴下，像水帘，河南云台山的水也是这样，从山壁间淙淙冒出来，滴滴滴下去。向远处看，山坡幽壑间，一条冰瀑蜿蜒而来，如一条白龙，气势壮美。我震撼了，兴奋地按着快门，感谢英谈送给我的第一份惊喜。

英谈村外，小河哗哗流动，水呈现出另外一种状态。水清冽，穿过鹅卵石，蹚过低矮的河床，一路欢歌向前。我的快乐有多长，小河就有多长，这给我一个错觉，春天是不是要来，就在百米之外？我知道，英谈是不缺水的，依着山势，水在低处，水也在高处，水是英谈的灵魂。在英谈，处处可见水井，水井受到极高的待遇。它不见天，被一方石屋罩住，干干净净的，倒映着一个个纯粹的心。不见辘轳，不见井台，浅浅的一汪水，随时可以提一个水桶来，把水渍撒在深浅不一的脚印里。最有名的泉叫一滴泉，有600年的取水装置，哺育着一代代纯朴的路姓山民。甘甜的山泉水，说不尽的神秘，道不完的沧桑，培养出一批批商贾走出大山，走向外面的世界。

三·石

英谈，温柔地变成一棵草，长在村里的长石上等我。

唐代黄巢起义军在此扎过营地，建过营盘，随着岁月的流逝和当地百姓口语的变换,"营盘"被叫成了现在的"英谈"。在这里行走,脚下是石头,房屋建的是石头,房顶上的瓦也是石头。红石、青石,独特的龟背石,它们构筑了英谈的脊梁,让你品味到十足。石板街、石栏杆、石宅院,还有随处可见的石碾、石磨、石炉灶,这一方石头的天地透着古朴和神秘。英谈人远离尘世的喧嚣和浮躁,恬淡安宁地过着自己的日子。

英谈是北方著名的古石寨,几十处建筑依山就势,高低错落。村中筑有围墙,留有四门,传统的古建筑多为二三层小楼,是典型的城堡式建筑,典型的古太行风格,多为明清遗存。这些古石楼,多为红石,也有少量的青石,石块与石块之间只用小碎石填塞,而没有任何石灰的勾缝,虽历经风雨,却兀自岿然挺立。门和窗绝不是对称的,看上去随心所欲,却有自己的讲究与风水。从外面看是楼,在院子里看就是平房,这家的屋顶就是那家的地基,层层叠叠,以墙为房,以房为墙,人走在古寨中,就像在梦中一样。

我喜欢那一面石头墙,站在石墙前拍照。我手抚着整齐的红石块,仿佛摸到了英谈细腻的肌肤和纹理,英谈有了温度,也有了心跳。她想和我窃窃私语,就站在风口里说,站在蒙蒙细雨里说,让那喜鹊听了去,也让那小猫听了去,让那路过的女人也听了一耳朵。随行的同伴憋足了劲,费尽心机,站在侧面拍,蹲在地上拍,远了拍,近了拍,想把我安然地放进英谈的梦里。

四·院

英谈温柔地变成了一棵草,长在贵和堂的小楼上等我。

安妮宝贝在《一只碗》里写道，她对奈良有一种淡淡的乡愁式牵挂，因为奈良像极了她的家乡浙东小城，浙东小城早已经被商业化，而奈良还是那样波澜不惊，具有古朴的诗意。英谈对于我，同样传递出久违的气息。当乡村作为一种过气的事物逐渐老去，当我一次次为家乡的现代化架构忧伤不已，在英谈，我找到了童年中的记忆，怀旧的潮水此起彼伏，越琢磨越有滋味。我一头扑进英谈的怀，贪恋着母亲的暖。

贵和堂的门楣上是精美的木雕，迎门是乌黑的木照壁，乌黑的铁锅，乌黑的灶台，袅袅炊烟里是淡淡的生气，日子里都是烟火红尘和晴耕雨读的从容。房前一盘石磨，院内有光滑的石臼、石杵，鞭炮声声的新年里，忙碌的英谈人会不会再次挽起衣袖，用这些笨拙的器皿，捣出来香香的豆末，做出瓷实的山村豆腐呢？我能不能住下来，清风伴着明月的夜，喝完一壶浓茶，在一角天空下，养足了精神，手握石杵，给寂静的乡村来一曲远方的吟唱呢？

贵和堂的正房中间有一架木梯，颜色也发了黑，两边没有扶手，楼板的设计很宽很平，我们跟着女主人小心地爬上去，上了二楼。二楼虽然被改造成现代化的小宾馆，供游客居住，但掩饰不了久远的美丽。

四四方方的木格子窗棂，糊上了洁白的窗户纸，正午的阳光刚刚好，我清晰地看到几缕明光射进来，射在我光洁的额头上。阳光就像一朵花，慢慢绽开了花蕊。窗台上有两只精美的石狮子，头向外，望着远方的蓝天与云朵。一个高脚的灯盏，如一个娉婷的美人，高高地站在那里。桌子上有一架20世纪的大方镜，一把白瓷带绳的茶壶，方镜的右下角有只蝴蝶在飞，茶壶的盖子上碰掉了一块瓷皮。最妙的是屋子中间一个火盆，木炭还在烧，我好奇地吹了一口气，火星马上红彤彤地冒出来。我曾经在乡土作家的文字里读过关于火盆的描写，还好奇地问火盆是个什么样子，今天终于见到了火盆的真容。

坐在火盆前浮想联翩，恍惚之中看到了一个英谈的小媳妇，俊俏的面容，淡扫的蛾眉，终日盘桓在这小楼之上，日子照样过得风生水起。那会不会是一个前世的我呢？我会在镜子前理理晨妆，或者坐在光影里绣绣鞋垫，专心等一个人回来，他也许是到关外放羊牧马去了，也许是随着商队下关东去了，也许是背着书箱上京赶考去了。路途遥远，归期未知，而我会安静地等他回来，就守着这些光阴，守着这些器具。

五 · 堂

英谈懂我的心事，它又温柔地变成一棵草，长在中和堂的梨树上等我。

中和堂的女主人热情接待了我，她优雅大度地让我随意参观游览。我对院子里大堆的木柴感兴趣，木柴旁还放着一把锯。我对紧闭的风门感兴趣，探身上前，轻叩门扉，想看看屋子里到底住过谁。我对深深的庭院感兴趣，它们竟然是建在一座桥上的，脚步匆匆，仿佛能听到桥下的回音。我甚至对那棵老梨树也发生了兴趣，依偎在它的身上，仰头看上去，树竟然是上粗下细的，让我的目光里充满了迷惑和敬畏。

女主人坐在阳光里，在悠闲的冬日，她乐意和我谈谈中和堂，给我讲一故事。中和堂里住过一位高人，是远近闻名的老中医，他以一颗仁慈之心，普度众生的苦厄。有一年，慈禧太后和光绪帝驻跸邢台，没等到达保定，慈禧就病倒了。当地官员就推荐了中和堂的老中医，老中医从这个封闭的山村出发，骑着一头小毛驴，走过山山水水，到邢台治好了老佛爷的病。老佛爷一高兴,就赏了老中医半幅銮驾。老中医淡然一笑,说:"我是个行医之人,用不着这些东西。"他仍然骑着自己的小毛驴,走过山山水水,回到了他的中和堂里去。

讲故事的人自顾自讲着,听故事的人已经沉醉。那位老中医也许是鹤发白眉,飘飘然有仙气。在他心中,老佛爷不过是个年过半百的老妇人,他只不过是尽医生的本分而已。我眯起眼睛,又看到了那棵上粗下细的老梨树,树开满了圣洁的梨花,中草药的香气就在梨花里纷飞。

六·画

英谈是浪漫的,它变成了一棵草,长在连凤桥的画上等我。

初进贵和堂,我们与主人安排了午餐之后,就顺着逼仄的楼梯登上了二层小楼。小楼内凌乱不堪,到处是散落的水粉与画笔。主人告诉我们说,这里住了一个画家,到村子里写生去了。我顿时来了兴趣,在古老的英谈,能够与画家邂逅,不也是一桩美谈吗?

午饭尚早,我们随意在村子里闲转,走到哪里都是风景,无须导游,只跟着自己的慧眼行走。在中和堂附近的小巷里,我们遇到了一个正在作画的人,不用说,肯定就是住在贵和堂的那一位。他站在一个最美的角度上,隐约的远山,高低错落的民居,墙根晒太阳的山民,跑来跑去的狗和猫,都被他三笔两笔画进了画里。画家的脑门已经有点脱发,反倒现出几分艺术气质来。他穿着羽绒服,右手戴一个很厚的暖袖。他画几笔就停下来,过一会再画,不急,有的是时间。

我饶有兴趣地和他攀谈起来,谈起了美术与文学的相通问题。他坚持自己的理念，艺术必须来自实际生活，要接地气。他说英谈的美是独特的，人与自然非常和谐，他住在这里很舒服。他想以"英谈"为主题，创作100幅关于太行民居的画来。为此，他在这里忍受着寒冷，也忍受着孤独，但是他不苦，因为每天都能近距离感受英谈。一番话让我对他陡生敬意，我仔细品味起他的画来。

画家画的是《连凤桥》，一边是红石小楼，一边是小桥老树，画的最上边是蓝天白云，整幅画的色调是淡淡的赭红色，越看越有味道，越看越有了层次。画家对这幅《连凤桥》极其偏爱，他说这画是有灵气的，会给欣赏者带来好运。话里透着神秘，也透着禅意。画家的笔又自如地带上了主观色彩，他任意改造着现实的英谈，比如把水泥路换成了石板路，在村巷里添上一块石板。一切为了美，这无可厚非。我不知道是画给了我错觉，还是眼睛出了问题，连凤桥下本来是无水的，而我却看出潺潺流动的水，水清澈见底，还漂浮着落花，漂浮着少女的一腔心事。

连凤桥，连名字都是美丽的。

七·狗

英谈是活泼的，它变成了一棵草，长在村中的石栏前等我。

汝霖堂南边的墙根下，是一个热闹所在，一道平整光滑的红石栏，围住了一个聊天的场所。据说，这道石栏已经存在了几百年。一大群女人坐在北墙根下，有的揣着手，有的抱着孩子，对面一个男人正在高谈阔论，看不清面貌，身材倒是魁梧的，他的什么话引起女人哄堂大笑，这场面让局外的人也要受到感染，笑出声来了。

在人群中，我看到了一只狗，狗安详地躺在主人脚边，闭着眼睛睡大觉。从外形看，这只狗不过是村里养的普通狗，不高贵，不冷峻，只一门心思地守着主人，主人走在哪里，哪里就有它的身影。它不用看门，也不用护院，它一门心思地睡觉。女人们的哄笑声没有惊动它，它自顾自地在阳光下安睡，也许，会做一个香甜的梦？

英谈的狗是很多的，它们在村里自由自在地跑来跑去，融入英谈的日常生活。刚进村子时，我们就遇到一只大狗，它颠颠地向着我们跑来。我们吓住了，联想到即将发生的惨烈战争，不由得战战兢兢，暗自祈祷。后来发生的事情就证明担心是多余了，大狗从我们身边漠然地跑过去，连一声凶猛的犬吠都没有。我汗颜了，英谈的狗是友善的，它们从来没把客人当作敌人来对待。

走着走着，发现屋顶上也有一只狗，这是一只可爱的狮子狗，显然是当宠物养的。它被一根细细的链子束缚住，生活范围就在一米之内。我们看它的同时，它也看到了我们，把头向一侧歪了歪，做出一个很萌的表情来，样子非常滑稽。我很想从背包里掏一个面包给它，同伴制止了我，面包对于这只卖萌的小狗未必是真爱呢。

在英谈遇到很多狗，它们跑着、睡着，给这个山村注入了很多内容，我忘不了英谈的狗。

八·门

英谈是开放的，它变成了一棵草，长在乌黑的木门上等我。

在我的印象里，冀南农村的四合院是颇为讲究的，比如门，一家只有一个临街的大门，宅后是不会开门的，因为不但会破财，还会招贼。在英谈，却有个奇怪的现象，家家有后门，而且开得和前门一样大，只要家中有人，前后门打开，畅通无阻。我们从正门进了贵和堂，正和主人商量午餐吃什么，突然一大群女人涌进来，把我们当成了风景。原来，她们就是从后门进来的。据说，整个村子，家家户户都是相通的，只要你愿意，端上一碗饭，可以串门到整个村子呢。

英谈的门给我很深的印象，丝毫没有防备之心的，这让我想起了城市里的防盗门，一层一层，唯恐坏人跟了来。防盗门里再按一层木门，楼道下再按一个声控门，有人敲门，还要提前从猫眼里观望半天。城市人的门肯定会让英谈人笑话，世界上，哪有那么多坏人呢？

只要心上无门，人就是善良的。画家是开车来的，他住在村中间的贵和堂，他的车就停在村外的广场上。我担心地问他，车放那么远，你不放心？他淡淡一笑说，没事，这里是英谈。看起来，英谈让他很放心，他的车停在千米之外也会安然无恙。不会有人为了抢车位和他一争短长，也不会有好事者坏坏地把车划出几个痕迹来。

我们是在午后4点返程的，路那么远，天那么短，我怕黑夜里的山路不好走。在村口，一个女孩子拦住了我们，想要搭车去路罗接她的弟弟。我们痛快地答应了，她放心地上了车，和她的亲人挥手告别。我再一次惊诧这女孩的单纯了，怎么能随便就搭上一辆陌生人的车，不怕被拐了去？女孩子露出一口皓齿说："你们是来英谈旅游的吧，怎么会是坏人？"她很健谈，也好客，她感激我们捎她一程，还给了我她的电话，说下一次来一定找她。我虽然不知道下一次来是在什么时候，但还是很诚心地记下了她的联系方式。人与人之间绝对的信任把我打动了，我再一次想到了英谈的门这个话题。

九·美

去过一次英谈,灵魂就受到一次洗礼,只觉得整个人都变了,变得平和安稳。英谈的美是含蓄的,在一幅幅照片的回忆中哑摸着,那美就一寸寸梦幻低语起来。英谈的静,是宋朝的烟云静意;英谈的稳,让人觉得踏实,即使树上偶尔有雀鸣,旁边偶尔有人语,也不会觉得唐突。英谈适合闲吟,时间一片两片飞入树影里去了,我就做一个小襟人物,虚虚地为英谈勾勒一个轮廓,英谈,你是否满意?希望来年,油菜花一路铺陈,把春天铺陈到我面前的时候,也会把我再次铺陈到英谈去。

英谈,请你变成一棵草,长在村外的石桥上等我。

第六辑　脚会记得路的暖

在民间记忆里，在故事里，故人在田野耕种稼穑，用苦难与艰辛诠释血地。回忆是种淡淡的喜悦和淡淡的哀愁，但意象的印记挥之不去。节俭的乡邻海子，拉水泥的男人，白杨林中守望的父亲，虔诚勤劳的母亲等，他们像酸枣一样活着。当年轻人像候鸟一样在城市的上空飞翔，他们对土地的深情越发悲壮。

母亲的目光

客观上讲，母亲长得并不美丽。她个子偏矮，牙也不太整齐。但我喜欢母亲的眼睛，大而明亮，目光里包涵了很多内容。

初三毕业，我考上了师范，从一名求学的农村少女，即将成为吃公家饭的教师。这一消息像一磅炸弹，让宁静的山村沸腾起来。一天傍晚，乡邻来家闲坐，皎洁的月光下，我们围着小桌子喝茶、聊天。不经意间，我意识到母亲在看我。我的目光迎上去，和母亲的目光不期而遇。一瞬间，我有一点点的不自在，而母亲也慌忙把目光移开。母亲的目光如水般清澈，我看到了母亲的骄傲和自豪。

毕业后，我在乡村中学教了三年书，然后调到县城的一所中学去工作。我在县城租了两间房，决定把家搬过去。母亲竭尽所能地为我准备，床上的被褥，客厅的电视，厨房的锅碗瓢盆，甚至一块毛巾或香皂，她都要给我备齐买好。拖拉机开动了，我挥着手和母亲说再见。母亲的身子靠在自家的矮墙上，也挥着手嘱咐我小心。我不忍心再看母亲的眼，她的目光是那么依恋和不舍。我几乎要落泪了，远走高飞的儿女们，怎么理解一颗包含沧桑的母亲的心呢？

2010年暑假，我因身体不适，需要在医院做一个手术。母亲从乡下赶来，在医院里陪着我，安慰我别害怕。60多岁的人了，每天楼上楼下地奔忙，打饭，洗衣服，找护士，问医生。手术当夜，刀口疼得我死去活来，头上汗涔涔的，嘴里不停地叫喊。折腾到半夜，我才昏沉沉地睡着了。半梦半醒之间，感觉到母亲坐在我的床边，正在拿毛巾为我擦汗。她离我很近，我们的呼吸声交替着，如树叶的喟叹。母亲一定又在默默地注视着我，为女儿忍受的痛苦而伤感。如果可能，她是恨不得替我分担的。

岁月匆匆，母亲一天天老了，我和她的身份不知不觉发生了置换。她有许多事情要吩咐我去做，帮她到药店里拿药，帮她捎一双宽松的布鞋，帮她去信用社领取养老金，帮她去交电话费……每次回老家吃饭，母亲都要想办法做点好吃的，看我津津有味地吃起来，她会幸福地微笑着。她看着我，依旧明亮的眼睛温柔如水，目光里是无限的信任和依赖。在这个世界上，我是她最亲的人，是她的至爱。

母亲的目光，一生都牵挂着儿女的身影。这是天空对白云的目光，是礁石对海浪的目光，是河床对小鱼的目光。当母亲的目光深情注视你的时候，请一定要珍惜。这种小小的成全，对你和母亲而言，都是一种深深的幸福。

我的乡邻海子

傍晚时分,在正屋内吃过了饭,母亲忙着收拾饭盆和碗到厨房去,我也打个下手。父亲和孩子打开电视,在看一个电视连续剧。安了有线电视,收的电视台很多,节目很丰富。收拾完,我和母亲也相伴着回来,我泡了一壶清茶,大家刚坐稳,忽听一阵咳嗽,和一阵呼哧鼻子的声音。父亲笑着说:"是海子来串门了。"果然,海子拖着双棉拖鞋,端着一个大茶缸,和他的媳妇相将而来,母亲赶快掀起门帘,表示欢迎。

进屋来,两人在沙发上随便坐下,便开始了那短短长长的闲话。说起村里分得红包,说起地里打下的谷禾,说起谁家新买的摩托车,又希望来年不要闹灾害而依然是太平中的丰收年。为了消磨秋夜的时光,母亲端来了花生,刚收的,水中煮过,吃着满嘴生香。这时话题就分了岔,海子和父亲回忆年轻时他在县一中打篮球的情景,而海子媳妇则和母亲凑得很近,低声而神秘地说着话。偶然有两句送入我的耳边,原来是拜托我母亲给他大儿子张罗媳妇。张家姑娘的身材,李家姑娘的家境,看那个还差点,比来量去,看哪个和自家孩子般配。说话的时间长了，孩子连连打着哈欠，两集电视剧也演完了。我又换了一个台，感到眼皮也想打架。这时候就见海子端起茶缸，咕咚咚喝一阵，水喝完了，大声说："天不早了，咱回吧。"出门要走，我们都起身相送，嘴里念叨着："不晚，再歇会嘛。"一起相跟着出来，却不知道何时门外起了漫天的大雾，还有几滴雨落下来。

海子有两个儿子，大儿子都24岁了，还没有对象。这在我们村似乎成了一个不正常的现象。因为在周围的村落里，我村的富裕是出了名的。所以，有女儿的人家都希望能找个本村的女婿，那么本村的男孩子就成了争夺的对象。男孩子一般在18岁就订了婚，然后再慢慢谈恋爱到谈婚论嫁的年龄。海子的儿子无疑成了大龄青年。这是什么原因呢？是他的儿子长相难看，身材矮小，还是缺心眼？都不是。原因在他的父亲身上，在众乡亲的眼中看来，海子是个"有趣"的人。

需要说的是，"有趣"在这里并不是一个很具有褒义的词。海子的"有趣"首先体现在他的节俭上。这里有几件事很能说明问题。

海子爱看电视。据说海子在家中守着那17英寸的黑白电视，还十分珍惜，一碰到上演战争影片，又是机关枪又是手榴弹，又是飞机轰炸又是远程开炮，这时候海子就会赶快把电视关了。说声音太大，怕把电视震坏了。

海子爱骑新车。海子买了一辆崭新的自行车，平日里舍不得骑，有次需要到离家很远的地里干活，就骑车去了。偏偏天公不作美，哗哗下起雨来。海子就脱下鞋光着脚，扛着自行车踏水而去，怕雨水把新车弄脏了。

说到这里，故事的可信度要受质疑，毕竟人家还是位老高中生，不可能犯这么低级的错误吧？但是流传的故事像长了翅膀，速度之快在短时间内弄得村里妇孺皆知。大家宁愿把它当作笑谈相信它是真的，因为这也符合海子平日的为人。毕竟大家亲见到，每一次上县城去，海子都是骑车驮着他媳妇来去，很少花钱去坐公交，而且必定赶回家做饭吃。大家还亲见到，他媳妇的发型总是很扎眼，像个男子头，短短的还歪斜得可笑，不用说一定是海子的手艺，虽然外村有个下乡的理发老头手艺还不错，但是没见一次海子媳妇愿意麻烦他老人家的。

有一次听到两个姑娘在斗嘴。一个说："现在富裕了，咱村的年轻人都买了手机。"

另一个说："什么都买了？我就能说出一个人来没有手机。"

这一个就问："你说谁？"

那个就回答："海子家的老大。"

这一个又接着说："喔，说的是他呀！我知道。你要能再说出一个来，算你能。"

那一个就说："海子家的老二。"这个回答真是妙绝。

那海子的节俭生活是天性使然？不是。关键在于海子不是一个能挣钱的男人。时代的变化，使人们的生存状态和生产方式发生了很大的变化。我们村地处丘陵山区，满山遍野生长着酸枣树。说起这酸枣，它可是全身都是宝。枣的壳能做上好的燃料，枣的皮可以做饮料，最可珍贵的是枣仁，是贵重的中药材，能安神补脑。所以在农忙之余，大部分的村里人开始了经商之道，酸枣的生产、加工、外销一条龙，逐渐形成了在一个河北算不小的市场。人们生意兴隆了，头脑灵活了，日子富裕了，好日子越来越红火。而海子却还是固守着自己的老本行——种田。说起种田，海子可是个好把式。种麦子，数他家的麦垄平得直，如一条线；种玉米，数他家地里干净，没有草；牛圈、猪圈旁边，数他家的粪积得多；早晨鸡叫，数海子起得早……但是，海子家依旧是一排旧房，老大依然没媳妇。

傍晚时分，我们家刚吃过饭，泡一壶清茶，刚坐稳，忽然一阵咳嗽，和一阵呼哧鼻子的声音，我父亲笑着说："是海子来串门了。"果然，海子拖着双棉拖鞋，端着个大茶缸，和他的媳妇就相将而来。

风中含笑的姥姥

春天的风沙真大，尖利地呼啸着，拿树梢出气，拿行人出气，刮起漫天尘沙，弄得世界混沌一片。

今天，在电话中听到书花姥姥去世的消息，心中不由得一惊，但并不怎么悲哀。但凡灾难没有亲见，无论如何，也是心有疑问的。不料，下班时，碰到一个老乡，他确切得证实了噩耗的可靠。这时，我心中才一阵阵疼起来。有着美丽名字的书花姥姥，就这样在风中含笑而逝吗？我的眼前不仅浮现出书花姥姥的形象。

每次回老家，总能见到来串门的书花姥姥，70多岁，眼睛不怎么好，头上松松地挽一个髻，耳朵上戴一副银耳环，大襟上衣。一手捧着脸，因为她经常三叉神经疼，疼得厉害时，就不能说话，紧皱着眉头，不断用手掐脸。母亲总是倒一杯蜂蜜水，端到她面前："大娘，喝点吧，你的病也该去看了。"虽然喝水和治病没多大关系，但也算是个安慰的表示。姥姥摆摆手不说话，我们在旁边干看着，无能为力。等到疼痛稍减，她说："唉，还看什么看？老毛病了，吃点药总不见好，还要花孩子们的钱，他们都不宽裕。这一把老骨头了，死了也就死了。"她仿佛把生死看得很淡，可是，她的话却让我很是伤感。

艰难岁月，养成了她极为节俭的品格。无论冬夏，她都是在一个自己垒的小灶台上做饭，烧干柴。逢到刮大风，人们都在屋里猫着，姥姥却高兴地包上头巾出门，到树林里拾柴火，傍晚归来，收获颇丰。她还有就是喜欢拣人家扔掉的东西。有一次我去她那个小黑屋，墙上居然挂了幅画。仔细一看，是去年的挂历。我不解地问："连这个你也拾？"她说："好好的，可惜了"。

她又是那么志气，有时让人难以理解。她的小女儿在村里开个小卖部，兼卖一些青菜。姥姥有时到店里去，抓几棵菜，回来时总要端一瓢粮食送去。碰到人问："你吃她两棵菜，还要给粮食？"姥姥总是说："有婆家的人，还有自己的生活呢，人家也是买卖。"

想起她的许多往事，不知姥姥的后事如何办的，还是打个电话给母亲吧。

母亲告诉我，姥姥临走的时候，特别想念亲手养大的孙子，可是到死也没见上一面。孙子在北京当保安，病重时，姥姥一天天望着窗户盼望。可她儿子说："还是别让他回来吧，路那么远，来回好几个钱哩。"听到这里，我气愤地想，那后事一定办得不怎么样了。出乎意料，母亲说："你可别把人家看扁了！办得不错，风风光光的，人很多，请了一个响器班，杀了一头大猪。"

如此而已！姥姥，这样风光的后事你高兴吗？在艰难的岁月中，你把儿女拉扯大，完成了自己来到人世的任务，或许已经心满意足了吧？不管身后如何，或许都会在风中含笑吧？

第六辑 脚会记得路的暖

父亲的守望

　　父亲把水改进了白杨林,看水在整齐的树行、田垄中愉快地流淌,水流过的地方,白杨树就开始满足地歌唱。父亲忙完了这件事,开始坐在一棵树下,把铁锨放在身边,休息守望。春天已经走远,阳光又开始强烈地暴晒,透过树叶,照在父亲古董色的脸上,照在父亲纵横交织的沟壑上。父亲的目光结实地落在这片白杨树上,神情肃穆而又温暖。

　　父亲总是在乡亲们吃早饭时第一个来到田野上,来到我家的这块土地上。对他而言,这就是他的舞台。他在这里春种秋收,收获了一茬茬的希望。在我的记忆中,父亲的身板高大健壮,自己拉着人力车,拉着满满一车高粱,他的脚步是那么有力,甚至不用我推车就独自把车拉上了山冈。一年年的岁月沧桑,抽干了父亲旺盛的血脉,年老的父亲很瘦,衣裳显得宽大空旷。父亲在年轻时不惜体力,伤了肺,现在干活稍微用点力,呼吸就不顺畅。他总是在劳作前,先吃几片药,即使如此,父亲仍然越来越需要休息,在劳作的间隙中,不时地坐下来喘喘气。

　　父亲像一个忠实的仆人,精心侍弄了土地一生,他热爱这片热土,风风雨雨,寒来暑往。土地上不知道留下父亲多少脚印,重重叠叠,数也数不清。土地熟悉父亲的每一个动作，每一种声音，土地看着父亲日渐衰老。父亲越来越力不从心了，他已经种不动庄稼，他在土地上栽了白杨，看着树一天天成长。我曾经多次劝父亲到城里去，该是享福的时候了，在楼下打几圈麻将，去公园里听听戏曲，散散步，逛逛街，悠闲地享受生活。可是父亲微笑着拒绝了我，他说他不能离开故乡。

我终于明白，每个人都有自己的生活方式，只要是喜欢，别人最好不要去剥夺。所以，我放弃了劝说，父亲得以继续留在这里，守望着他的土地，守望着他的白杨。村里的年轻人早已不再单纯的农民，他们更乐意把自己变成一只候鸟，在大城市的上空飞来飞去。他们偶尔回来，拿着手机上网，说着蹩脚的普通话，谈论着城市的繁华与荣光。他们和土地的关系越来越远，唯其如此，父亲对土地的深情就越发显得悲壮。父亲已经习惯了把自己当作一株玉米、一棵高粱，现在，衰老的父亲又与时俱进的，把自己当作了一棵白杨。

父亲坐在一棵树下，守望着他的土地，白杨树的叶子哗哗的，仿佛在和父亲谈心，怕父亲寂寞，怕父亲哀伤。父亲的目光还是那么坚定，他看着亲手栽下的白杨，满足和幸福洋溢在脸上。

水 泥 男 人

半夜了,楼下却突然传来拖拉机嘣嘣嘣的大嗓门,让这平静的夜很吃了一惊。

已经睡下的老公被吵醒,很不满意地嘟囔着:"还让不让人休息了?这谁啊,这么讨厌。"老公刚出差回来,坐了一路的长途车,正需要好好睡一觉。

我说:"还能有谁啊,很可能是老路呗,我给你看看去。"

轻轻穿过客厅,推开阴面卧室窗户一看,外面是明晃晃的电灯,果然是老路正在灯影里弯腰弓背地装水泥,拖拉机上已经装了半车了。我不忍心去责备老路什么,只是细心地把窗户关严实,把厚厚的窗帘拉严,又轻轻回到卧室。老公没再说什么,他实在是太累了。我经这一闹,怎么也睡不着了。这老路装个水泥,我激动个啥劲呢?还别说,半夜还拉水泥,说明水泥的销路好啊,我暗暗为老路高兴。

说起这老路啊,小区的人没有不认识的。每天穿个旧的军大衣,戴个棉帽子,开着拖拉机,嘣嘣嘣地在小区出来进去,和小城的优雅与文明格格不入。原来呀,老路是水泥厂某车间的班长,带领手下一帮弟兄们，干活没得说，钱来得也快，攒钱在小区买了套房子。后来厂子改制了，他也下岗了，就干起了拉水泥的活，把水泥运到周边县市，挣个运费。另外重要的是，一打听，老路竟然和我老家是一个乡的，对于我这个有浓重老乡情结的人来说，就倍感亲切。

年前的一天傍晚，我楼下热闹起来，好几辆拖拉机繁忙地来去，拉来一车车水泥，堆在楼下空地上。此时，老路站在水泥垛上，脸上满是希望的愉悦，指挥工人们把水泥摆放好，真像个领导。原来，乘年前水泥滞销，他囤积了200多吨水泥，就等来年一开春水泥涨价，狠狠赚一笔。我心里充满了疑惑，还是几年前有人囤积水泥，这几年没人干了，现在老路又走这着棋，能行吗？

小区虽建了好几年，可物业一直跟不上，说好是花园式的，可到现在连个花都看不见，草倒是长了不少。楼下一大片的荒地，闲着也是闲着，后来有些勤劳的居民，就自发地开垦出一片片菜园，绿油油的蔬菜是夜市难得的一景。看来人啊，无论走了多远，始终忘不了的就是土地。现在，老路一下子把这大片的地占住了，冬天不长菜还好说，可明年春天呢？凭什么他老路一个人占大家公用地方啊？于是，很有一些人在背地里嚼舌头不满意，楼道里的胖婶就是这样一位。

这天我刚下楼，打算上班去，正巧胖婶倒垃圾回来，穿件黄色羽绒服，趿个棉拖鞋，脸上残存着隔夜的油脂，两眼肿着个大眼泡。可一看见我，这脸就突然生动了，眼睛也来了精神，像碰到了知己，找到了组织，左右看了看，故作神秘状的要和我说话。这使我多少有点受宠若惊，胖婶平日里头是习惯抬得高高的，见了邻居打个招呼，那话轻得像从鼻子里哼出来的。难怪，谁让人家的丈夫在单位是个中层呢。

"你说这老路啊，也太不像话了！平日里，也不注意个形象。那穿的，啧啧，简直摆脱不了典型的农民。你不注意个人形象没人管你，可不该在楼道里扔烟头啊，看把楼道里脏的，扫都扫不过来。家里人那个多，你说儿子上大学走个三本吧，这出嫁的女儿一家子也常住娘家，孩子哭大人吵，谁也不能安生。你说大家住一块了，也该自觉点不是？没见过老路这样的。这不，好好的菜地，让他堆了水泥，这春天还怎么种菜啊？这经过谁同意了啊？"

胖婶自管自地念叨，越说越有气。我知道她没事，在家是全职太太。可我不行，上班签到的点不等人。我再次掏手机看看时间，抱歉地一笑，同时安慰胖婶说："胖婶，你看我不能陪你聊了，快迟到了。老路这人吧，也的确有点那个，不过一个人供个大学生，还帮衬这女儿一家子，也不容易，你多担待点？"

胖婶看我没怎么迎合她，讪讪地走开了，边走边嘟囔："他不容易，谁容易？我这人眼里是不揉沙子的，你们都做好人不说，我说！我见了谁给谁说，让大家评评这个理。"

这事我过去都忘了，每天忙忙碌碌，自己的事料理着都费劲，哪有工夫管别人闲事。可就是有人爱管电闲事，而且能管出点成绩来。下班后我在楼道里正好碰见老路，手里还拿着个提篮，很谦卑地从胖婶家退出来，胖婶热情地相送，脸上一朵花儿开。嘴里还念叨着："还要你破费，都是邻居，这多不好意思。"我马上明白这是干什么了，心里感到好笑：这老路，也学会送礼了。

一大堆水泥成了我们楼道独特的景观，再也没有谁说三道四了，一夜间取得合法身份，堂而皇之地安家落户。可要照顾好这新邻居很费心。扯了一大块塑料布整个包裹住，防备雨雪来袭；垛四周又围上土，防止雨水灌进去。明晃晃的大灯泡一亮一晚上，这时老路的发明创造，说是吓唬小偷,只要有个风吹草动,窗户后老路警惕的眼睛就会在第一时间发现并及时处理。小区的几个小孩爱热闹,放个鞭炮扔上去,塑料布就是个窟窿。说吧,是个不懂事的孩子;不说吧,怪心疼的。从此,又经常见到老路女人拿个小板凳坐在楼下剥花生,边剥边监视孩子们,时间一长,也成了小区一景。

过了年,开了春,天气一天比一天暖和。东风吹来,雪化冰消,草绿花红。城市里楼房也开工了,农村里的平房子也动手了,可老路家的水泥愣是没动静。难道嫌价格涨的不多,在看行情?这一点胖婶比我了解,她掌握的内部情况很多。她幸灾乐祸地说:"老路这一会儿,算是赔了夫人又折兵,今年这水泥就是怪,都这时候了,不但不涨,还一劲地降呢。看来老路这水泥啊,要砸手里了。"我听了心里很不是滋味。

现在好了,半夜里,老路就开始装水泥,说明水泥的销路打开了,我不禁为他感到高兴。

第二天,下楼时,又见到老路和他媳妇在装水泥。梧桐树下,落花满地。巨大的水泥垛削去了一角,黑塑料布掀开了,一袋袋水泥整齐地码在那里。拖拉机没熄火,嘣嘣嘣地叫。老路站在水泥垛上,弯腰弓背,搬起一袋来装车。衣服灰不溜秋地不辨颜色,脸上灰土土地不辨眉眼,脸上、身上、拖拉机上都是水泥灰。我高兴地打招呼,祝贺他们水泥卖得不错。谁知道嫂子一点不高兴,住了手和我说话,正好偷空歇会,一个女人家,干着体力活确实难为她。

我说:"这么累,雇几个人装吧。"

嫂子苦笑一声,说:"这水泥价格啊,比出厂时还低,再雇几个人,那还不赔死!只好自己装了。"

我说:"不行就再等等吧,干吗着急卖啊?"

嫂子说:"你不知道,这几万块钱大半是借人的,都几个月了,人家催呢。再说孩子暑假马上要回来了,这一回来又要拿钱啊,不卖不行。"

我真的是无言了,生活就是这样:他不管你是多么有挣钱的良好愿望,有花钱的巨大支出,它仍然有它的一套运行规则。老路,这个满面灰尘的男人,全身都被水泥包裹了。也不知道咋了,我忽然想起来初中课本上的《卖炭翁》来:"满面尘灰烟火色,两鬓苍苍十指黑。"

要怎样才能帮帮他们呢?难道不能想个别的挣钱门路吗?嫂子更是苦笑了,说:"老路不知道在梦中说了多少遍'再倒腾水泥我是孙子!'可是天亮了,还不是照样接着倒腾吗?"

内心的田园

一个老妇人和一只猫

这是一个有风的夜。风在窗外任意呼啸，刮过田野和村庄，因为没受到一点阻挡，风得以万分放肆张扬。窗户上张贴的塑料布破了一个洞，风一吹，呼啦啦地响。

老妇人已经躺在被窝里了，刚入深秋，她就盖上了冬天的厚棉被，又习惯性地把被子紧了紧。才8点，上床显得早了点，但不睡又能做什么呢？电视只有那几个台，爱看的河南豫剧不是每天都有，年轻人爱看的连续剧自己又不喜欢。墙上的挂表在嘀嗒嘀嗒地走着，也真难为了它，说不清是哪一年买的了，它已经陪伴了自己许多年。一只猫趴在被窝旁边，瞪着圆圆的眼睛没有睡意，这是一只老猫了，颜色白白的，很干净。它看着老妇人，一动不动，许久，突然喵的一声，在这静寂的夜吓了老妇人一跳。

这间屋子老妇人住了几十年，还有这座小院，还有门外的空地，她熟悉每一寸地方，如同熟悉自己的每一根头发。嫁过来，从陌生到熟悉；当了母亲，又从热闹变得沉寂。她心里藏着很多故事，而经历仿佛就在昨日。她有时候想找个人来聊一聊，可是和她同龄的老人越来越少,她现在很怕早晨出门,碰到的第一个人会告诉她,村里的谁谁又"走了"。而这谁谁往往不是亲戚,就是近邻。早些年她还感觉猛一惊,还感觉孤独的悲哀,可是近年来她似乎没了感觉。年纪一大,有些事就忽然想明白了:活多大是大呢?你来到这世上,享福还是受罪,最后还不是那一抔黄土埋了身。老人们少了,而她还健康地活着,这注定了她的故事很少有读者。所以有时候,她就常常和自己说话,和身边的这只猫说话。于是,猫知道了她很多往事。

她的老伴长什么样呢?似乎她从未说过。他走得太早,已经走了几十年,连她自己都说不清他的样子了,只记得他的大致轮廓。想不清楚的原因有很多。一是他在外面上班,离家很远,一年也不回几次家。即使回家来,家里也很少有笑声,经常是他的呵斥和她的哭声。这些当然都不是最根本的原因,根本的是她不愿意去刻意地想他了。但是,毕竟是夫妻,每当清明寒食,她总是拿一个小篮,装很厚的烧纸,很多的冥币,虔诚地给他多烧点,让他在另一个世界得到富足,她了解他的脾气,是个花钱大方的人。对于他,她没有怨恨,只有感谢,因为他留下一笔不小的财富,足够她幸福地过一生了。那财富就是三个儿子,这让她心满意足。

说起孩子,他们小时候多么可爱呀。想到这里,她不禁笑了一声,她是位合格的母亲。大儿子胆子懦弱,在学校里受了欺负,哭着跑回家,鼻涕都抹到家织的小黑袄上,而只要她拿出一个黄黄的玉米窝窝来,他马上就不哭了,因为他饿呀,正在长身体的孩子,常常肚子饿。二儿子从小就爱学习,常常拿本书坐在门前的井台上,看得入迷,到了吃饭的时候,还不回来。她就喊着二小的乳名出来找,一看,他躺在长长宽宽的大青石上睡了。三儿子最小,是个馋嘴的小猫。晚饭时候,邻居们在街上吃饭，小三就只是看着邻居们的饭香，在这家吃一嘴，在那家吃一嘴，逗得大家都笑，逗他说："跟我们中了吧？"小三总是坚定地说："不，我要跟着我娘。"她爱文化，不管吃多大苦，受多大累，都要供孩子们读书。她忙着地里的活，在队上挣工分不比男人少。她忙着家里的营生，从外县拿了棉花给人家加工成棉布，从中间挣取加工费。她又忙着搞一些投机倒把，偷偷背着一小包枣仁到河南安阳去卖。就这样摸爬着走过来了，孩子们都很争气，她，一个山里的妇人，培养了三个大学生，远远近近的乡亲都佩服她。

孩子们都有出息了，离她是那么遥远。他们分别在北边、东边和南边的大城市里找到了工作，在那里娶妻生子，有了自己的小家庭。她心里是高兴的，她爱每一个孩子，希望他们生活得美满幸福。她有时候到田里去，看到空中飞过一只孤鸟，就替它起了种种猜测：是不是它的孩子都飞走了，到遥远的天边去了呢？她有时候到河边去，看到水中游过一条单鱼，她又替它做种种设计：它的孩子是不是游到海边去了呢？孩子们都很孝顺，经常提出让她搬到城市里住，她拒绝了。她曾经到过那三个大城市，感觉好像都一样。儿子和儿媳妇们都很忙，白天要上班，有时候夜晚还要加班。孙子也很忙，总是有做不完的作业。而她想和他们聊些家常话，大家总是碰不到一块。所以，在高高的楼上，她在南边的窗户站了许久，向外面张望，可外面除了楼还是楼；然后她又走到北面的窗户，向外面张望，可外面除了楼还是楼。她知道这种生活不是她的，她的生活在家乡的小院。

她现在很盼望过年。只有在这时候，这个家才重新热闹欢快，大人和孩子进进出出，人丁兴旺。她不是盼望孩子们带来多少好吃的点心，不是给她多少零花钱，而是有一种隐秘的、让她羞于出口的愿望，那就是被孩子们当小孩一样宠着。有句话叫"老还小",可能是吧,她喜欢孩子们把她当小孩子来对待。他们争着做出可口的饭菜,在厨房里再次忍受家乡灶火的烟熏火燎;他们争着在她面前剥个囫囵的橘子让她尝,他们争着给她梳理头上灰白的发,他们争着在她面前回忆小时候谁最不听娘的话,让娘打屁股……她知道这一切都是为了让她高兴,所以她脸上总在笑。可是,她心里明白得很呢,孩子们是为了春节过后要回去上班,要回到城市里,而感到内疚,说:"其实,你们大可不必这样啊。你们去吧,我身体硬朗得很呢,我能照顾我自己。再说了,现在电话多方便,想你们了,打个电话说上半天话,和在我面前不是一样吗?"

风不知道什么时候渐渐小了,墙上的表还在一成不变地嘀嗒着,而此时房间里特别安静,老妇人进入了甜美的梦乡,身边的猫把身子蜷缩成一团,似乎也睡着了。

内心的田园

我的老师王文贤

又是教师节,近来常常忆及小学老师王文贤。王老师是本村人,从民办教师到"修成正果",一干就是30多年。村里很多家庭,从父亲到孩子都是王老师的学生。而我,是他众多弟子中的一个。

晚上做梦,总是出现老师放了学回家的情景。破败的校舍,泥糊的院墙,沉静的老槐,喧闹的孩子,在黄昏中构成美丽一景,老师微笑而疲惫地走上回家的路。第二天,在黎明的大幕拉开时他又准时出现在校门口。

恍如隔世的30年,似乎都遗忘了,可一梦见,又真切如昨日,能触摸到童真的心跳。

简陋的办学条件,并不能束缚老师的教学水准。他能在顶着立柱的教室里领着我们高歌"社会主义好";在温暖的墙根下,为趴在凳子上的我们讲解数学;上体育课,我们排着队,去野外寻找一条近100米的田间直路,老师吹响哨子,我们就如离弦之箭展开了短跑拼杀。在我们小小的眼里,老师是万能的,他什么都能教。一年级与三年级的复式班,或二年级与四年级的复式班,语文、数学、自然、体育、音乐,而且课上得灵活生动、有声有色。为了让我们懂得杠杆的原理，他从家里扛了一根粗木棍，带领我们到学校后的石头堆旁，摩拳擦掌，在我们好奇的观战中，撬起一块足够大的石头。

老师很具亲和力，在物质贫瘠的岁月中教会我们快乐的知识，让教师这一职业充满圣洁的光辉。但是，有时候他又是认真而严厉的，那一次的作文指导，让我想起就惊心。

村里新打了一眼机井，在茂密的芦苇丛中。我喜欢作文，而且喜欢拽词。老师让写《美丽的家乡》，我得意地描写了机井周围的景色，写了那芦苇荡深处的野鸟，采苇叶姑娘的欢笑，最后还用了一个词概括——"一饱眼福"。我被老师叫到办公室，怀着忐忑的心情听老师指导。他问我"一饱眼福"是什么意思，我窘迫得答不上来。老师又问我从哪里知道这个词。我不敢撒谎，老实回答说从一本作文书上拿来的。老师严肃地教导我：这个词用得好，并没有用错；但是今后注意，用词不能乱用，一定要先明其意。我诺诺而退，对作文多了份严谨和责任。

往事一直在灵魂深处安睡，偶尔一天醒来，时光已经把很多所谓大事消磨殆尽，而它坚定不移地固守着，沉沉的就有了无比重量。如今我也是一名老师，上班时间尽心教我的学生；业余时间，专注地写我的文字。我正在走过或正在走着老师的路。每逢回村，也会碰到老师正走在放学的路上，在黄昏里打个招呼匆匆而过。淡淡的表面背后，是内心对老师的尊敬和感激，这一点永远不会变。成长是需要机遇的，我幸运地遇到了王老师。

内心的田园

父亲送我的距离

秋高气爽，菊花飘香，又是一年重阳。广场上的老人们，精神矍铄，身着大红衣裳，跳着广场舞，来欢度自己的节日。而我的父亲则住在乡下，守着自己的小院，根本就没有过节的概念。他会坐在秋日的暖阳里，和母亲拉拉家常。

父亲是一个农民，地地道道的农民，只有初中文化，一辈子没有出过远门，生活范围就是这个小山村，几百口子人。他一直对我寄予厚望，尤其是学习，从来没有放松过要求。他知道自己不会给我什么有力的背景，只有督促我凭一己之力走到外面的世界去。那一年，我考上了师范，父亲在村里扬眉吐气，走路的姿势都是昂扬的。开学报到那天，父亲骑着自行车送我到县城，本来打算再转乘公交车到师范学校去。可不知道为什么，公交车一直不见踪影。父亲怕耽误我报到的时间，就决定骑自行车带我前往。几十公里的路，父亲蹬着自行车，我坐在后车架上，背着书包，车后架旁边拴着包裹。父亲掌握着自行车的平衡，身子前弓，把全身的力气在左脚和右脚之间转换。那时候，父亲好年轻啊，虽然瘦弱，却有一身的力气。

毕业后，我分到县城上班，又经过多年的奋斗，在县城里买了房子，安了家。搬家那天，父亲比我还兴奋，他开着拖拉机，送我去县城。我坐在拖拉机上，坐在一些家伙什中间。父亲几乎倾其所想，为我准备了很多生活必需品，他能想到的都会给我。车上有母亲给我缝制的新棉被，里面絮着松软的棉花。有父亲请全村有名的木匠为我打制的碗橱，橱壁上闪着新涂的黄漆。还有切菜的案板，那是父亲从村外挖出的老树根做成的，父亲用锯锯开，又用斧子凿，又是刨子推。我眼光迷离，看着开拖拉机的父亲：他的背已经有点驼，身子也更瘦，衣服很空落。风中，父亲的白发很是扎眼。在我的不经意间，父亲已然苍老。

条件好了，我希望能和父母住在一起，把他们接到县城来。操劳一生，也该享受晚年的幸福生活。可是父亲淡淡一笑，说："我们去县城了，地里的庄稼谁来收割？家里的猪谁来喂食？几只老母鸡也该饿跑了。"他找了各种借口不来，我知道他离不开他的小院，他的村落。我只有在繁忙的工作之余，多回家去探望。往往是下午下了班，就匆匆开车回家，和父母吃一顿晚饭，然后乘着月色匆匆返程。母亲会为我做一顿可口的饭菜，父亲会送我到自家的门口，看着我开车离家。我打火的瞬间，总会听到父亲一再叮嘱，路上慢点。我答应着，泪控制不住流下来。在月光下，父亲靠在大门的木框上，身影越来越模糊。

在父亲爱的希望中，我离他越来越远，而他送我的距离越来越近。在父亲的苍老中，我掩藏着心酸，抒写着对父亲的思念。这一份沉甸甸的情感，就是送给父亲重阳的礼物。

内心的田园

姥爷的笑

在我的记忆中，姥爷是个特别爱笑的人。

小时候，我经常去姥爷家串门，在烟熏火燎的厨房里，姥爷缓缓地拉着风箱，我蹲在一边，不时向灶膛里添柴。姥爷教我下象棋，马走日，象走田，还画出一方棋盘让我识记。等我掌握了下棋的基本要领，姥爷笑了，眼睛里全是慈爱和赞许。

小学三年级，我和一个女同学吵架，正好被路过的姥爷看见。我本以为姥爷会护着我，没想到，姥爷高高扬起手掌，轻轻打在我的背上。转过头，脸上堆满了讨好的笑，一直对女同学说着对不起。也许，从那时起，我就开始讨厌姥爷的笑了吧。即使那女同学的娘是村里有名的不说理，那也不至于那么怕她们啊！

好几天，我有意躲着姥爷。姥爷也不向我解释什么，还是一如既往地对我好。时间一长，我就原谅了他。那时候，父亲在外地一家工厂上班，地里的农活母亲做不来，姥爷就经常过来帮忙。

有一次，我和母亲到地里掰棒子，女人到底没多少力气，干了半天，地上只有可怜的几小堆棒子，我们已经累得气喘吁吁。突然，我看到一个熟悉的身影，忍不住快乐地喊起来，是姥爷赶着牛车来支援我们了。姥爷力气大，手头也快，地上的玉米棒子越来越多。拴在树上的老黄牛缰绳开了，它正在偷吃玉米棒。姥爷迅速地把牛拉开，还呸地向牛吐了一口唾沫，呵斥它："蠢东西，敢偷吃玉米？我唾你一脸，臊着你。"他的话把我逗乐了，舍不得打牛，还要放狠话，姥爷笑得真可爱。

姥爷为人低调，干自己的活，吃自己的饭，和村里的人来往并不多。一位长辈偷偷告诉我，土改的时候，姥爷被定为富农，财产都被清算了不说，还经常被村里的人斗争欺负，这让姥爷很自卑，时常觉得低人一等。初三毕业，我顺利考上了中师，姥爷很高兴，他告诉我娘说："这在以往，就是考中状元了呢，了不起。"从此，姥爷像变了一个人，开始主动到人多的地方去，见了人就搭讪。他有这个本事，三言两语，就能把话题扯到我身上，然后自豪地笑着说："我们家小芳考上师范，成了吃皇粮的人了。"

毕了业，参加工作，我在县城买了房子，在老家待的时间就不太多了。每次回乡，也总是会去姥爷家坐坐，拉几句家常，买点礼物。姥爷一天天老了，腰也越来越弯了。

一个周末，我突然接到娘的电话，说姥爷胃里不舒服，让我开车带姥爷去检查检查。我心里一沉，有一种不好的预感。两年前，姥爷就因为胃的事住过一次院，一位秦医生诊断是胃癌，已经让亲属准备后事了。但后来姥爷竟然奇迹般好了。这一次怎么又是胃的事？

我和大舅带着姥爷去县医院检查。姥爷须发皆白，躬着个身子，脸庞消瘦，但精神尚好。一圈检查下来，老医生悄悄告诉我们，姥爷是胃癌晚期，已经没有治疗的必要了。我瞬间流了泪，大舅也低垂着头。姥爷在一边疑惑地问我们："有没有事？"我看了大舅一眼，撒谎说："没事的，姥爷。医生说了是胃炎，调养一阵子就好了。"姥爷听了我的话，突然轻松了，他的脸上又浮现出笑容来，皱纹都舒展开了。他说："我去找当年的秦医生坐一坐。"我知道他的意思，姥爷要强，他想证明自己活得很好。我拼命劝住了他，心里更难过了。

如今，姥爷去世已经好几年了，每次我去大舅家，就会看到桌上姥爷的黑白照片，带着皮帽子，脸上还是含着笑，慈爱地注视着我。我管不住自己，眼泪一次次滑落。

麦田里的老母亲

我家的麦田在村庄边上，一回头，还能看见桃树下那个吸烟的乡邻。麦子已经一尺高，叶片上闪一层油光，绿油油，鲜嫩嫩。泥土和麦苗的清香直逼肺腑，透露出春天的气息。母亲要来麦田里拔草，而我正好利用周末给母亲帮工。

正是人间四月天，麦地里的杂草也疯长起来，总是围攻着麦苗，和麦苗争抢着水分和土壤。杂草是麦子的敌人，也是母亲的敌人。母亲一脚就踏进麦垄里，弯着腰，低着头，手起手落，一大把黄花草就攥在母亲手里，然后被扔出麦田。麦田昨天刚浇过，很湿，母亲向前迈一步，脚抬起又放下，一双鞋瞬间糊满泥巴。我犹豫地看了一眼新买的旅游鞋，又看了一眼母亲的背影，然后一脚踏进麦田，追随着母亲拔起草来。

麦苗长势很好，风吹麦浪，我们就是麦浪里的鱼或船。母亲吩咐我，两个人分别负责一个麦垄，方便分辨草与苗，拔除干净。我低着头，手轻轻抚过麦苗，如同锦缎般光滑，心里就涌现出许多美妙的诗句。在我，这与其说是劳动，还不如说是体验田园闲适的乐趣。再一抬头,母亲已经落我很远了。她除了完成自己的任务,又斜斜地插到我的麦垄里来,帮我拔草,减轻我的负担。我忽然生出来很多愧疚,母亲已经是60多岁的人了,还心疼我这个正当壮年的女儿,一定是担心我多年脱离了劳动的身体吃不消吧?想到这里,我忽然生出来很多勇气,抖擞精神,停止了无谓的联想,拔草的速度快了起来,一会赶上了母亲,一会又超过母亲,然后很自然就越过"界限",插到母亲负责的麦垄里,替她减轻负担。

和母亲在地里干活,心里有一种说不出的踏实,虽然腰酸背疼,但是心甘情愿。因为,我多做一点,母亲就会少做一点,我只能采取这种方式来表达心意和情感。母亲好像生来就是土命,我在城里买了房子接她去住,可没几天她就回去了,继续用汗水喂养着和土地的血脉牵连。我理解她对土地的执着与热爱,牢不可破、坚不可摧,每年春天,母亲都会愉快地用犁头跟土地对话,用种子与土地同眠。春日的阳光跟在母亲身后,亲吻着麦苗和泥土。庄稼地里的庄稼活,是一件质地优良的民间剪纸,母亲就是这工艺执着的传人。

虽然我年轻,但是论起劳动的时间和坚韧,我远远比不上母亲。母亲还在弯着腰低着头拔草,我只能坐在田埂上休息。一望无边的麦田,风吹过来,一道道波痕瞬间从这头传到那头。母亲身穿一件红方格子的围裙,白发在风中飞扬着,无比美丽和圣洁。我眼睛湿润,只为了在麦田里坚持劳作的母亲。

母 亲 的 年

记忆中的年,是红红绿绿的年画,母亲就是心怀爱意的画画人。

母亲的年,总和敬神有关。

母亲喜欢村庄里的日子,很少去县城,说县城太喧闹。进了腊月,母亲却一改往常,像个小孩子般,嚷嚷着要去县城赶庙会。约上几个亲近的老姐妹,挎个布兜,在人流中挤着、看着,置办年货。母亲赶庙会的头等大事是"请神码"。内丘神码,堪称木刻版画的活化石,上至天地,下自土地,自成一套民间信仰的体系。母亲精明,买东西善于讲价钱。唯独买神码,卖家说多少是多少,母亲根本不还价。在母亲嘴里,买神码不说"买",而用"请"字来代替,对神的敬重深藏于心。

俗语说,"二十八,贴嘎嘎"。"嘎嘎"是内丘方言,就是对联的意思。而在贴对联之前,必须先把神码贴好。母亲用小笤帚清扫旧神码上的一层浮尘,再小心揭下,待上供时放在祭品中一起焚烧。接着,净手洗面,刷干净小铁锅,舀一勺白面,加水少许,小火慢搅,自制一盆面糊。一切准备工作做好后,母亲就谦卑地退后,把贴神码这项重要工作让我父亲来做。他是一家之主,自然要担当重任。父亲贴神码的时候,母亲又不放心,生怕有什么马虎或疏漏,就站在一边监督目测:"慢点来,你看看两边是不是一般高?"母亲唠叨着,语气有些挑剔,态度极其慎重。

傍晚时分,簌簌落了一层雪,地上一片白。给神灵们上供的时候到了。母亲忙了一下午,早已准备了各种供品。雪白的圆馒头,金黄的小面饼,香喷喷的大锅菜,甜而脆的水果,摆了满满一桌子。香烟袅袅,红蜡闪烁,母亲虔诚地行起跪拜礼,这些古朴的木版年画,寄托了母亲所有美好的祈愿:家人平安,生活顺遂,粮食富足,日子充盈。你看吧,屋子里、院子里、树干上、墙角根、木梯旁、井栏处,到处都是点点烛光。天地、关公、老母、财神、鸡神、井神、梯神、仓官、喜神、路神等各家仙人,熙熙攘攘的,含笑凝视着人丁出入。家中热闹起来了,人和神一起开开心心过大年。

在母亲眼里,一切地方都有神的存在,都要心存敬畏。既有地位崇高的天地,也有身份卑微的猪神和鸡神。过年了,都要敬一敬,沾一沾茫茫的喜气。它们陪同自己一起度过辛劳的日子,都是有功之臣。她与它们,饱暖两不弃。只有虔诚地敬神之后,再过两天,母亲才会包饺子,让父亲放鞭炮。我们看着央视的春晚,守夜过除夕。

在母亲心中,年就是崇拜自然,敬重生命,对日子心怀感激。年是她表达敬重的一个神圣的仪式。这让我感动不已。

父亲的菜园

夏天,菜园以它自己的方式,在父亲的眼皮底下,在阳光的抚慰下,开始了生命的诗意表达。

父亲的菜园安静地躺在村庄的边缘,守着一片别人的庄稼地。父亲砍回来一捆多刺的酸枣柯,把菜园围成一个生机盎然的小天地。当我第一次走进菜园,眼中蓄满了惊喜。一片黄豆行列整齐,在风中摇头摆尾,露出青青的豆荚。黄豆东边父亲栽了韭菜和大葱,种了茄子和青椒。紫色的茄子傻乎乎的,青椒的头上蒙了一层泥。黄瓜和西红柿青春正好,黄瓜生了青春痘,西红柿也知道了害羞。菜园周围,父亲洒了几颗南瓜子。瓜秧子机灵得很,以饱满的热情爬到东,又爬到西。

在乡亲们眼里,父亲是个怪老头。他年逾古稀,还不肯坐在墙根下颐养天年,偏偏一天到晚忙在菜园里。他给每一棵菜浇水、松土、施肥、捉虫,蔬菜上都粘带着父亲的味道。父亲把它们当成了孩子,也当成了好友,甚至把自己也当成一棵蔬菜。父亲习惯了早起,习惯了公平对待每一棵蔬菜。比如,施肥时,他会小心翼翼把肥料放在蔬菜根系周围,分得那么细,那么匀,生怕一丝的不公平会惹来蔬菜们的抗议。

毒辣的太阳下，父亲挥汗如雨，却喜欢看这碎玉流光中，快乐生长的蔬菜。蔬菜生长的样子，更像他讨人喜欢的女儿，在一颦一笑，举手投足间，就长高了一截，就婀娜多姿了。

父亲种菜的目的非常单纯，就是为了让我能吃上放心的蔬菜。他常说，自家种出来的菜，不用担心农药残留，也不用害怕催长素，一切瓜熟蒂落，水到渠成。每到周末，他就会打电话给我，"这周回来吗？回来拿点自己种的蔬菜。"说实话，守着大超市，什么样的菜也能买到，也未必卖的菜各个都有安全问题。相比之下，父亲种的菜就成了鸡肋，拿也不是，不拿也不是。但是，每次我都极其坚决地答应，一定回去拿菜。超市的蔬菜即使万紫千红，也比不上父亲的心意。父亲那满园青青的蔬菜，告诉我们的实在太多太多。

有一次，我回老家时下起了雨，父亲还执意要去菜园给我摘菜。我劝他别去，他不听，穿上雨鞋，打着雨伞，背着柳条筐就出门了。在我模糊的目光中，父亲的背影越发清瘦。我怕他因为路滑摔倒，又担心他淋雨感冒。此时的菜园里，父亲一定是孤独的，茫茫天地中，也许只有他还在菜园里忙活。他摘了茄子，又摘西红柿。当然，不能忘了黄瓜和青椒。最后，还要拔几颗黄豆，煮着吃最新鲜。为了炝锅，他还要拔几棵葱。雨天正好包饺子，再割一把韭菜。他像一位国王，对自己的属下熟悉得不能再熟悉，他知道，每一棵蔬菜怎么吃才最有营养。

在父亲的关照下，菜园郁郁青青颇有生机。父亲常说，菜园有生机，家道就有生机。父亲用爱浇灌培育的蔬菜，个个都是灵感多多的诗人，它们的成长方式充满了巧妙和智慧。

阳光下的老鞋匠

这是个繁华的所在。偌大的广场外围都是做小买卖的。水果摊上,金黄的橘子,大红的甜柿实在诱人。小吃摊前,香菜和鸡蛋的味道到处留香。一个小小的角落,老鞋匠低着头修鞋,在冬日的阳光里,他身上笼罩着一种圣洁的光。我放慢脚步,热情地打了个招呼。

我和老鞋匠并无深交,只有一面之缘。刚买了一双马靴,没几天右脚跟的小鞋掌不翼而飞,鞋底磨得不平了,每天上班忙得很,也没来得及修理。好容易等来个星期天,就在这广场边上找鞋匠修鞋。在一个中年人鞋摊前问价,这一问差点没把我吓住:钉个小鞋掌5元,两个10元。老天!通货膨胀,物价也不至于这么疯长吧?这不是漫天要价宰人吗?我拂袖而去,转身离开。

那天也是个阳光灿烂的日子,温暖使我鼻尖出汗,也使我郁闷的心稍稍明朗。溜达一圈,我被这个老鞋匠吸引了。他低着头修鞋,很专注,很敬业,热闹喧哗仿佛都离他很远,他是闹市中淡定的守望者。我信任地站在他摊位前:"大爷,我这鞋跟没掌了,重新钉一个多少钱?"

老鞋匠抬了下头，很爽快地说："一对3元。"

我以为听错了，因为这价格太便宜，就追问了一句："是一对3元吗？"

"对。"他很爽快地回答。本来要钉一只的，现在钉一双好了，另一只不结实的鞋跟说不定哪天掉呢。

等我脱下鞋，交给老鞋匠之后，就坐在小马扎上和他聊天。老鞋匠把鞋拿到手就后悔了："你这鞋不是高跟啊？后跟也太大了，费我多少皮子啊！我刚才没看你的鞋，要看绝不是这价格。再说这鞋跟磨得，还要费力锉平，啧啧，唉！"

老鞋匠好像是上了一个大当，弄得我都不好意思了："没事大爷，你要多少钱我给，只要你手艺好。"可是他摇摇头，拒绝了我的好意，说过的话就不能改变，说是3元就是3元。没想到一句承诺让老大爷如此执着。

坐在马扎上我有足够的时间来观察他。脸是古铜色，皱纹堆积在额头眼角，看年龄在60多岁，是我的父辈；他的手指短粗，皮肤皲裂，一看就是长期从事劳动。他灵巧地干着活，小钉子泯在嘴里，小锤子起起落落。又来了两位女士，也是要钉鞋，可老鞋匠无暇顾及，女士们等不及就匆匆走了。

钉了一次鞋，让我对老鞋匠心存感激又暗含内疚。在熙熙攘攘的广场上，他做的工作也许最不起眼。但是，他却恪守着自己的做人准则，即使吃点亏，少挣点钱，也要信守承诺。这种精神感染了我，让我看到了最顽强的美好品质。所以每逢从这里路过，看到阳光下低头做活的老鞋匠，就会放慢脚步，热情地打个招呼。

婆婆和她的鸡

婆婆一个人住在乡下，养了一群老母鸡，婆婆对她的鸡非常好，不贴切地说，鸡就好像是她的心肝宝贝。

我认为，婆婆养鸡，是为了吃到新鲜放心的鸡蛋。现在吃什么都不放心，吃猪肉能吃出瘦肉精，喝牛奶能喝出三聚氰胺，青菜上洒有农药，听说鸡蛋都有造假的。基于这一点，我认为婆婆很高明。

我亲眼见过婆婆喂鸡的情景。一群鸡圈在铁丝围成的鸡舍里，见婆婆端着盆子过来，它们咯咯咯叫着跑过来，群情急切。盆子里，是婆婆独家配置的饲料，有青草，有麦穗，也是玉米粒，都是婆婆想办法弄来的。婆婆不种地，所以没有粮食，喂鸡也就成了问题。婆婆除了买粮食，还有其他辅助办法。婆婆把小盆子放在铁丝网外，那群鸡就把头伸出来，争着啄食。婆婆的眼睛里流露出温和的目光，很是慈爱。

一瞬间，我甚至生出了一丝醋意，婆婆对鸡这么上心认真。

婆婆对她的鸡很好，鸡的起居饮食，都明镜样装在婆婆心里。时间长了，这群鸡理所当然成了婆婆的家庭成员，一天也不能离开。有一次，我去婆婆家，正好乡里电站上维修，全村停电，热得我手摇蒲扇，气还喘不匀。我执意要带婆婆去县城住几天,家里有空调,也好避避这暑气,何必受这罪呢?可是婆婆竟然不去,她的理由是,家里有这群鸡,实在走不开。好像托给邻居喂鸡,就会把鸡饿瘦了一样,这群鸡成了婆婆的牵挂。

有时和婆婆闲聊,说起吃鸡蛋的问题,婆婆叹口气,说天太热,鸡很多都不下蛋了,纯粹是白养着。我就纳闷,既然白养,又何必再养呢?婆婆说:"总要有点事干啊,你们都忙,各有各个的工作。我愿意自己住在乡下,不给你们添麻烦。我每天起来喂鸡,忙忙碌碌的,心里感到踏实。"

人是要有个依托的,依托一旦没有了,他的生活就会失去平衡。

我忽然想起来一个情景,那一次我打电话给婆婆,说我要回乡下。中途有事耽误了,到家快中午了。见婆婆一个人坐在树下的石头上,摇着扇子,自己对自己说:"怎么还不来呢?说好了来的呀?"那一时刻,我心情非常激动,同时有点难过,好像看到了本不该看到的东西,一个老人对儿女回家的渴盼,一个老人守着老巢的深刻孤独。

我终于明白,婆婆对她的鸡那么好的真正原因了。

母 亲 安 牙

因为工作忙，我已经很长时间没回老家了。这天忽然接到母亲的电话，说是要来县城安牙。放下电话，我急忙到车站去接她。

说起母亲的牙，话就长了。她的牙本来很好，30多岁时经常闹牙疼，疼起来整晚睡不着觉，败火的、治牙疼的药吃过不少，都收效甚微。实在没办法，只好到牙医那里，一颗颗拔掉完事。一年年过去，母亲嘴里完成了真假牙的顺利交接，那假牙洁白均匀，如饱满的玉米粒，很好看。可是听母亲说，现在假牙坏了，要重新安一副。

时至寒冬，风有些猛烈。车很少，几棵秃树高低错落。等了一会，从老家来的汽车到站了，母亲走下车来。深蓝色的衣裤，是我前几年穿过，后被母亲改了的。头发还是我上次帮她剪齐的，时间一长，难免有几缕白发不听话地露出来，在风中招摇。

我征询母亲的意见，去那个牙科门诊好。母亲说："咱们先转转吧。"我知道，根据她一贯的人生经验，想找个价钱便宜手艺又好的门诊。我劝她不必那么节俭，我装着钱呢。母亲摇摇头说："现在还用不着花你的钱，我有。"我知道她一向固执，也只好不再多说。转过几个门诊，咨询了价格，最后在一个年轻小伙的牙科门诊坐了下来，他极耐心地拿出加工好的样品给母亲看，然后两个人开始讲价钱。这大夫是个爽快的人，价格也公道。母亲看看我，从目光中我知道她很满意，我点点头，母亲去那高大的机器前面咬牙印了，我就坐在一边等着。

过了半小时，母亲站起来，准备走了。这时我忽然发现摘掉了假牙的母亲是那样陌生。嘴里没有一颗牙在撑门面，上下唇像是干瘪的稻穗，极力向内凹去，使得上唇平添了好几道竖竖的深纹。又因为嘴巴和平时大不一样，以致整个面貌都有了很大的改变。母亲的年龄骤然增大，宛然是个70多岁的老太太了。这还是我熟悉的母亲吗？我不能忍受母亲的衰老，心中一酸，泪就下来了。我赶快装作扶一扶眼镜，用小指抹去了脸颊上的泪，医生没有看见，幸好母亲也没有看见。

母亲在县城住了四日，到第五天她一个人去那家门诊，戴上新安的牙走了，我没有见到。打电话询问，母亲说："放心吧，安的牙带着很合适，吃起东西来也方便，只是刚换了副新的，戴着不习惯，晚上要摘下来，让嘴巴歇一歇"。我听到这里，仿佛又看见了母亲那日没牙的形象：上下唇像干瘪的稻穗，极力向内凹去，上唇上平添了好几道竖竖的深纹。哎，想起来这一点，心中一酸，我的泪又来了。母亲见证了我的成长，我见证了母亲的衰老。这是一个伟大的置换，无私而又纯粹。

道 沟 女 人

道沟村位于河北省邢台县城计头乡，距离邢台市区60公里，远离了闹市红尘之后，这里是一片安静的天地。我一个人背着行囊，徜徉在古树石房之间，心澄澈如村前的清水，默默应和着久远的呼唤，亲近着人间至纯至美的朴实。

未进道沟，先听到了浣衣女的棒槌声。桥下是流水，一条河缓缓流淌，流过一个个小沙堆，冲出一蓬蓬的红黄草，也带走了女子干净纯粹的希冀。女子蹲在河边，半旧的衣服放在石上，手中的木棒槌高举低落，声声入耳。在这平平仄仄的声韵里，我开始了一次心灵的旅程。

山村背山面水，房屋依地势而建。一棵古树挺拔苍苍，守护一方净土，历尽风雨，痴心不改。一口水井，井台一堆干柴，幽幽黑色，辘轳好好的，只是没有了井绳，再也没有了一桶桶的晃荡，只有青苔在诉说悠悠往事。层层错落的石头屋前，一盘石碾，在光滑的碾盘上，一位老太太安详地坐着，拐杖靠在石碾上。头发灰白，脑后一个发髻，她恬静地对着镜头，下意识地拢拢头发，给我一个对生活的诠释，简单唯美。

道沟村已经有了些历史，建村于明代；多年前的地主们苦心经营，营造了一个个庄园。沿着一级级石板路一家家看过去，脚下的落叶也成了历史的注脚。门楼高大恢宏，多用青砖；木雕精美，有狮子滚绣球、菊花牡丹等，显露出乡村对于富贵的理解。走进去，一个二榀门，木质的，上有"忍为高"的格言，既避免了院子的一览无余，又只给有身份的贵客开放。西北是二层青石主楼，东南也是二层石楼，窗棂多为十方，在冬天会有窗纸和剪纸装饰温暖的情怀。另外的房屋是平房，楼房和平房围起一个狭窄而高低起伏的天空，成就了几个女人淳朴的生活。我来时，几个女人在小板凳上，在用荆条编制筐篮。不大声说话，也不开粗俗玩笑，她们习惯了用平静的语调偶尔简单交谈。不知道她们去市区多不多，也许不多，她们在这个深宅大院里终其一生，开门见到的是朝阳，关门送走的是落日，在灶台上精心准备一家人的饭食，在土炕上打着呼噜还想着收割。

在一个石头的王国里，一个女子款款而来。眼中全是美丽，美丽也尽在眼中。一扇门开了，本来是灰沙剥落长着秋草的墙，挂着腐朽的农具，一架摇摇晃晃的木梯，全是陈旧尘封的气息。偏偏一只鸡出现在视野里，在地上笃笃地啄食。石巷深深，窄窄的仅容两三人，几根木杆从巷子这头搭在了那头。刚想这石巷有点单调乏味时，一挂出墙的绿色瓜秧马上蓦然如瀑布流泻，给了你暗暗的欢喜。深宅大院，从偏僻幽暗的防空洞钻出，院子里一簇鲜红的大叶花，一盏金黄的菊花，给了历史和岁月一抹鲜艳的生机。我喜欢这样的对比，适合人在怀旧中前进。

道沟村不属于旅游，因为旅游太匆匆了，那急促的脚步对道沟只能是打搅。应该住下来，做一个实实在在的道沟女人。挑着扁担，洒下一路的水渍。架起灶火，熬一锅喷香的大锅菜。柿子树下，微笑着摘下一个个希望。几亩薄田，用镰刀收获不多的玉米。夏天，坐在村头的老树下纳一副绣花的鞋垫，冬天，盘脚坐在热乎乎的炕头上摇着纺车，心满意足地聆听着棉花快乐的吟唱。平常日子里，几碟咸菜也能吃出咸咸的香，冬尽年来，又会烧一大锅开水，给磨刀霍霍向猪羊的汉子们打打下手，祈祷来年的丰足气象。

道沟女人是幸福的，在酸涩的日子里过得和美，在艰难的时光中生活安康。简简单单中安详地洗衣做饭，相夫教子，在大山中从容的把青春容颜洗尽铅华，也把皱纹深深演变成永恒的魅力。因为有了道沟女人，这大山才在雄奇中有了秀美，在刚烈中有了温柔。

内心的田园

花枝巷叙事

花枝巷，是一座活色生香的生死场，有人生，有人死，有人站在熙熙攘攘的人群中，向着远处张望。

白露已过，触眼都是秋天的静。木落山空，路边柏子花如雪。住在花枝巷的老姑走了，走得悄无声息。日色风影里，似乎又听到老姑的笑语清和。

我已很久未回乡下，听母亲说到老姑的葬礼，我诧异自己竟没有流眼泪。老姑是我的亲人，我应该用哭泣来表达我的不舍。可是，梳理我的思绪，竟然是又欢欣又凄凉。

我知道，老姑早就想走了。

人越老，大概越是寂寞的。我最后一次见老姑的时候，她很不开心。当时，她住在我家，也很少出门。她活了89岁，把很多认识的人"活丢了"。走在村里，认识的人越来越少，那些鲜活的面孔打量她就像打量一个陌生人，好像她从来不属于村庄。打牌的老姐妹也都死了，连个串门的人也没有。她就向我们抱怨说："活这么大岁数干啥？你说死了吧，也不死。"

我青春正少，对人生正有着种种规划，自然听不得一个"死"字，就劝她说："老姑，不要说这丧气话。现在生活多好啊，你要长命百岁呢。"

老姑好像没听到我的安慰，自顾自说着："活这么大岁数干啥？你说死了吧，也不死。"

没过几天，就听说了一件稀罕事。从我家回去的老姑竟然和一个70多岁的老太太打了一架，在热闹的花枝巷，引得许多人来看。这和谐社会，别说打架，吵嘴的都不多见，何况是两个高龄老太太？问起原因，也不是什么生死攸关的大事，不过是几句口角之争，但两人到底是抓到一块了，老姑的脸上还破了块皮。我惊诧老姑都这么大岁数了，人事浮沉，怎么还如此刚烈呢？大概是太寂寞了，总要弄出一点动静出来，证明自己的存在。

基督说："属于西撒旦的归撒旦，属于上帝的归上帝。"老姑不信基督，她信中国民间的神。她最希望去南山上，做伺候后土奶奶的婢女。我想，这一次老姑大概是遂了心愿的。

但说来说去，老姑毕竟是再也见不着了，我的心境又像朝阳未照到的地方，花枝露水犹湿。这满腹的凄凉，是因为父亲。

父亲也已经70多岁，身瘦如柴，发白如雪，这样一个老人趴在老姑的灵位前大放悲声，让我这做女儿的心里一阵酸、一阵痛。

老姑的娘家有三个兄弟，六个侄子，我父亲是她最大的侄子。父亲小时候，经常跟随我曾祖母去老姑家走亲，感情上和老姑自有一层深意。老姑前几年正月，喜欢住娘家，喜欢看大戏，找同龄的老太太打牌。在这么多本家侄子中，她在我家住的次数最多。每逢她来，父母总是像对待贵客一样，尽心尽力置办饭食，包饺子、炒小菜，晚上给老姑铺上厚厚的被褥，一定是要让老姑吃住舒服的。

但平日里，因为忙，就少有走动。

据说，老姑死的前几天，经常坐在门口的条石上，在淡黄的日色里，看人来人往，看有没有一个路过娘家村，能为自己捎个口信的人。每见人来，她就会主动搭讪，委托人家能否给她的大侄子捎个口信，过几天来看看她；如果大侄子忙，那就什么也不说，就看看大侄子是否一切都好。

"你记得给我把话带到，回来我给你从菜园里摘一把葱。"

那人敷衍着答应了，但过后就没了下文。他们也许认得父亲，也许压根就不认识。再说，日子那么忙，自己的事还厘不清，谁有时间过问一个毫不相干的老人的闲事？

当终有一天，父亲知道老姑临死前的惦念，他懊悔万分。虽然，那一段时间，他住在一个小区的工地上，日夜巡逻，但如果他知道老姑想他，无论如何，他是要去看看老姑的。而现在，竟然是不能了。

老姑一向康健，89岁高龄，口齿伶俐，思维敏捷，有三子三女，却坚持一个人住在花枝巷的老房子内，自己做饭吃，从不麻烦任何人。大家都以为，老姑会一直长命百岁地活下去，谁知她说走就走了呢。父亲一向以坚强示人，少有哭泣之举，却为老姑哀痛至此。

据说，老姑死得毫无痛苦。前几日，嫁到外村的二女儿来探望她，给她包的素瓜丝饺子。老姑盘着腿坐在床上，看着电视，吃了半碗饺子。二女儿去厨房端汤回来，老姑已经闭着眼睡去，脸上一团笑意。二女儿喊了数声不应，不觉大放悲声，通知兄弟。老姑走得悠闲、安详，就像是去走一趟亲戚。她没有缠绵病榻，没有在医院消耗金银，没有让儿女厌烦，而是干净利落，得以解脱。这和她为人的爽利一向相合。

在这个粗粝的世界上，老姑决然而去，把我们置放于无边的旷野之上。我仰望站在云端的你，依旧慈祥，我愿意把我缩小成孩童的模样，叙述和你一起走过的章节。

老姑个子偏高，瘦瘦的，像一株弯着腰的高粱。她喜欢穿大襟的上衣，裤脚总是扎着绑腿，一副传统的乡村老太太打扮。她脸色清秀，眼睛像月一样晴朗，脑后松松梳一个发髻。见了人说话特别亲。老远见了我，人还没看清，招呼已经热情响起。她喊我，从来不喊我的全名，而是先加了一个感叹词，再喊昵称："哎呀呀，这不是俺们家的小芳吗？"就这么一句，就让你觉得，心走得特别近。从小我就固执地认为，老姑说话的声音像是春风牡丹，脆脆的，好听，也好看。

小时候，我喜欢跟小文、小宝一起去老姑家玩。小文是二爷爷家的闺女，小宝是三爷爷家的闺女，辈分比我大，年龄却相差无几。老姑嫁到花枝巷，花枝巷离我们村是三里，我们村离花枝巷也是三里。我们计算着日子，玩着游戏，说着说着，就想起了花枝巷。

出了村向北，下个坡，过条河，上个冈，花枝巷就杳然在望。乡间的小路弯弯曲曲，我们一蹦一跳地走，不时见到路边的农人在培壅。桥下流水汤汤，有一种深意。柳絮飘雪，一团团扑面舞空，像细雨初过。我们进了村，数到第3个巷口，东拐，自西向东再数第3个门楼，就到了老姑家。见一树桃花灼灼，春事烂漫到难收难管。树边一盘石磨，光滑如玉般，依然是简静的。

娘家有人来，老姑自是欢喜。她一头扎进低矮的厨房，为我们做好吃的葱花面。风箱咕嗒咕嗒，炊烟袅袅升起。我们伫坐在房凉里玩石子，五个石子在小手里倒腾，嘴里还唱着小曲。老姑院子里，有一大丛红花，不知道名字。我们和花相比，人比花低。有几只鸡在我们身边凑热闹，慢慢地走来走去。世间绝版的葱花面是老姑做的，汤的柔，面的韧，葱花的香，在风中流转着。

饭后，老姑坐在床沿上做针线，我们围在她的身边。老姑做鞋，青黑的面，洁白的千层底，针脚匀称细密，可见中国民间妇道的华丽深邃。老姑怕我们无趣，做鞋子间隙，会拿出半张红纸，教我们剪红双喜字，剪小猫小鱼。我们三个一起学，小文剪得最像，我剪得最快，小宝怎么学也学不会。老姑颇为怜爱地评价我们："小文最巧，小芳最聪明，小宝咱就不说了。"长成大姑娘后，果然小文练就一双巧手，会织毛衣，做衣服，绣十字绣；我考上了大学；而小宝，没上过几天学，做活也不行，憨憨地嫁了一个农民，生儿育女。

在老姑家逗留一天，总到傍晚方回。此时太阳已斜过半山，山上羊叫，桥上少有行人。在一团浓重的雾色里，细细体会，老姑对我们的疼爱深长绵密。我们的衣兜里都塞满花生。花枝巷岗坡地多，家家种花生。我们村是不种花生的，对花生有一种遥远的神秘。

每次临别时，老姑总要说一句，等闲了，让你父亲过来坐坐。每次我都笑着答应了。此后，我照旧快乐地玩我的游戏，父亲也依旧忙碌着，少有空闲的时候。老姑一个人住在花枝巷，到了冬天就足不出户。也许，她在等下一个春天的光临吧？

小时候，我有点调皮，也有点任性。放了学，说了一声饿，就倒在地上撒泼打滚，母亲拿干粮的工夫都来不及。母亲急了打我，我不躲不闪，眼睛急出了红血丝，也不求饶服软。母亲狠狠戳一下我的额头说："就随你老姑的性子。我就知道，你们老王家的闺女都不是省油的灯。"我听了不以为然，我的脾气能和老姑扯上什么关系？

后来，才知道，我的性格的确越来越像老姑，争强好胜，不服软，遇事执拗，有男子汉的硬气。老姑命苦，孩子多，老姑父又常年有病。靠一个女人撑门面，自然是愁浓如酒。心不硬，人不强的话，别人看不起。

老姑的大儿子学习好，考上县城的高中。可上了一段时间，大儿子就赖在家里不想去学校，说是吃不饱。老姑把大儿子一顿好打，非逼着他去上学。当然，老姑从自己的口粮中省出一口，会按时给大儿子送干粮接济。后来，大儿子成了国家干部，让老姑面子上很光彩。

"文革"中，村里的造反派污蔑老姑父说了反动的话，大会小会批斗，把老姑父关在牛棚里打骂，害得老姑父寻死觅活。老姑啐了老姑父一脸，说："你现在死了，不叫争气。人活着，活得好好的，才是真正的胜利。"有好心人劝老姑和老姑父离婚，以免她年纪轻轻的就受连累。老姑把那个好心人推出门，说他说的不是人话。

村里有个泼皮，有名的不说理。大家都怕他，遇事从不与他争。老姑家的地和泼皮家相连，本来立着一块石头做界限。谁曾想，泼皮一年年地偷偷侵占，偷动石头。老姑发现了不依，坐在泼皮家门口骂了他三天。泼皮从来没见过这么泼辣的，从此改了好占便宜的毛病。

我受了父亲的影响，和老姑的感情也比别人深。正月里，总是盼着老姑来。老姑挎着一个小篮子，盖着雪白的布单。她来了顺手把篮子放在一边，和父母拉着家常。吃完饭要走，老姑解开布单，要给我们丢几个白面馒头。老姑蒸馒头的手艺堪称一绝，面发得好，皮揉得光，馒头顶上有个小面花，精致得像菊花形状。上面摁一个大红枣，让人垂涎欲滴。

老姑和父母站在门的光影里说话，其实不过一个瞬间，却似人世迢迢千年。他们就像火柴盒上的采莲人，又像明清木版书里插图的线条。

亲情盈盈，人世是这样的安宁。板凳条桌，都笼在一抹茶烟日色里。

老姑，我不曾说过想你，因为你一辈子都不曾离开。当致密的夜和孤独袭来，我就会一次次怀念花枝巷的桃花与石磨。如今，我的秋天已浩瀚如海。

像酸枣一样活着

一

在我的故乡,田边地头、沟沟岔岔,遍生着一丛丛、一堆堆酸枣树。它平常之极,又高贵之极。

或许是鸟嘴里意外滑落下的一粒籽,一抔贫瘠的土地养育了它,生根、发芽、长叶、开花……从此在这里落户安家。

酸枣树高不足尺,满身硬刺,明知道长不成栋梁高树,却还在努力生长。它默默兀立着,从不需要谁的关照和爱抚,完全依靠自己的力量,顽强地成为一簇怒放的生命。6月间,枣树开花了,小米一般,黄黄绿绿的,如夜空中的繁星,随风散布着一种沁人的苦香。随后,在日渐寂寞的景色里,枝叶由绿转黄,树上就结出小小的酸枣,亮亮的,红红的,像珍珠,又像玛瑙。此时,酸枣便成了乡亲们眼中的宝了。

酸枣质朴无华,价值却很高。树叶可提取酸叶酮,对冠心病有较好疗效。核壳可制沾性炭,还能当柴烧。果肉可制酸枣面、酿酒、做醋,有健胃助消化的功能。特别是加工生产的酸枣仁，更是名贵中药材，可养肝安神，宁心敛汗，主治神经衰弱、失眠多梦、心悸、盗汗。酸枣就像一盏灯，给乡亲们苦涩的生活带来了希望。

二

石河，作为一个词，它葱茏葳蕤，在历史与现实间抬起丘陵的头颅，在小河的奔流中涌荡着动人的传说。它丰富，足以让美好的想象在村庄的任何一个地方停留驻足。

我们村不大，不到300户人家，却是闻名全国的药乡。这里加工生产的枣仁粒大，仁饱，色红，鲜亮，誉满神州，名冠天下。一个漫长的冬天，小村庄躁动不安，热闹非凡。它像一个巨人，张开大口，把全国各地的酸枣吞进肚中。我躺在老家的木床上，风吹窗响，怎么也无法安睡。整整一夜，听到一辆一辆的大汽车呜呜地开进村庄。年迈的父母在隔壁低声猜测，是谁家又拉回了酸枣呢。

全国产酸枣的地方很多，但会枣仁加工的地方少之又少。这是一种古老而神秘的加工技术。

历史上的某一天，一个外地姑娘嫁到石河村。她个子矮小，脸色蜡黄，甚至还有几颗若隐若现的麻子。红盖头揭开的瞬间，她的丈夫忍不住一声长叹。但就是这个貌不惊人的小媳妇，却给夫家带来发家致富的秘籍。紧闭的大门里，她指导丈夫和公爹把酸枣浸泡在一口大锅里，直到皮浆肉烂，捞出来，再以米糠杂糅，放在石碾上去皮。随后佐以清水，把枣核上残存的皮肉洗净，在屋顶上晾干，吹焦。再把枣核放在石碾上推压，枣核纷纷破开，露出鲜红的枣仁。再用荆条编织的筛子反复筛几遍，当然粗细筛眼不同，枣仁光滑，从筛子眼漏下；枣壳干涩，撮了出来。就这样，药材枣仁就加工而成。

很快，这家人的生活就显眼起来，买了骡子，买了马，置办了房子，买了地。当然，一开始他们固守着自己发家的秘密，但眼红的穷亲戚一个个走进这个神秘之家，晓之以亲情，动之以大义，最终秘密不再是秘密。亲戚们走出门的时候，脸上写满了感激。

到了今天，枣仁加工的技术已经公开化了，随着枣仁质量的要求越来越高，枣仁加工的程序越来越精细。严格说来，需要四道工序：

第一步是脱，就是给酸枣脱皮，只剩枣核。在最寒冷的天气里，先将酸枣用石碾压开口，晾晒到"焦"的程度，再用石碾碾轧，筛掉皮渣。目前，这一步逐渐被"洗"代替，洗枣厂里，有专门的洗枣机给枣去皮。

第二步是粉。即将枣核粉碎，取出枣仁，这个技术最关键。核壳破碎，粒大了枣仁取不出来，粒小了会将枣仁损伤。如今用的机用粉碎机，取出的酸枣仁表面完好无损，红灿光亮。

第三步是筛，就是筛选枣仁，这是最难的一道工序。粉碎好的枣核、枣仁混合在一起，不能用水沉淀分开，枣仁见水就会产生皱纹。晒干后，那层光亮皮就脱落了。只有经过三道用荆条编制的特制漏筛，才会将枣仁与枣壳分离得一清二楚。

第四步是晒，即晒枣仁，这也是一道难关。如果光晒不好，就会影响枣仁质量。为保持枣仁自然水分，乡亲们不晒枣仁，而先晒枣核，晒枣核不损害枣仁的光洁度。他们凭着多年的经验，抓起一把枣核，晃一晃，听一听，枣仁在枣核内转动的声音，便可知道所含水分。

乡亲们，农忙时节是农民，农闲时节是商人。所以，他们有一个最恰当的名称，叫"药乡农商"。

三

大千世界就是一张薄纸，翻过去是自然，翻过来是人生。

父亲衰老的厉害，最困扰他的就是胃炎和肺气肿。刚到60岁，就再也干不动体力活。即使往菜园推一趟空架子车，他都气喘不止，呼吸困难。要是来一场感冒，父亲就要在床上依着枕头坐一夜，咳嗽着不能睡。父亲饭量也不行，吃得很少，一顿吃一个馒头都很勉强。农活欺负着一个衰老的人，不给他任何反抗的机会。我给他拿过很多药，但效果都不太理想。因为，父亲忧伤的胃和肺，都是年轻时体力的严重透支带来的恶果。

冬日里，天刚蒙蒙亮，父亲就骑上一辆破自行车，戴上两条粗布制成的细长口袋，冒着凛冽的寒风出发了。他约上几个人偷偷去外地买枣。北到临城、赞皇，南到邢台、沙河，100公里开外的村庄，都留下父亲的足迹。酸枣几毛钱一斤，枣仁几十元一斤，加工后的利润少不了20%，挣的钱相当于生产队工分的10倍。可观的利润让父亲甘冒风险，他从来不是一个胆小的人。

饭店很少，即使有，父亲也舍不得去。他出门带着干粮，午饭时，父亲往往是干咽窝窝头。遇到小河，就砸开冰面，喝一口冰水。粗劣的饭食侵害着父亲的胃。而酸枣产地多在山区，动不动就是几里长的大坡。父亲身高一米八，体重却仅有100斤，像竹竿弱不禁风。买枣的时候,父亲常忘记自己并不强壮的身体,能多买就多买,能多装就多装。不知道他是怎样推着200多斤的枣上坡的,一定是拼尽全身的力气。在推上坡顶的一刻,父亲瘫软在地,急剧的呼吸无情地破坏了父亲的肺。

父亲大口喘息着,并不觉得痛苦。他一定还记得我手腕上的手表吧?月明星稀的打谷场上,父亲用笔在我细细的手腕上画了一个手表,很肯定地说:"你以后会过上城市人的生活。"小小的我将信将疑,我不知道身为农民的父亲何以如此肯定呢?但我知道,父亲是个开朗而明媚的人,即使经常为生活发愁,也一直有个美好的希望在心里。

父亲和酸枣加工相依相偎,干了一辈子,真正的退休要从那次晒枣核说起。

当时,父亲把枣核晒在村南的公路上,那是一个坡度很大的陡坡,一半晒枣核,一半过人。谁知天公不作美,偏偏遇上连阴雨,一下就是10来天,有时雨大,有时雨小,就没个放晴的时候。父亲一天到晚长在公路边,白天打着伞,凄风冷雨,冻得父亲感冒了。夜晚,父亲住在路边的窝棚里,窝棚漏雨,被褥都湿了。偏巧附近埋了一位刚死的村民,父亲胆小,总是疑神疑鬼的。那一段时间,父亲的情绪坏到极点,对母亲总是大发脾气,横挑鼻子竖挑眼的。父亲还自我埋怨着:"这么大岁数了,还受这罪,干脆不如死了痛快。"

就是那一次看枣,让母亲痛下决心,坚决不让父亲再干枣仁加工生意。母亲说:"钱多了多花,少了少花,为了挣俩钱把命搭进去,那太不值得了。"父亲从生意行中退了休,每天在墙根下闲坐,不时咳嗽着,气喘着。有时他又会羡慕别人生意的红火,豪迈地说过几天也拉一车酸枣的话,母亲马上打断他:"你忘了那年晒枣核的事了?"母亲一揭短,父亲就再也不敢言语了。

四

机器轰鸣,我的内心又有了一片祈祷的天空。我听到罗伯特·勃来贴着我的耳根说:"贫穷而听着风声,也是好的。"

因加工枣仁,乡亲们富裕起来了。村子在悄悄北移,那些枣仁加工户在村北盖了新房,全是红砖蓝瓦,用水泥浇筑了地面。家里装了电话,买了拖拉机,日子红红火火的,让人眼气。

随着物质生活的提高,人们的思想认识也在悄悄发生变化,形成了贵商贱农的风气。谁家是枣仁加工户,就是"能耐人"的代名词;谁家还在老实巴交的种地,就是能力有问题。村里有个人叫"秋天",大字不识一个,做买卖全凭心算,他是村里枣仁加工的大户。两个儿子,不过是初中文化,长相也普通,都早早成了亲。大儿媳是村干部的闺女,小儿媳长得如花似玉。相对于"秋天"的受人尊敬,小舅渐渐被人看不起,因为他还在恪守着一方土地。这伤不起的面子,让小舅的自尊备受煎熬。

小舅是村里的文化人,读的书多,下得一手好象棋,还会看风水,拆八字,了解国家大事,也颇懂乡间俚曲。但是,他像一只蜗牛一样,不得不窝在石河村里,生活相当憋屈。有时候看路遥的文字,我会想到孙少平,想到高加林,然后把小舅的影子和他们叠加在一起。小舅的悲情是内化在精神层面上的,这让他多少看上去有点忧郁。

小舅年轻,头脑灵活,缺的是经验和本钱。母亲一直唠叨着,要父亲拉扯小舅一把。小舅要供两个孩子上学,媳妇又常年有病,日子过得举步维艰。于是,父亲就和小舅合伙做起了生意,这一搭档就是好多年。

父亲带着小舅走南闯北，购枣卖货，跑了很多地方，也认识了很多朋友。逐渐地，小舅能够独当一面，他们的分工就有了变化，小舅负责出门买枣卖货，父亲负责在家加工干活。小舅每次出门，母亲总把我支出去玩，但我偶尔会机灵地偷瞄两眼，发现母亲把一大摞现金都塞进一个长筒丝袜里，郑重地捆在小舅的腰间。"腰缠万贯"，大概就这意思吧。

带着大量的现金出门，家里人总要担一份心去。村里已经有几家安装了电话，非要等到某一天，小舅把电话打到那些人家去，报了一声平安，母亲才会念一声"阿弥陀佛"，把心放到肚子里。小舅去过的地方很多，购枣时，东北去过青龙、朝阳、建昌，山西到过长治、沁县、榆次，河南到过林县、三门峡，山东到过泰安。相对来说，卖货的地点固定，左不过是安国和亳州。几天后，小舅就带着一辆能拉四五吨的货车进了村，父亲一早找好了卸车的人，人抗肩背，把枣运到家里去。

小舅年轻，有闯劲，一个人就敢走南闯北。但读过书的小舅自尊心极强，在干枣仁加工的这些年中，他更多地了解到人情冷暖，世间悲欢。当时，拉一车枣是几千元，最多一万元的本钱。很多时候，父亲和小舅感到为难，因为本钱不好凑。那时找银行贷款的还不多，所以总要把亲戚门上划拉个遍，琢磨着谁家富裕，再向谁家开口借钱。

有一年，又是拉枣季节，小舅突然想起来一个远方表哥，他家是开砖厂的，应该有借钱的实力。小舅从商店买了一些礼品登门走亲戚，表哥倒也热情，听小舅说明来意，爽快地答应借给几千元。小舅安心地出门了，等到找齐货源，让表哥打款的时候，表哥竟然说，儿子前几天去邢台，把钱花了出去。小舅在异地他乡欲哭无泪，后来还是父亲想办法寄了钱过去，小舅才把货拉回来。这样的亲戚不要也罢，回来后，小舅就和表哥断了联系。

据说，表哥后悔答应借钱给小舅，是知道小舅穷，怕小舅还不起。狗眼看人低，亲戚有时还不如一个外人。

五

美好的时光都被咬疼过，撕碎过。

枣仁的行情不稳定，一年挣一年赔的。前几年，行情看好，村里很多人都挣了钱。据说有个小子一趟就挣了10万元。挣了钱的农民扬眉吐气，买了小轿车、电视，苹果手机，而且突然时兴起来搞聚会。是小学同学的，聚会；是同岁的，聚会。他们在县城最好的影楼拍合影，在最好的饭店进餐，友谊加深了，大家都怀念起过去的青葱岁月了，都不知道这钱怎么花才能显得气派了。

也有行情不好的时候。有些人根据往常的经验，冬季里嫌弃行情低，说屯着货吧，到明年春天卖个好价钱。可是到了第二年春天，价格一降再降，本钱已经合到240元一公斤，转眼只能卖到104元一公斤。不卖，这枣仁见不得过夏天，夏天会生虫，有可能报废；卖，就会赔进去身家性命。据说"秋天"连着几年顺风顺水的，有一次想干大的，屯了好多货，听说要赔进去20万。他前一阵子托我在县城找房子，但最近又没有了消息。

尽管有赔有赚，总体而言，故乡富裕起来了。它和周边的东石河、南李庄、北李庄、刘家庄、李交台、樊交台等19个村加在一起，年加工酸枣3万吨，加工枣仁2000吨，产值近一个亿，占全国市场份额的90%，是全国最大的枣仁生产基地。

又是一年枣花香，枣花小米一般，黄黄绿绿的，村庄里又弥漫着动人的药香。一只斑鸠在鸣叫，它的叫声瞬间压住了风声。过不了多久，鲜红亮丽的酸枣就会挂满枝头，乡亲们又会摩拳擦掌，准备大干一场了。虽然枣仁加工的过程有苦有泪，但枣仁毕竟改变了他们的生活，所以，心存感激。

生命像野草一样生生灭灭，读黄了每一片草叶，昨天和今天总是一个样，一个七天接着一个七天地抄袭模仿。人，必须像酸枣一样活着：在黑夜里等待，在狂风暴雨里等待，就算只出现一点点阳光，也想努力朝着那些光生长。